異類に成る

歌・舞・遊びの古事記

猪股ときわ

森話社

［装幀写真］榎本一穂“Golden Breath III”（カバー）／「カブト岩」（扉）

異類に成る——歌・舞・遊びの古事記　目次

Ⅲ　地の域と叙事の力　人草・椿・石槌・葦原

Ⅰ　異類と王と

牡鹿・雀・猪・蟹

1 異類に成る 「乞食者詠」の鹿の歌から

1 「異類」とは

七～八世紀以前の古代日本では、歌う行為や歌の言葉によって、異類に成る、異類に成ろうとする、ということが行われたと考えられる。歌という言語や言語活動をとおして異類に成る主体は、むろん歌い手（人）であろう。だが、歌表現において、異類に成る主体を一律に人とみなすことはできるだろうか。

「異類」とは、仏教語としては「相異なる生類。人間からみれば畜生・餓鬼、その他すべて他の道（生存領域）のもの」（中村元『仏教語大辞典』）のことである。「人間からみれば」、動物・鳥・虫、死後の存在、鬼神・天人の類が異類となるということであり、人を人ならざる生類全体の中でとらえる仏教思想を背景とした、相対的な用語としてある。古代日本は生あるものが六道を輪廻するという思想、目の前の牛が生まれ変わった亡き母かもしれない、という世界観を受容しえた。『古事記』や『万葉集』の時代よりは遅れて、平安初期、九世紀には六道輪廻の世界観を開示する説話集『日本霊異記』が編纂され、九世紀後半には輪廻する生きものに入らない「非情」とされた草木類も自らの力で成仏すると論じる安然《あんねん》の諸書が書かれている。(1) 仏教語としての「異類」は、「どこまで同類と見るかは、客観的な基準によるものではなく、どこまで同類として受け止められるかという、他者との関係の持ち方の問題」の中にあり、「厳密な線引きをして、どこまで同類で、どこから異類になるか明確に分かれるわけではない」という視点をもたらしてくれる[2]。

古代日本の歌表現に対して、今、異類という語を用いるとするならば、この語が「同類」に対する相対的な語であることを念頭に置きたい。「異類」とは人の生の次元のみならず、複数の生の次元を包括する大きな世界観にもとづく用語であり、コミュニケーション可能な「同類」とは何なのかは揺れ動き、「同類」であることと「異類」であることとの線引きは決して自明のものではないのである。

本章では、「乞食者詠《ほかひびとのうた》」の一首目を中心として、この歌を八世紀に『万葉集』が「乞食者詠」と把握したままにホカヒビトの詠んだものとし、左注が「述痛作」と受け止めたとおりに受け止めようと思う。そのうえで一首を通して人はなぜ人ではない存在＝異類に成ろうとし、どのようにして異類に成るのかを考察したい。

2 食べる—食べられる

乞食者詠

いとこ　な兄《せ》の君　居々《をりをり》て　物にい行とは　韓国《からくに》の　虎云神《とらとふかみ》を　生取《いけどり》に　八頭《やつ》取持来《とりもちき》　其皮を　たたみに

刺　八重畳　平群《へぐり》の山に　四月《うづき》と　五月間《さつきのま》に　薬狩《くすりがり》　仕《つか》ふる時に　足引の　此片山《このかたやま》に　二立《ふたつたつ》　いちひが本

に　梓弓　八《や》つたばさみ　ひめかぶら　八たばさみ　宍待《ししまつ》と　吾居時《わがをるとき》に　さ男鹿の　来立嘆《なげ》かく　頓《たちまち》に

吾可死《われはしぬべし》　王《おほきみ》に　吾仕《われはつかへ》む　吾角は　御笠のはやし　吾耳は　御墨坩《みすみのつぼ》　吾目らは　真墨の鏡　吾爪は　御弓

の弓《ゆ》はず　吾毛らは　御筆はやし　吾皮は　御箱皮《みはこのかは》に　吾宍は　御なますはやし　吾きもも　御なますはや

し　吾みげは　御塩のはやし　耆矣《おいはて》ぬ　吾《わが》身《み》一《ひとつ》に　七重花さく　八重花生《はなさく》と　白賞《まをしはやさ》ね　白賞ね

右歌一首、為鹿述痛作之也。　（16三八八五）

「乞食者詠」のうちの一首目（以下、「鹿の歌」と称する）には、天武紀朱鳥元年（六八六）四月の新羅からの虎皮の献上（『日本書紀』）という歴年的トピック、鹿の袋角を薬として採集する「薬狩」という宮廷行事、「王」の「御笠」「御墨坩」「真澄鏡」「御弓」「御筆」「御箱」「御なます」「御塩」といった宮中で使用する調度品や食物がよみこまれている。これらを受理する立場の「王」の呼称を、別の語に変えることはできまい。一首は明らかに七世紀後半の天武〜藤原朝の時代と宮廷を目前の現在とし、その現在に根ざしていることが認められる。しかし一方で、歌の展開は、万葉歌としてはきわめて異様である。「いとこ　な兄の君」と聴衆に呼びかけた歌い手が弓を手挟み獲物を待ち構える狩人である「吾」と成り、次にはその狩人に狩られる「宍」であり「さ男鹿」である「吾」と成って自身の死と身体の加工過程を叙事してゆくのである。この歌を「詠《えい》」じたという「乞食者」は歌の中で狩人に成り、途中から牡鹿と成ったのであろうか。牡鹿を狩り、殺し、食べ、加工する側である人が、狩猟対象としての牡鹿との関係をどのようにとらえていたのかを考える手がかりが、この「詠」にはあるだろう。とはいえ、「乞食者」と狩人、「王」は、人という同類として、等しく牡鹿という異類に向き合っているというわけでもなさそうである。

「さ男鹿の　来立嘆く」以下の牡鹿である「吾」の詞章の背景には、早くに折口信夫によって、来訪する「神の呪言」が想定され[3]、岡本太郎は現代東北の「鹿踊り」に見た「……人間―動物。どちらだかわからない。その凄み。人間が動物を食い、動物が人間を食った時代。あの暗い、太古の血の交歓」といった、人と動物との「太古」にはありえたかもしれない合一状態を読み取っている[4]。『万葉集』に記載された鹿の歌じたいは「宮中奉仕の鹿肉献上集団の歌」であり、「本来鹿踊りの歌詞で鹿の立場の歌か[5]」とも指摘される。「乞食者詠」が、そもそもは鹿の扮装をした踊りの詞章であったかどうかについては不明と言うほかないが、皮をかぶる所作に相当する言葉の装いとして、古い「神の自叙の様式」を踏まえている[6]とは考えられよう。
とはいえ、歌の中で、牡鹿は一貫して「神」とは呼ばれておらず、食物である「宍」であり、「さ男鹿」である。牡鹿を「神」という用語にまで普遍化するよりは、ひとまずは詞章の展開にそって、狩人から見た人ならざる類、異類として登場すると見ることができる。

狩人は、なぜ狩猟対象である牡鹿という異類に成るのであろうか。なぜ牡鹿は、弓矢を手挟み獲物である「宍」を待ち受ける「吾」の前に身を晒すようにして「来立ち」、「嘆」きつつも「頓に　吾可死」と、自分の死を表明するのであろうか。

「頓に　吾可死」からの詞章じたいは、鹿装束とダンスによる鹿踊りのような、人の身体と鹿の四肢の一体化とはいえまい。牡鹿が自身の身体部位を一つ一つあげてゆく過程は、鹿の身体が角・耳・目・爪・毛・皮・肉・内臓類へとばらばらにされ、調度や膾へと加工されてゆく過程となっている。岡本太郎の言う「太古の血の交歓」はここにはあるのだろうか、それとも、狩人の「吾」と牡鹿である「吾」という異類どうしの生は、はるかに遠く隔たったままなのであろうか。

古代日本において、牡鹿の角をいただき、あるいは牡鹿の皮を被って扮装することが行われた痕跡は認められる。鹿の歌との関連では、まずは応神紀十三年九月の、日向の諸県君牛《もろあがたのきみうし》が髪長姫を貢上するくだりに注目されよう。諸県君牛は朝廷に出仕していたが「年既に耆《お》い、仕ふること能はず」ということで本国に退出し、天皇の淡路島行幸にあたって娘の髪長姫を貢上しようと、牡鹿の皮をまとってやってくる。

天皇、淡路嶋に幸して、遊猟《みかり》したまふ。是に天皇、西を望《みそなは》すに数十の麋鹿《おほしか》、海に浮きて来り、便ち播磨の鹿子水門に入る。天皇、左右に謂りて曰はく、「其れ何の麋鹿ぞ。巨海に泛びて多に来る」とのたまふ。爰に左右共に視て奇しび、則ち使を遣して察しむ。使者至りて見るに、皆、人なり。唯角著ける鹿の皮を以て、衣服とせるのみ。

「乞食者詠」の鹿は「耆矣ぬ　吾身一」とあるように老いた鹿であった。同様、鹿皮を被った諸県君牛もいわば老いた鹿であり、両者ともに狩猟の場に自ら進んで参上してくる。天皇は当初、牡鹿の皮を被った諸県君牛らの集団を「其れ何の麋鹿ぞ。巨海に泛びて多に来る」と、牡鹿そのものと見ている。鹿を狩る「遊猟」に出ていた天皇にとって、鹿皮をまとった人とはすなわち、狩るべき牡鹿そのものであったのである。

「（伊和大神が）巡り行でましし時に、大きなる鹿、己が舌を出だして矢田の村に遇へり」（『播磨国風土記』宍禾郡）や「品太の天皇、み狩に行でましし時に、白き鹿、己が舌を咋《く》ひて、この山に遇ひき」（同、賀毛郡、鹿咋山）など、古代の説話の中には巡行や狩猟の途上に向こうから姿を現す「大きなる鹿」や「白き鹿」が見られる。足柄坂の「神」がヤマトタケルの目前に「白き鹿と化りて来立」った（景行天皇記）など、鹿を土地神の化身とする言説も見られる。土地神である牡鹿は自ら姿を現し、進んで狩られる所作を示すことで、外からやってきた天皇や神を受け入れる姿勢を示したことになろう。「遊猟」という儀礼的な狩猟を行う『紀』の応神天皇の目前に出現した「麋鹿」（君牛ら）も、土地の側の意思として、外からやってきた天皇を受け入れることを示したのだと考えられる。

　狩猟という行為が言葉によってあえて言い表され、狩猟の場を語る言説の中に神話的な思考が働くとき、狩猟なるものは常に神意を問う占いに通じる要素を持ったと考えられよう。使者を派遣して近くで見たら「皆、人なり。唯角著ける鹿の皮を以て、衣服とせるのみ」とあるのは、神話的思考が働く遊猟の場の天皇の視線を脱ぎ捨て、いわば種明かしする言説にほかなるまい。

　一方、角ある鹿の皮をまとうという所作は、当事者たちにとって牡鹿そのものに成るということであったろう。考古学の平林章仁は、毎年、抜けては新しく生え変わる牡鹿の角は「その若角である鹿茸の優れた薬効もふくめ、生命の永遠性、不老長生を象徴するものであり、そのために鹿そのものが同様の生命をもつ霊獣として崇敬された」ゆえに、髪長姫貢上という儀礼に際して、「生命の永遠性、不老長生の象徴である角つきの鹿皮をまとった」のであり、その姿は「同様の装束を身につけた北アジアのシャマンを髣髴させる」としている(7)。角にこそ、牡鹿が牡鹿であるゆえんがあり、脱皮を繰り返す蛇と同様、牡鹿は外皮（角）を毎年脱ぎかえ、不断に生命力を更新する力があるものと考えられたのである。

　老いて朝廷を退出した諸県君牛は地元に帰り、牡鹿を狩り、殺害・解体して「食べ」、体内に取り込むことで再びの長生を得たであろう。同時に、角と皮に身体を覆い包まれることで牡鹿に取り込まれ（「食べられ」）て牡鹿そのものに成り、生命力を増進する。皮をまとうことで牡鹿に「食べられる」とは、擬似的な行為である。しかし、牡鹿を狩って殺し、食べた側は身に直接皮をまとうという所作によって擬似的にではあっても、互いに「食べる―食べられる」関係にあることを演出し、牡鹿と人の、生命としての同質性を思い出し、その行為の間だけは同類と化すのである。「シャマンを彷彿」とさせるという諸県君牛らの儀礼的所作からは、人と牡鹿とが互いに食べる―食べられる神話的関係を生きようとする現場を見通すことができる。

　ただ、天皇の狩場に自ら現れた牡鹿である君牛は、「乞食者詠」の牡鹿のように自分から死んで身体を差し出す代わりに、女（髪長姫）を差し出すのである。天皇は牡鹿＝君牛たちの差し出した女を召し、その場所を「鹿《か》子水門《このみなと》」と名づけ、支配下に取り込む。女を「御船」に受け入れて召すとは、天皇と女（牝鹿）との婚を意味しよう。牝鹿でもある女との結婚は、鹿を殺して食べ、身体の各部位をことごとく調度類として受理する行為を別の形に変換し、象徴的に行うことであろう。(8) このとき天皇は、諸県君牛のように身体に直接皮衣を着用することなく、つまりは、牝鹿＝女を「食べる」だけで「食べられる」ことはないまま、鹿の再生能力を有することになるのである。

3　殺す―殺される

「乞食者詠」の牡鹿は、代わりの女を差し出すことはない。「さ男鹿の　来立嘆く　頓に　吾可死　王に　吾仕む」と、「死」という語を用いて、そのうえでオホキミにお仕えしようと申し述べ、全身を各部位へと自らばらばらにしてゆく。同類の女をささげるのではなく、自身の身体を解体・加工した果ての姿を「吾身一に　七重花さく　八重花生」と、「花」としてささげる、というのである。

従来、「乞食者詠」をコトホギの歌とする「鹿は大君の為に種々に役立つことを老いたる奴の栄光として喜んでいる……万物身を挺して君の為に尽くすということを謡ったもの(9)」といった説に対して、「耳や毛を切り取られ、肉や胃袋を膾にされて「吾が身一つに七重花咲く、八重花咲く」と歌っている祝言がどうしてまともな祝言でありえよう。祝歌の形を借りた風刺なのである(10)」といった批判が出されてきたのは、この解体部分の残酷さに注目するゆえであろう。

痛みか、祝福か。しかし、『万葉集』自身が、この歌を「乞食者詠」すなわち、「ホカヒビト」の「詠」と題し、祝福を行う人々のホカヒの歌であるとしたうえで、左注で「為鹿述痛作之也」と受け止めているところからすれば、祝福することと痛みを表明することとが両立するあり方を考えてみることができる。

狩人の前に立った牡鹿は「耆矣ぬ　吾身」を抱えている。老いた身体が皮や肉や目や耳や内臓に切り分けられ、死んでゆく過程は、確かに嬉々として死ぬという表現とは言えない。「来立嘆く」という歌の中の語によって、左注が指摘するような「痛み」は表現されている。だが、前節で触れたように牡鹿という動物は、枯れ木のごとく老い果てた角をいったん取り外し、ふたたび再生させることにおいて特別な生きものと考えられていた。老いた牡鹿の身体の解体とは、再生を前にした、いったんの、しかし痛みを伴う死を意味するのではないだろうか。

　狩猟の民俗において、解体作業こそは丁寧に、作法どおりに行われることはよく知られている。たとえばアイヌの人たちは万物がみな「神（カムイ）」であり、天上に住むカムイが人間界に姿を現すときには山のカムイはクマの姿をし、沖のカムイはフクロウの姿をし「ハヨクペ（仮装）」をつけてやってきて、アイヌに食物や毛皮を与えてくれると考えるゆえに、食べるときにはまず神に感謝し、食べた残りや不用の部分は粗末にしないで、土産をたくさん持たせて、丁寧に神の国へ送りかえしてやるという。[11] 目前の動物であるクマは神話的思考のもとではクマの皮をかぶったカムイなのである。中沢新一は、クマを狩るという行為の全体は「現実の目には、人間が熊を殺していた光景が見え」るが、「神話的思考の目には、熊が着ていた毛皮の外套を脱いで、純粋な霊に戻ってゆく重大な転移の瞬間」であるという重層したものとして理解されていると指摘する。[12] このような思考が生きているとき、クマも人もクマの皮をかぶってクマに成る。クマと人とのいわゆる「異類婚」も語られよう。[13]

　万葉歌の「伊《い》夜《や》彦《ひこ》　神のふもと　今日らもか　鹿の伏らむ　皮服《かはごろも》着《き》て　角つきながら」（16三八八四）で、歌のよみ手が今日もたった今、伏しているであろうと思いやっているのは、鹿であれ、鹿に扮する人であれ、「皮服着て角つく」ことで牡鹿に成っている何者か、であろう。「乞食者詠」の鹿の歌が、角や肉や内臓といった実際に食べたり使用したりする身体の各部位のみならず、「吾耳は　御墨坩　吾目らは　真墨の鏡」と、耳をその形から墨坩に、目を澄み切った鏡に見立てているのは、単に言葉のあやではなく、不用な身体部意も「粗末にしない」という発想が働いているのではないだろうか。捨てるところはないのである。一つ一つの身体部位をあげつらってゆく、という表現様式じたいが、丁寧な解体作業に相当するのである。
とするならば、身体各部位の解体過程は、牡鹿にとっては皮衣を脱ぎ、もとの存在へと帰ってゆくことであり、狩人であった「吾」の側からすれば牡鹿である「吾」に近づき、その声を聞いて皮衣を脱ぐときの痛みを体験しながら、異類に成ってゆく階梯であったと考えられる。

九世紀初頭の仏教説話集『日本霊異記』には、まだ「異類」という語は登場しないが、「非人」の語は見え、殺された牛が自分が殺されて解体される過程を語る、という場面が登場する（中巻五縁）。漢神の祟りによって殺牛儀礼を行っていた人が、その後七年間斎戒と放生儀礼を繰り返し、いったん死んで「閻羅王の闕《みかど》」に行く。そこでは牛頭にして人身体の「非人」が「膾机《なますつきえ》と少刀とを持ち出で」て、「我を殺し賊《う》ちしが如くに膾《なます》にして噉《くら》はむ」「是の人、主と作《な》り、我が四足を截《き》りて、廟に祀り利を乞ひ、膾に賊りて肴に食ひしことを。今倪《われ》をなまなまに切りしが如くに、猶し屠《さか》ちて啗《くら》はむと欲ふ」と閻羅王に訴える。「非人」とは、殺牛儀礼で殺した七頭の牛であった。

「閻羅王の闕」とは、責め苦を与える地獄の手前の判定の場所である。行基菩薩が転生する黄金の宮のある場所でもある（中7）。この、現世とは異なる位相に場を移すことで、牛は人と牛のキメラのような姿を持ち、口を開いて人語を話すし、牛としての身体の解体過程を言葉によって明らかにすることができるのである。キメラ牛とは、牛の外皮を脱いだ牛の、説話的表現ととらえることができるだろう。彼を見、言葉を聞く仮死の人は、『日本霊異記』の言葉でいえば「霊《たま》」に成っている状態である。牛も人も、「霊《たま》」の領域においては、その生において対等な価値を持つ関係が成り立ち、公平な裁きを行うことが可能なのである。裁きの場という仏教説話的な舞台ではあるが、皮を脱ぎ肉体を離れた、生でも死でもない領域においてこそ人も動物も言語による交通が可能であり、「生」ないし「命」という同質のエネルギーに貫かれた存在と化しているというとらえ方は、狩猟する人々の思考、そして「乞食者詠」の鹿の歌にも通じるところがあると思われる。

『日本霊異記』でも、「是の人、主と作り、我が四足を載りて、廟に祀り利を乞ひ、膾に賊りて肴に食ひしことを。今倪をなまなまに切りしが如くに、猶し屠ちて啗はむ」というキメラ牛の言葉は、蘇生した人の体験談の中に語られるという形をとっている。殺し、食べた側も、いったんの死を潜ることで、殺され、食べられた牛の側の言葉を自身の口によって追体験できるのである。痛み、恨みを牛の側から「語り」によって追体験するには、人の側もいったんの死を潜り抜ける必要があった。

同じ説話集の下巻三八縁では、編者・景戒自身が夢の中で自分の身体の解体を見、それを言説化している。


景戒が身死ぬる時に、薪を積みて死ぬる身を焼く。爰に景戒が魂神《たましひ》、身を焼く辺《ほとり》に立ちて見れば、意の如く焼けぬなり。即ち自ら楉《しもと》を取り、焼かるる己が身を策棠《つ》き、梚《かなふくし》に串《くすぬ》き、返し焼く……己が身の脚膝節の骨、臂《かひな》・頭《かしら》、皆焼かれて断《き》れ落つ……


と、身体の解体作業を見る「われ」は「魂神」ととらえられている。自身の身体の解体過程を自身が語るという行為は、仏道修行の過程に得られる儀礼的な「夢」という「魂神」の領域によって可能となる。仁徳紀三十八年七月条の菟餓野《とがの》の鹿の説話によれば、牡鹿もまた、夢を見、夢語りをするのだが、あるいは牡鹿も皮を脱げば人語を解するゆえであるかもしれない。

動物が皮を脱ぎ、身体を解体される過程や、人が身体を意図的・非意図的に痛めつけて「霊」や「魂神」と成ろうとするときにこそ、異類と人とがコミュニケーション可能な領域が開かれるのではなかったか。

「乞食者詠」の歌い手は狩人という牡鹿を殺す者と成り、殺す──殺される関係の場、異種の者どうしが生命の駆け引きをする狩猟の場を開くことで、牡鹿と出会うことができる。牡鹿の側がもたらしてくれた出会いの後の、歌による解体・加工表現は、狩人である「吾」を、さらに「霊」の位相へと移行させる働きを持つと考えられよう。異類の身体を形成している各部位をばらばらに切り離して「死」を迎えさせ、別のものに再生させる過程じたいが、皮衣を解き放ち、別の次元を現出し、いわば「霊」の領域に立とうとする階梯であり、異類と人との融合状態を歌表現によって実現しようとする営みであった。それは決して嬉々としたものではなく、痛みや、嘆きをともなう。嘆きはあくまでも鹿のものであり、人の側が鹿の側とまったくの対称的な関係には成りえないということも、刻み込まれているのである。

4 動物と植物と場所――「はやし」という詞

鹿の歌の冒頭は聴衆に対して「な兄の君」と呼びかける。その歌のよみ手は、『万葉集』によれば、歌の場の外からやってきて、その場の人々に祝福をもたらす「乞食者（ホカヒビト）」であるという。ホカヒビトは歌の展開の中で牡鹿を待ち受ける狩人である「吾」と成ることによって牡鹿と相対し、狩人である「吾」こそが殺す対象の牡鹿と成ることができるのであった。一方、狩人に向かって人語を語る「さ男鹿」とは、鹿から見れば、鹿の皮衣を脱ぎながら、鹿ならざる異類に成ってゆく状態にあると見ることができる。歌という非日常の言葉の中では、「同類」ならざるもの（異類）と直面し、それを異類として認める場面が、そのまま対象物との境界線を溶解する現場と化している。殺すものこそが、殺されるものと成りうるのである。

殺す―殺される、食べる―食べられるという対極にある関係が交錯し、交換し、境界線が溶解するという状態は、「乞食者詠」の歌表現が、全体にわたって現出させようとしている事態でもあろう。「居々て　物にい行とは」（居ると行く）、「生取に……其皮を　たたみに刺」（生取りと皮剝ぎ）、「薬狩　仕る時に……頓に　吾可死」（袋角を採る薬狩なのに、死ぬ）、「耆矣ぬ　吾身一に　七重花さく　八重花生」（老い果てたのに花咲く）など、詞章の冒頭から終わりにかけて始終、「生きるは死ぬ」「死ぬは生きる」といったナンセンスがちりばめられている。それは、「はやし」という語によって、祝福する―祝福されるという関係にも及ぶ。

最初に「はやし」の語が登場するのは、「さ男鹿の　来立嘆く　頓に　吾可死　王に　吾仕む　吾角は」のくだりであるが、「頓に」「死」んだ牡鹿の角が「御笠のはやし」であるとはいったいどういうことであろうか。「はやし」は以下、「吾毛らは　御筆はやし」「吾宍は　御なますはやし　吾きもも　御なますはやし　吾みげは　御塩のはやし」と名詞形で使われるときには「材料」と、歌の末尾の「白賞ね　白賞ね」の動詞の場合には「ほめる」のように訳される。『時代別国語大辞典』「はやす」は「栄えあらしめる。もてはやす。ほめそやす」とし、「栄ユに対する他動詞であるが、上代に栄ユの例は見えない。ハユはおそらく栄ユを原義として、映ユ・逸ル（ハユとも）・流行ル・ハヤリカ・囃ス・ハヤス（もてはやす意）などを派生し、生ユ・生ヤスや、形容詞ハヤシとも同源と思われるが、上代にはそれらの派生語の例は、僅かに本項ハヤス（栄えあらしめる。もてはやす。ほめそやす）およびその名詞形ハエを見るのみ」とする。「御笠のはやし」が「御笠の材料」と訳されるのは、「オホキミの笠を栄えあらしめるもの」を意訳したのであろうが、「はゆ」は古代では「栄ゆ」としてではなく、生え、萌えでる「生ゆ」として歌の中に用例が見えるのみという。

「はゆ」とは、「やなぎこそ　きればはえすれ　よのひとの　こひにしなむを　いかにせよとぞ」（万14三四九一）、「……石橋《いしばしに》　生靡《おひなびけ》る　玉藻もぞ　絶《たゆれ》ば生《おふ》る　打橋《うちはしに》　生をれる　川藻もぞ　干《かるれ》ばはゆる　何然も　吾王の　立ば　玉藻のもころ　臥《こやせ》ば　川藻の如く　靡相《なびかひ》し　宜君《よろしききみ》が　朝宮を　忘賜や　夕宮を　背賜や……」（万2一九六挽歌）など、一部を切り取ったり、全体が枯れたように見えてもふたたび萌え出てくる植物のエネルギーのことであったと考えられる。他動詞の「はやす」も、「かみつけの　さののくくたち　をりはやし　あれはまたむゑ　ことしこずとも」（万14三四〇六）と、一つの茎立を折り取っても、待っていればやがてはかえって多くのひこ生えを生やしてくるという中に用いられ、植物が自身を再生させる力に関連する。「たまはやす　むこのわたりに　天伝《あまづたふ》　日のくれゆけば　家をしぞおもふ」（万17三八九五）の歌によれば、植物を常に回帰させ、再生させる力の根源は「むこのわたり」や「かみつけの　さの」といった土地そのものにあるのかもしれない。そうした植物生成エネルギーが無数に発動している場所が林である。

「……天の下造らしし大神の命、越の八口を平けむと為て幸しし時に、此処の樹林茂盛なり。その時詔りたまひしく、「吾が御心の波夜志」と詔りたまひき。故れ、林と云ふ」（『出雲国風土記』意宇郡）という地名起源譚に見るように、「はやし」は、樹木が林立する場所であり、そこを「はやし」として見いだした神の心のエネルギーそのものでもある。いったんの死を経て回帰し、再生してくる植物に特有の生成エネルギーが「はやし」であろう。

だからこそ「御笠のはやし」は「オホキミを栄えあらしめるもの」という意にも解釈できようが、しかし、ここで牡鹿という動物の身体部位が植物的な「生」のエネルギーとしてほめたたえられている点に注目される。牡鹿の角は、まるで常に再生する樹木であるかのように、オホキミの笠を飾り、オホキミ自身にそのエネルギーを付着させるという。そして、牡鹿の角こそは、あたかも植物のように毎年成長しては抜け落ち、春には再生してくる部位であった。

……倭武天皇、東の垂《さかひ》を巡りまさむと為て、この野に頓宿《やど》りたまひしに、人あり、奏曰しけらく、「野の上に群るる鹿、数なく甚多し。その聳《そび》ゆる角は、芦枯《かれあし》の原のごとく、その吹気《いぶき》を比《たと》ふれば、朝霧の立つのに似《の》

れり……」　　　　　　　　　　　　　　　　　　　　　　　　　　（『常陸国風土記』多珂郡）

群れた牡鹿の角は「芦枯の原」に見立てられ、「淡海の久多綿の蚊屋野は、多た猪鹿在り。其の立てる足は、莪《うはぎ》原の如し。指し挙げたる角は、枯松の如し」（安康天皇記）、「今し近江の来田綿の蚊屋野に、猪・鹿多に有り。其の戴ける角、枯樹の末に類へり。其の聚へる脚、弱木の林の如し。呼吸く気息、朝霧に似れり」（雄略即位前紀十月）、「是の野に、麋鹿《おほしか》甚だ多し。気は朝霧の如く、足は茂林の如し。臨して狩りたまへ」（景行四十年十月紀）のように、その足は「林」に、吐く息はその場所に立ち込める「霧」に見立てられる。いずれも天皇および天皇に相当する者に狩猟対象としての牡鹿が豊富に生息することを申し述べる中に言説化されていることも留意されよう。

玉津日女が鹿の腹を割いてその血に稲をまくと一夜で苗が生えた（『播磨国風土記』讃容郡）、太水《おほみず》の神が「吾は宍の血以て佃《たつく》る。故れ、河の水を欲りせず」と言った（同、加毛郡）という説話からは、鹿の血が稲を育成させる、という考え方がうかがえる。(14) まるで木の枝のような角と足を持つ牡鹿は、神話的な世界観にもとづく言説の中では、動物でありながら死んで再生する植物に特有の回帰的な生命力を持つのであった。

「乞食者詠」の鹿の歌においては、「はやし」という言葉の列挙こそが、牡鹿という動物を殺すことを、植物の再生・回帰のエネルギーという別種の生命力の発動へと丹念に変換してゆく。オホキミに狩られるべき牡鹿、儀礼的な狩猟の場所に出現した牡鹿とは、植物を生成させるエネルギーそのものが動物の形をとって出現したような存在だというわけである。そして、鹿の身体部位を別種のエネルギーである「はやし」へと融合させてきた果てには、「……耆矣ぬ　吾身一に　七重花さく　八重花生と　白賞ね　白賞ね」と「老」いて果てようとしている生の状態を、生が幾重にも横溢する「花」へと大転換する。

とはいえ、七重八重と花咲くのは、牡鹿の身体である。はやされるべきは、鹿ではないか。が、「はやし」は「王」＝オホキミへと「白」し上げよ、と牡鹿は言う。「はやし」と成った鹿の角を頭上に押し掲げ、「はやし」と成った鹿肉を食べ、「はやし」と成った皮や爪を使用するオホキミ自身が、はやされるべき「はやし」と成るのである。直接鹿を殺し、解体するのは狩人であり、狩人は牡鹿の殺害と解体をとおして牡鹿自身と成り、牡鹿と痛みを共有しようとする。オホキミは直接牡鹿を解体することも、身体に皮を付着させることもないが、「乞食者詠」の鹿の歌の結果、聴衆から「はやし」を捧げられることで、動物と植物が合一した生のエネルギーの根源を受け取ることになる。

鹿に成る歌を詠む行為は、人と動物、動物と植物との区別が生ずる以前の、より大きな生命のレベルに触れようとする営みであり、七〜八世紀の現在にありながら動物と植物と土地とが融合した生の根源を掘り起こして開示しようとするものであった。そこでは痛みが祝福であり、死が生であり、殺すことが殺されることである。しかし、岡本太郎の言う「あの暗い、太古の血の交歓」のただなかには、人と動物とが、動物と植物とが、生と死とが完全には合一融合しきれない部分も孕まれており、だからこそ神話的な言説や歌がつむがれたというべきであろう。「はやす」という語は平安前期の物語文学において「調子にのせる。そそのかす。さそう。おだてあげる」といった「囃す」の意で用いられるが、(15)「乞食者詠」においてすでに「はやす」は、相反するものどうし、厳然とした区別のあるものどうしを歌の言葉によってかろうじて融合させる、という働きを孕んでいたと思われる。

5　オホキミとホカヒビト

オホキミは直接牡鹿を狩ることもせず、殺し解体することもせずに、「はやし」である調理された肉や加工された調度品を受け取り、祝福される。歌をよむ「乞食者」は実際に鹿を殺して解体する狩人ではなく、「詠」を全身でよみあげてオホキミを祝福するという行為のみで「食」を得たであろう。祝福されるオホキミの位相は、実のところ、祝福する「乞食者」の位相に、きわめて近い。祝福することとされることは、生と死や、殺すことと殺されることが接し合う狩猟の現場とは、別の位相にあるに違いない。

まだ流浪の身のヲケ王であった後の顕宗天皇は、「……取り挙ぐる棟梁は此の家長の御心の林なり……吾が子等。脚日木の此の片山の、牡鹿の角挙げて吾が舞へば……打ち挙げ賜へ、吾が常世等」という「室寿《むろほき》」を詠じ、おそらくは歌詞のままに牡鹿の角を捧げて舞って新築の室の「家君」と「吾が子等」と「吾が常世等」を祝福する（顕宗天皇即位前紀）。一族の首長（「家君」）でも一族の者たち（「子等」）でも長老たち（「常世等」）でもなく、室の外からやってきた存在こそが牡鹿の角を捧げ、場をホカフことができるのであった。[16]「乞食者詠」は、単なる「君」ではないオホキミの根拠が、「乞食者」に近いところにあることを露呈してもいよう。オホキミなるものの起源は、その場の動物・植物・土地のエネルギーと一体化するという矛盾を一身に体現するところにある。「いとこ　な兄の君」と歌い手たる「乞食者」に親しく呼びかけられる聴衆から見れば、歌によって「乞食」する歌い手は同類ではなかったろう。同様、オホキミもまた、自分たちの「類」とは異なる存在たる「異類」なのではあるまいか。この「詠」を「乞食者詠」と題し、「右歌一首、為鹿述痛作之也」[17]と、「鹿」の「痛」みを読み取る巻十六の編者たちは、そうしたオホキミなるものの「異類」性に、気がついていただろうか。

（1）末木文美士『草木成仏の思想——安然と日本人の自然観』サンガ、二〇一五。仏教語としての、また日本文学研究語彙としての「異類」は、文化人類学者エドゥアルド・コーンが「いかに他なるたぐいの存在が私たちのことを見るのか、このことが重要である」「私たちの生死を左右することもあるような仕方で、ジャガーが私たちのことを表象するのならば、そのとき人類学は、異なる社会の人々が、いかに他なるたぐいの存在をそのようなものとして表象するようになったのかを探査することだけに、自らを限定することはできない。そのような他なるたぐいの存在との出会いによって、見ることや表象すること、そしておそらく知ることや考えることでさえも、人間の専売特許ではないという事実を認めなくてはならなくなるだろう」（『森は考える――人間的なるものを超えた人類学』奥野克巳・近藤宏監訳、近藤祉秋・二文字屋脩共訳、亜紀書房、二〇一六）と言うときの「他なるたぐいの存在」とも響き合っていると思われる。

（2）末木文美士、注1に同じ。

（3）折口信夫『国文学の発生（第二稿）』『折口信夫全集』一、中央公論社、一九九五。

（4）酒井貞三「乞食者詠考――主としてその背景から」『文学・語学』七、一九五八・三。岡本太郎『芸術風土記』の本文は酒井による。

（5）『万葉集』（中西進による注）講談社文庫。

（6）三浦佑之「語りとしてのウタ」『古代叙事伝承の研究』勉誠社、一九九二。

（7）平林章仁『鹿と鳥の文化史』白水社、一九九二。

（8）「結婚」の神話構造的な意味が「食べる」ことと通じることについては、中沢新一『熊から王へ』講談社選書メチエ、二〇〇二など、文化人類学からの指摘がある。

（9）鴻巣盛広『万葉集全釈』大倉広文堂、一九三〇。

（10）土橋寛『万葉集――作品と批評』創元社、一九五六。

（11）宇田川洋『イヨマンテの考古学』東京大学出版会、一九八九。

（12）中沢新一、注8に同じ。

（13）萱野茂『カムイ・ユカラと昔話』小学館、一九八八など。

（14）鹿の狩猟儀礼が農耕儀礼と複合することについては、千葉徳爾『狩猟伝承』法政大学出版局、一九七五。稲の生育サイクルと鹿の生態との一致については、岡田精司「古代伝承の鹿」『古代史論集』上、塙書房、一九八八。鹿の血が稲の生育を促すという考え方については、平林章仁（注7に同じ）などに指摘がある。また、松田浩も、農耕の水と鹿の血の関係に注目する（「鹿の古代伝承と水神と」『三田国文』三〇、一九九九・九）。

（15）『落窪物語』二に「……そら知らずして、帯刀は、我と知られんはいとほしくて、若うはやれるものをはやして言はせて笑ふに、はしたなきこと限りなし」とある。

（16）三浦佑之は、室寿の呪詞をとなえることができたからこそ「ヲケは王たる資格をもつことができた」と指摘し、古代日本においては「神の自叙」の様式を持つ歌謡類がいずれも村落共同体を越えたところでこそ可能になる表現の特徴を持ち、万葉の乞食者詠も含めてこれらの歌や歌謡の背景に「乞食者と呼ばれる芸能（芸謡）を担って巡り歩く人びとを想定してみる必要があるかもしれない」としている。「呪歌と語り」「語りとしてのウタ」、いずれも注6書所収。

（17）大浦誠士は「為……」という表現形式について『万葉集』の題詞についてではあるが、六朝漢詩文の手法をふまえ、「本来同化しえない他者の立場を表現において仮構しつつ」よむものとして「和歌世界の手法」としたものと指摘している。大浦誠士「初期万葉歌の作者異伝と『類聚歌林』」『古代文学』四〇、二〇〇一・三。ここの左注も、本来「同化しえない他者」たる鹿との同化を指摘していると考えられる。

2 鳥の王・人の王　歌の仁徳天皇

1　異類の名を負う王たち

『古事記』の仁徳天皇関係説話では、登場人物たちの歌う歌が説話展開のうえで欠くことのできないものになっている。ことに、大雀《おほさざき》天皇と速総別王《はやぶさわけのみこ》、女鳥王《めどりのみこ》の、応神天皇を父とする三者の争いにおいては、登場人物たちの名が鳥であり、かつ、それらの名がすべて『記』の歌の中に歌われていることに注目されよう。大雀天皇と速総別王、女鳥王たちは歌を歌う歌い手であり、かつ、歌に歌われる者たちでもある。歌の言葉の中では、「さざき」「はやぶさ」「めどり」は人であるオホキミたちの名であると同時に、サザキやハヤブサ、メドリといった鳥そのものでもありうる。仁徳天皇とその異母兄弟・姉妹の王たちは、歌を歌い合うさなかに、その名のとおりの人ならざる鳥という異類に化している、と『記』は語ろうとしているのではないだろうか。

本章では、説話文の中に「殿戸《とのど》の閾《しきみ》の上」という特殊な場所（歌のトポス）が描かれることで、サザキという鳥が「オホサザキ」（偉大なるサザキ）とたたえられる鳥の王であることと、仁徳天皇が「オホサザキ」とたたえられる人の王であること、この二つが交換可能な状態が導かれると考えた。「歌のトポス」においては、鳥と人とを別の種として分つ認識とは異なる論理、すなわち神話的な思考が働くのである。

では、鳥と人とを交換可能な存在とみなす神話的思考は、オホキミと呼ばれる一族がオホキミであることの根拠を、さらにはオホキミの一員でありながら、すべての親族たちから超越しなければならない天皇が天皇でありうる根拠を、いかに明かそうとしているであろうか。『記』において、下巻冒頭の仁徳に始まる皇統の起源は、歌という特殊な言語様式、および歌うという表現行為と不可分にあると思われる。

2 「殿戸の閾《しきみ》の上」

仁徳天皇は速総別王を「媒《なかだち》」として女鳥王に求婚するが、復奏がないので直に女鳥のもとへ行き「殿戸」の「閾の上」にいて、歌う。

……速総別王、復奏《かへりことまを》さず。爾くして、天皇、直《ただ》に女鳥王の坐す所に幸して、其の殿戸の閾の上に坐しき。是に、女鳥王、機《はた》に坐して服《ころも》を織りき。爾くして、天皇、歌ひて曰はく、

めどりの　わがおほきみの　おろすはた　たがたねろかも

女鳥王、答ふる歌に曰はく、

たかゆくや　はやぶさわけの　みをすひがね

故、天皇其の情《こころ》を知りて、宮に還り入りき。此の時に、其の夫速総別王の到来《きた》れり。時に、其の妻女鳥王の歌ひて曰はく、

ひばりは　あめにかける　たかゆくや　はやぶさわけ　さざきとらさね

天皇、此の歌を聞きて、即ち軍《いくさ》を興し、殺さむと欲《おも》ひき。

正式に「媒」を立てて求婚したにもかかわらず復奏はなく、直接出向いてみれば女は「媒」のものになっていたという状況である。にもかかわらず、天皇は答歌をもらって「情を知」り、そのまま宮に帰ってゆく。一方の女鳥王は、天皇には知らせないまま速総別と「婚」していたのに、天皇から「たがたねろかも」（誰の〔衣の〕材なのか）と歌いかけられると「はやぶさわけの　みをすひがね」（速総別の御衣とするもの）と答え、自分が速総別の来訪をこそ待っていることを明かしてしまう。天皇と女鳥王、双方ともに、ここまでの説話の流れからして不可解な行動をとっているように見える。

天皇が自ら女鳥王のもとへ出向き、「殿戸の閾の上」にいて歌うとき、説話の中に、歌を歌い交わすという行為に特有な論理が導入されているのではないだろうか。

「戸」の外側と内側で歌を交わすという場面は、『記』の八千矛神《やちほこのかみ》の「神語」に典型的に見ることができる。出雲国から高志国の沼河《ぬなかは》比売《ひめ》のもとへ出かけた神は、求婚の歌を歌うが、沼河比売は「未だ戸を開かずして、内より歌」った、という。八千矛神の歌には「……をとめのなすやいたとを　おそぶらひわがたたせれば　ひこづらひわがたたせれば……」とあって、八千矛神は「戸」を押したり引いたりして揺さぶり続け、開けてもらおうとしている。しかし沼河比売は、明日の夜は「などり（汝鳥）」すなわち、あなたのものになると歌い返し、一夜、神は戸の外に立たされ、翌日の夜に「御合」するのであった。男の求愛を一度は拒否したうえで受諾するという、求婚譚の型をふまえるとも指摘されている。[1]

仁徳記でも天皇が女のもとを訪れて「戸」の外から歌うとき、天皇は歌で求愛する歌い手として、あくまでも女の許しを待つ。しかし中の女に一夜の拒否を受けるだけではなく、「はやぶさわけ」という別の男の名を告げられて、拒絶されてしまった、ということになろう。注目されるのは、女のこもる建物の「戸」である。「戸」

は殿の外側と内側を仕切るばかりでなく、外側からは開けることができない場としてあるようで、外と内とは歌によってのみ交流することが可能であったことは、仁徳記の他の説話によっても確かめられる。

天皇が八田若女郎《やたのわかいらつめ》と婚したのに怒った大后《おほきさき》は、筒木の韓人《からひと》・奴理能美《ぬりのみ》の家に入ってしまう。天皇は丸邇臣口《わにのおみくち》子《こ》をつかわして歌をとどけようとする。しかし、大后は「前の殿戸に参ゐ伏せば、違《たが》ひて後の戸を出で、後の殿戸に参ゐ伏せば、違ひて前の戸を出」る。口子臣は「殿戸」の外に立って天皇の歌を歌うはずであったのだろう。しかしそもそも大后が「殿戸」の内側に立ってくれないので、天皇から言付かってきた歌を歌うことすらできないのである。

続いて、天皇が自ら出向き奴理能美の「家」に入った際には、天皇が「其の大后の坐せる殿戸に御立ちして」歌う。大后のいる「殿」は奴理能美の「家」の内側にあるようだが、「家」には入っても、大后のいる「殿」は「戸」によって閉ざされ、天皇といえども中の大后の許しがなければ敷居を越えることができないようだ。大后からの一夜の拒否の歌も、拒絶の歌もない。ここでも「殿戸」を間に置いて歌を交わすという行為じたいが不成立だったのであり、大后の嫉妬と拒絶の強さをものがたる。

女鳥王が機織りをする「殿戸」の外で天皇が歌う場面においても、機殿の中は天皇であっても戸を開き、立ち入ることができない空間として設定されていよう。内側に女がいる「戸」は、外側の男の武力や権力といったものでは開くことができない。女は、「戸」の内側にこもり、歌う男の来訪を待ち、歌が歌われれば「戸」の内側に立って聞き取り、歌によって「戸」を開くかどうかを判断するのである。

『記』の仁徳天皇条の女鳥王・速総別王説話や、大后の嫉妬にまつわる一連の歌をともなう説話において、「戸」が重要な役割を果たしていることについては、すでに岡部隆志が詳細に論じるところである。岡部によれば「殿戸つまり戸は、ここで、天皇と大后を隔てながらも関係づけるもしくは対峙させる、具体的な象徴物としての意義を持たされて」おり、説話の展開の中にあって「天皇の権威を超えてしまうもの」であった。「戸」は大后と天皇、天皇と女鳥との関係を、誰が皇位を手中にするかではなく、「対立しあう男女」の関係に変換する「舞台装置」である。女鳥、速総別、天皇の説話において「戸」は、天皇をあたかも歌垣で妻争いをする二人の男の一人のように、「女鳥王という一人の娘を取り合う二人の男の一人としてすなわち速総別王と対等の競争相手として位置づけ」る働きをしている。『記』は「戸」を説話表現の中にとりこむことで、天皇と大后の出身氏族たる葛城氏、天皇と異母弟の速総別王といった「権力闘争」の側面を、男と女をめぐる対立の様相の中に「隠そうとしている」(2)。

岡部の指摘のように、「戸」の内と外とにあって歌をもって対峙し合うとき、歌い手は社会的な身分のいかんにかかわらず、中にこもるヲトメと、外からやってきて中に入ろうとするヲトコとして歌うことになる。同様な場として岡部は清寧記の歌垣の場があることも指摘するが、建物の内側と外側とを作り出す「戸」は、古代において、人妻であろうとオホキミであろうと、参加するかぎりにおいてヲトコ・ヲトメとなる歌垣の場に等しい、歌のトポスの一つであったと考えられる(3)。「殿戸」にいる天皇は求愛者として歌うが、中のヲトメに拒絶されたヲトコとして、この日はそのまま宮へ帰らねばならない。しかし、「さざきとらさね」の歌を聞きつけ、事態が帝位のいかんに及ぶと判明すれば、「軍」を起こすであろう。『記』の仁徳天皇条の歌をともなう求婚説話群は「戸」という歌のトポスを抱え込むことで成り立っているのである。

そのうえで改めて注目されるのは、天皇と女鳥王の歌い合いの場面においては、天皇は奴理能美の家の場合のように「殿戸」に立って歌ったのではなく、「殿戸の閾の上に坐し」た、とある点である。

「閾」とは、「しきい。門の内外や、室の内外を限ったりするため、下に敷く横木。溝をつけて、戸をはめるようになっている」(『時代別国語大辞典』)ものであり、長さ一尺、厚さ三寸ほどの横木であったようだ。原文の

「坐其殿戸之閾上」は、閾のあたりにいたとも、閾のまさに上にいたともとれるが、いずれにしろ天皇は戸を差し立てた横木のあたり、ないし上という狭い場所にいたということになる。人としてはずいぶん奇妙な振る舞いではないか。

現代でも、「敷居を踏んではいけない」というタブーがかろうじて残っているように思われるが、敷居を踏むべきではないという作法は、『礼記』曲礼上に「大夫士君門に出入するには闑《しきゐ》の右よりし、閾を踏まず」とあり、『論語』にも孔子の君子としての振る舞いを「公門に入るときは、鞠躬如《きっきゅうじょ》として容れられざるが如くす。立つに門に中せず、行くに閾を履まず」とあり、理想的な聖人君子としての「礼」にのっとる立ち居振る舞いからきていよう。仁徳記の冒頭部によれば、仁徳天皇は百姓の困窮を知ると課役を免除して「聖帝の世」とたたえられたとある。「聖帝」たる仁徳天皇の振る舞いとして、「閾の上」にあることは、異常ではないだろうか。「殿戸の閾の上に坐」して歌う者となったとたんに、天皇は「礼」に照らして理想的とされる「人」の振る舞いとは異なる行動をしているのである。

山路平四郎は「閾とは今の戸口の敷居である。その上にチョンと乗るのは「天皇」の姿ではない。正にサザキである」と指摘する(4)。本章で述べてきたところに従って言い換えるなら、天皇を単なる求婚するヲトコと化してしまうこの歌のトポスにおいてこそ、天皇は「大雀」の名のとおりサザキという小鳥と化しているのではなかったか。歌の歌い手として「殿戸の閾の上」にいるとき、天皇は天皇でありながらヲトコであり、かつ、名に込められた本質を体現したサザキの振る舞いをもしてしまうのである。とすれば、女鳥王も、戸の内側にいるヲトメとして、仁徳天皇にではなく鳥ヲトコたるサザキの歌声に答えてしまった、ととらえることができるだろう。

『記』の下巻冒頭に位置し、三人の皇子が帝位につき、一つの皇統の始発をなしているとおぼしい仁徳天皇はなぜここで鳥のサザキに成ったかのように描かれるのであろう。仁徳天皇が鳥のサザキでもあるということじたいが、『記』の描く仁徳の世の固有性に関わっていたのではないだろうか。

3　小さなサザキ

サザキは、日本の野鳥の中でも最も小さい部類に属する、現代でいうミソサザイのことである。『和名抄』には「鷦鷯　佐々岐」とし、「小鳥也、生於蒿莱之間、長於藩籬之下」とある。「小鳥也……」は『芸文類聚』「鷦《せう》鷯賦《れうふ》」序を直接または間接的に引用しているようである。『新撰字鏡』では「鷯《れう》」を「久支又左々支」、「鷦《せう》」を「鷯也。南方神鳥」としている。また、「鷦鷯」は『日本書紀』神代九段正文、天稚彦《あめわかひこ》の殯《もがり》についての「一云」の中に「鷦鷯を以て哭者とし（以鷦鷯為哭者）」と登場する。広く古代において、この鳥のイメージは体が非常に小さく、人家の「藩籬」（垣）のあたりをうろちょろし、哭泣するように声をあげて鳴くというものであったと想定される。

『新撰字鏡』の「南方神鳥」については、寺川真知夫が「何に依拠するのか、鷦鷯は特別の神秘的な鳥とする考えのあったことを示す」としている。(5) ことに小さなサザキこそが神聖性を帯びるという発想は、『紀』神代第八段一書第六の少彦名命《すくなひこなのみこと》の姿からもうかがうことができるだろう。大己貴神《おほあなむちのかみ》の国の平定に際して、海上からより来った少彦名命は「鷦鷯」の衣をまとっていた。

頃時《しばらく》ありて、一箇《ひとり》の小男《をぐな》有り、白蘞《かがみ》の皮を以ちて舟に為《つく》り、鷦鷯の羽を以ちて衣に為り、潮水《うしほ》の随《まにま》に以ちて浮び到る。大己貴神、即ち取りて掌中《たなうら》に置きて翫《もてあそ》びたまへば、跳《をど》りて其の頬《つら》を齧《か》む……鷦鷯、此には裟裟岐と云ふ。

「小男」は実は天つ神の子であり、高皇産霊尊《たかみむすひのみこと》は子の中でも「一児最悪《いとあ》しく、教養に順はず。指間《たなまた》より漏《く》き堕ちしは、必ず彼ならむ。愛《めぐ》みて養《ひだ》すべし」と言う。ガガイモの皮の舟に乗り、手の指の間からすり抜けてしまうような体のごく小さな、敏捷な動きをする暴れ者の神。その神が天から出奔してこちらの世界を放浪するとき、「鷦鷯の羽」を「衣」にしていた。

『記』の稲羽素菟《いなばのしろうさぎ》（菟神《うさぎがみ》）はワニに「衣服」を剝がされた「裸」の状態で、八十神《やそがみ》や大穴牟遅神《おほあなむぢのかみ》と問答する。動物としてのウサギの「衣服」を剝がされていればこそ、出雲国からやってきた神々と人の言葉を用いて対話できたのではなかったか。逆に、動物や鳥の衣をまとうとき、前章でも述べたように神霊はその動物や鳥の姿になる。「皮」や「羽衣」（衣服）を脱ぐか着用するかで動物と人との間を行き来するという神話的な発想は、アイヌの熊送りにまつわる文化で知られるが、[6] 古代の日本にも同様の思考があったと想定される。[7]

『紀』の敏捷で体の小さな少彦名命はサザキの羽衣をまとい、小さく敏捷な鳥であるサザキの姿で大己貴神のもとへやってきた。鳥のサザキは羽衣をまとって異界から来訪した神霊である可能性があるとみなす論理が『記』にも働いていたとするならば、こちら側の世界で「殿戸の閾の上」にいるような鳥のサザキは、天神の御子である場合があったということにもなろう。

仁徳天皇がなぜオホサザキという名を負うのかについて、『紀』には、誕生の際の瑞祥にまつわり、産屋に飛び込んできた鳥の名を臣下と取り替えたという命名エピソードが記されている。『紀』の説話では「鷦鷯《さざき》」という漢字を用いて天皇の名を記すことと不可分に、命名の起源が語られ、「隼別《はやぶさわけ》」との対立が展開しており、『記』とは異質な五行思想にまつわる神話的論理が見られる、と指摘される。[8]『記』と類歌関係にある歌謡が登場するにもかかわらず、天皇自身が「閾の上」で歌うことがない『紀』では、オホサザキ天皇説話に働く神話的思考じたいの質が異なるのである。『記』では、名にまつわる瑞祥のエピソードを欠いており、そのかわりに、歌うという行為と歌のトポスが説話の展開上、重要な働きをする。「閾の上」という歌の磁場、歌のトポスにおいて、鳥のサザキが喚起する、身のこなしが軽く、ごく小さいがゆえに神霊の化身でありえ、声を挙げて求愛の歌を歌うという神話的な発想が導かれ、天皇はサザキに変身しているかのように語られるのである。

ところで、「衣服」を剝がされた稲羽素菟が「泣き患へ」ていたように、動物の毛皮や鳥の羽衣の着脱は容易なことではなかったと思われる。少彦名命は波に乗って漂い来るときサザキの羽衣を着用していた。稲羽の国の素菟は、手軽に対岸の隠岐島に渡ろうと計略して失敗し、「衣服」を剝がされてしまった。所属する国や場所から離れるような特殊な事態において、毛皮や羽衣の着脱は行われる。

八千矛神の「神語」において神が特別な装束を着用する過程も、出雲国の外へ、求婚のために旅立つという場面であった。適后《おほきさき》須勢理毘売《すせりびめ》の嫉妬に辟易し倭国にのぼろうとして八千矛神が歌う。

ぬばたまの　くろきみけしを
まつぶさに　とりよそひ
おきつとり　むなみるとき
はたたぎも　これはふさわず
へつなみ　そにぬきうて
そにどりの　あをきみけしを
まつぶさに　とりよそひ
おきつとり　むなみるとき

はたたぎも　こもふさはず
へつなみ　そにぬきうて
やまがたに　まきし　あたねつき
そめきがしるに　しめころもを
まつぶさに　とりよそひ
おきつとり　むなみるとき
はたたぎも　こしよろし
いとこやの　いものみこと
むらどりの　わがむれいなば
ひけどりの　わがひけいなば
なかじとは　なはいふとも……

八千矛神は黒い衣、青い衣と衣を羽織ってみては、あたかも鳥のように胸元を見、鳥のように羽ばたきをしてみるが、どれもふさわしくない、と脱ぎ捨てる。山方で栽培したアカネで染めた衣、この最高の衣がよろしいということで、ようやく群れ飛ぶ渡り鳥のように、出かけてゆこうとする、というくだりである。なんらかの所作を伴って演唱されたのではないかとも推定されている歌であるが、そうした想定を導く歌の言葉に注目される。衣を着ては胸もとを見、羽ばたきをすることを歌う歌の展開そのものが、歌い手をまさにそれらの所作を行う鳥と化してゆくのではなかったか。

胸元を見る所作は「おきつとり　むなみるとき　はたたぎも　これはふさわず……おきつとり　むなみると

き　はたたぎも　こもふさはず……おきつとり　むなみるとき　はたたぎも　こしよろし」と、三度繰り返される。「むなみる」という沖つ鳥と人とに共通する振る舞いを歌う歌詞が、鳥と人とを重ねようとするのである。繰り返しの中で、「おきつとり　むなみる」は「沖つ鳥のように胸元を見る」ことから、まさしく鳥として羽毛に覆われた胸元を見、鳥ならではの羽ばたきをする行為へと転換してゆくのであろう。

「むらどりの　わ」「ひけどりの　わ」も、通常は「の」を「のように」とし、群れ鳥・引け鳥のような私、と解釈されているが、歌の言葉は、「の」を「のように」であるのか、「である」かの分別をしない。歌の言葉であればこそ、鳥と我とを重ね、群れ飛ぶ鳥・引いて飛びゆく鳥と我と、鳥と人とが、融通無碍となった状態を導くのではなかったか。

考古学において、弥生式の土器に描かれた絵から、鳥装のシャーマンの存在が想定されているが、[9] シャーマンであるためには、人でありながら鳥でなければならなかった。そのためには、実際の鳥を殺して羽をもらい、その羽をもって衣を作り、羽織るという過程が介在したはずである。「神語」においては、歌という言葉のワザが介在する言葉によって、それと同質の過程がたどられているととらえられよう。

八千矛神の「神語」には、ヌエ・キギシ・カケといった鳥が登場し、沼河比売の歌には「……いまこそば　わどりにあらめ　のちは　などりにあらむを」と、「われ」という語と「鳥」という語とを圧縮して一語とする「わどり（我鳥）」「などり（汝鳥）」といった歌言葉も見える。八千矛神に随従しているとおぼしき従者は「あまはせづかひ」と呼ばれる。天を馳せ行く使者とは、鳥であろうとされている。八千矛神は、求愛の旅に出るとき、群れ鳥を従えた鳥の王者として振る舞おうとしている。求愛の歌を歌うという行為のただなかに、神と鳥と、鳥と神とが交換可能となり、神（人）でもあり鳥でもあることが可能な、両者の区分が流動化した状態が導かれるのである。

登場人物がサザキ、ハヤブサ、メドリとすべて鳥の名を負う仁徳記の説話も、その「原形」には鳥を主人公とする説話類があったことを想定する説が、いくつか提示されてきた。寺川真知夫は小さいミソサザイがワシと競争して知恵によって勝利する「ミソサザイは鳥の王」型の動物昔話のような「鷦鷯を鳥の王とする伝承」が、「記紀以前」にすでに存在したであろうとしている。(10) しかし本章では、『記』に「鳥の王」説話の残存を見るのではなく、『記』じたいが、叙述の中のこの部分において、天皇やその兄弟姉妹たちをその名のとおりの鳥でもあると見る位相を導入していることを重視したい。

男であり、女である、という生物としての性別は、人という種のみならず、動物や鳥にも共通する差異である。本章で述べてきたように、天皇が「直」に求婚に出向き、かつ「殿戸の閾」にいて歌うことで、天皇や臣下といった社会的区分とは異なる位相でこの場面を見よ、というメッセージが発せられる。「殿戸の閾」という歌のトポスが、異類との区別が流動化しうる状態を説話の中に導き入れ、人と鳥という種の上での区別ではなく、人にも動物や鳥にも共通する、男・女ないし雄・雌という差異に標準を合わせるように要求する。このこと自体、シャーマンが鳥装してシャーマンとして行動せざるをえない場合のような非常事態かつ危機的な状況が、今起こっていることを示すのではないだろうか。虚構を前提として語られる動物昔話のような説話が語られているわけではないし、そうした無害な説話と、オホサザキ（偉大なるサザキ）にまつわる『記』の説話は異質なものである。

サザキ・メドリ・ハヤブサという鳥の名の登場人物たちが活動する『記』説話のこのくだりにおいて、戸の「閾」は人と鳥との別よりも、男二人が女を争うという人と鳥との共通項こそを前面に押し出し、神話的な思考の発動をうながす。種としての通常の状態そのままであれば、ちっぽけなサザキが猛禽類のハヤブサを殺すことは不可能である。人が鳥であり、鳥が人でもありうるような思考領域にあってこそ、天高く飛びサザキを捕獲する習性のハヤブサを小さな身体のサザキが殺すという、自然の摂理の逆転が可能となる。

4　鳥のオホキミたち

動物や鳥の名を負うからといって、古代においても日常的には決して、人がその名のとおりの異類であると考えられていたわけではない。『日本霊異記』上巻第二縁は、「狐《きつね》の直《あたへ》」という一族の起こり（「縁」）として、キツネと人の男との婚姻と子の出産を記すが、あくまでも「霊異」を語る中で、また、欽明天皇の「昔」を語る枠において、「三乃国の狐の直等が根本」として提示される。キツネと人の男の間に生まれた子は「是の人強くして力多有りき。走ることの疾きこと鳥の飛ぶが如し」とある。人ならざるものとして、鳥のような異能を持つことを「狐」という名は表している。その名の神話的起源において、人の男と動物であるキツネの女との婚姻がありえた。

また、清寧記に見える「志毘《しび》」という名の男と「大魚《おふを》」という名の女がその名のとおり、魚のシビであり大きなウヲ（すなわち大きな獲物）であるということが明かされるのは、「歌垣」で歌われた歌の中においてである。

故、天の下を治めむとせし間に、平群臣《へぐりのおみ》が祖、名は志毘臣、歌垣に立ちて、其の袁祁命《をけのみこと》の婚はむとせし美人《をとめ》が手を取りき。其の娘子《をとめ》は、菟田首等《うだのおびとひとし》が女《むすめ》、名は大魚ぞ。爾くして、袁祁命も、亦、歌垣に立ちき。是に、志毘臣が歌ひて曰く……是に、王子《みこ》、亦歌ひて曰はく、

しほせの　なをりをみれば　あそびくる　しびがはたでに　つまたてりみゆ

爾くして、志毘臣、愈《いよ》よ怒りて歌ひて曰はく、

おほきみの　みこのしばかき　やふじまり　しまりもとほし　きれむしばかき　やけむしばかき

爾くして、王子、亦、歌ひて曰はく、

おふをよし　しびつくあまよ　しがあれば　うらごほしけむ　しびつくしび

如此歌ひて、闘ひ明して各退きき。

説話文において、シビやオフヲは平群臣の祖や菟田首等の娘の名にすぎない。しかし、引用一首目の歌の中の「しび」は歌垣の群衆の中を歌舞しながらやってくる、[11] すなわち「遊び来る」志毘臣（人）であると同時に、潮の流れのただなか、波立つあたりを泳いでくる魚のシビ（鮪）でもある。志毘は王子にそう歌いかけられ、名の本質を言い当てられてしまい、かつ、傍らに立つ女を王子のパートナー（「つま」）だと見ていると知って、激怒する。怒った志毘の歌は「おほきみ」の柴垣をすぐに切れ、焼けてしまう「垣」だと罵倒し、歌の言葉で破壊しようとしている。妻を、自分と一対となる異性のパートナーたる妻としてこめる「垣」がどこに「たつ」のかは、二人のヲトコのテリトリーとしての「垣」がどこにあるのかに関わっており、この場はまさしく「垣」をめぐり「歌」で争う「垣の歌争い」の場なのである。[12]

引用三首目、王子はふたたび、志毘と鮪を重ね、さらに女の大魚を名のとおりの大きな魚と見立て、大きな魚（女）を獲得しようとしている海人である志毘は、魚が魚を捕獲しようとしているのだからうまくいかないだろう、と歌う。ここでも、歌の言葉の中に、志毘（人）と鮪（魚）、大魚（人）と大魚（魚）とが融通無碍に交換可能な時空が出現している。そこは、オオキミの御子の柴垣を「きれむ」「やけむ」と歌うことも可能な時空でもあった。

天皇、女鳥、速総別が歌をもって争う仁徳記も、登場人物たち自身の歌う歌によって彼らが名のとおりの鳥であることを明らかにしている。そこで展開しているのは、歌の場の外側から見れば天皇のテリトリーがいったん切れ、焼けてしまうような、天皇側からすれば危機的な事態、あらためて「垣」を立ち上げるべき事態でもあったろう。

速総別王、女鳥王、天皇はいずれも母を異にする前代の応神天皇の御子である。速総別、女鳥ともにその母の出自氏族によって、説話の背景に氏族伝承的なものを見る説もあるが、女鳥も速総別も同母の兄弟姉妹に鳥の名を持つ者はおらず、両者の名はサザキという天皇名との関係において存在させられていると考えられる。三者は、鳥であることにおいて同じ天皇の子なのである。女鳥は「めどりの　わがおほきみの　おろすはた　たがたねろかも」という天皇の歌の中に、オホキミたるメドリ、として歌われる。女鳥王の歌う「たかゆくや　はやぶさわけの　みをすひがね」「ひばりは　あめにかける　たかゆくや　はやぶさわけ　さざきとらさね」では速総別王が天高く行くハヤブサであり、ワケの名を持ち、敬意を持って呼びかける相手であることが明かされている。オホサザキという天皇の名は、前代の応神記の、吉野の国主《くにす》らの歌にも見いだせる。

又、吉野の国主等、大雀命の佩《は》ける御刀《みはかし》を瞻《み》て、歌ひて曰はく、
ほむたの　ひのみこ　おほさざき　おほさざき　はかせるたち　もとつるき　すゑふゆ　ふゆきの　すからがしたきの　さやさや

「日の御子」たるオホサザキを、その腰に佩いた大刀の霊威の発動を歌うことでほめたたえるが、この歌は『紀』にはない。青木周平は吉野の国主らによる歌の奏上が「「国神」層の服属の確認と「日の御子」大雀命の賛美により、次期天皇の有資格者としての大雀命像を語っている」と指摘し、『記』の「日の御子」像の成立は「応神記（中巻）から仁徳記（下巻）の大雀命物語に認める」ことができ、その造形に歌が重要な役割を果たして

いることに注目している。[13]『記』の大雀命は吉野の国主という服属者らからささげられた歌によって、皇統を継ぐ「ひのみこ」と成った、ということになろう。さらに言えば、歌詞じたいは「ほむたの　ひのみこ」と「おほさざき　おほさざき」とを並列し、御子と鳥類の一つであるサザキとを重ねる仕組みによって、御子が偉大なる鳥のサザキそのものであるからこそすばらしく、偉大なるサザキは日の御子であるからこそ偉大である、と称揚するのである。

ここで吉野の国主（国巣）らの祖が、『記』の神武天皇条に「尾生ひたる人」として登場していたことを想起したい。鳥のように「尾」が生えた存在を祖とするものどもの側からすれば、自分たちがほめたたえ、服属すべき相手が偉大なる鳥のサザキであるのは理にかなったことであったろう。仁徳は、この歌が歌われるたびに、その名のとおり鳥の一種たるサザキとしての像を呼び起こされ、サザキたる日の御子として伝えられてゆく。この歌によって、仁徳天皇はふつうの人ならざる異類の本質を抱えた存在たりえた。

そのサザキが、同じ鳥どうし、しかし種を異にするハヤブサと、メ（女）を争ったのである。同じ皇統内での血族の争いは、彼らがみな、鳥でもありうる特別な存在であればこそ起こった、ということであろう。三者の中でメドリだけは、鳥の種別を明らかにしていない点も見落とすことはできない。[14]清寧記の歌垣における「オフヲ（大魚）」が、「志毘（鮪）」のように魚の種別名を負わず、大きな魚という意によって大きな獲物でもありうる名であったのと同じ論理が認められる。鳥類の中にはサザキ、ハヤブサといった種による別がある。しかし、メドリの名は「メ（女）」であることをのみ体現する鳥として、種を異にする鳥男たちに共通の結婚対象（獲物）であることを示すと考えられる。とすれば、従来のように『記』の女鳥に、天皇よりも速総別王を選択し、天皇の異母弟に謀反を勧めた積極的な女性像を見るのは納得しがたい。[15]

冒頭に引用した部分の前文において、女鳥は次のように「語」る。

亦、天皇、其の弟速総別王を以て媒と為て、庶妹《ままいも》女鳥王を乞ひき。爾くして、女鳥王、速総別王に語りて曰はく、「大后の強《こは》きに因りて、八田若郎女を治め賜はず。故、仕へ奉らじと思ふ。吾は、汝命の妻と為らむ」といひて、即ち相婚《あひあ》ひき。是を以て、速総別王、復奏さず。

大后の嫉妬が強大なゆえに天皇と結婚した八田若郎女がきちんと処遇されていないことをもって「仕へ奉らじと思」い、速総別王に「汝命の妻と為らむ」と「語」る女鳥王は、たしかに、現代の私たちからすれば自らの意思を貫こうとしているようにも見える。ただ、鳥のオホキミたちの争う神話的な時空において、女鳥は「メ」という属性を発揮しているのだとすれば、どうであろうか。前述した歌の論理で考えれば、求愛に来訪した男を選択できるのは建物の内側にいる女の側のはずである。女鳥は歌の男・女の論理に従っているのにすぎないのではないか。

また、この前段には八田若郎女に子がなかったことが、天皇と若郎女の歌問答に「やたの　ひともとすげは　こもたず　たちかあれなむ　あたらすがはら　ことをこそ　すげはらといはめ　あたらすがしめ」「やたの　ひともとすげは　ひとりをりとも　おほきみし　よしときこさば　ひとりをりとも」と歌われている。大雀天皇と結婚しても、同母の姉妹がそうであったように「こ」すなわち、子孫を残すことができないのだとしたら、鳥類の「メ（女）」であればこそ、子を残すことができる種たるハヤブサを選ぶだろう。

女鳥は機織殿の中にこもり、サザキに歌いかけられて答歌を返す。

たかゆくや　はやぶさわけの　みおすひがね

速総別王は空高く飛ぶ。ハヤブサという種の属性をそのままに体現した相手であるからこそ、「女」たるメドリは彼を夫として選んだということがわかる。女鳥は、鳥の雌として、自然の法則にしたがった選択をしたのである。

ひばりは　あめにかける　たかゆくや　はやぶさわけ　さざきとらさね

夫の速総別が到来したとき、天高く駆けり飛ぶヒバリよりも高く行くものとしてハヤブサをほめたたえ、サザキを獲りなさいませと勧める右の歌も、上空から急降下して小動物や小鳥を捕獲するハヤブサの習性にそって歌われている。鳥の女として歌う女鳥王は自然の理法そのままの振る舞いを一貫して行っていると言えるだろう。ハヤブサがサザキを捕食したとしても、鳥の世界では、それこそ自然の理に沿った行動そのものである。一方、弱小な鳥であるサザキは「あめ」を駆けることも「たかゆく」ことも、ハヤブサを「とる」こともできないはずだ。

だからこそ、「さざきとらさね」の歌を「聞」きつけた天皇は、自身で出向くことなく「即ち軍を興し」て女鳥と速総別の二人を「殺」そうとするだろう。ハヤブサと女鳥の二人は共に逃げ、倉橋山へ登る。

爾くして、速総別王・女鳥王、共に逃げ退《そ》きて、倉椅山に騰《のぼ》りき。是に、速総別王の歌ひて曰はく、

はしたての　くらはしやまを　さがしみと　いわかきかねて　わがてとらすも

又、歌ひて曰はく、

はしたての　くらはしやまは　さがしけど　いもとのぼれば　さがしくもあらず

故、其地より逃げ亡《う》せて、宇陀《うだ》の蘇邇《そに》に到りし時に、御軍、追ひ到りて殺しき。其の将軍《いくさのきみ》、山部大楯連《やまべのおほたてのむらじ》、……

「いも」の手を取り、「さがしき」山を登る速総別王にも、「たかゆく」ものとしてのハヤブサの行動を見ることができよう。サザキは自分では追って殺害することはできない。女鳥のもとへ「直」に行ったようには、追うことをしない。代わりに、天皇の「御軍」が、追い到り殺す。

ここにおいて、オホサザキたるオホキミは、単なる鳥装のシャーマンではないことが明らかになる。ちっぽけなサザキは体力や自然の習性においてはハヤブサに到底かなうものではないが、「将軍」に率いられた「御軍」を即座に動かす大きな統率力を持っていたのである。

『紀』には、仁徳朝にはタカを放って遊猟する、天皇による鷹狩の開始を示す記事がある（四一年三月条、四三年九月条）。鷹狩の「タカ」には古代からハヤブサが含まれているとされることから、『紀』や『記』の「この物語が鷹狩りの風習の反映を思わせるのは……鳥が鳥を捕える、あるいは鳥に追われ捕らわれるという発想が、繰り返し現れるからである」(16)と指摘されてもいる。

同じ父の子たるオホキミどうしが女を取り合い、帝位を狙って殺し、殺されるという凄惨さは、同じ鳥どうしが殺し合う凄惨さ以上に、「軍」を使役して殺させるところにあると思われる。鷹狩は、鷹に獲物（鳥、動物）を狩らせておいて人がその獲物を横取りするという狩猟方法にほかならない。八世紀には天皇が兵部省下に放鷹司を置き、鷹養戸を定める他、諸衛府のもとにも鷹所が置かれ、各国の国司でも養鷹が行われていた(17)。鷹狩は、軍の統括や地方統治と不可分にあった王権の狩猟であり、天皇こそが独占した狩猟であった。

『記』の速総別王、女鳥、大雀の説話が「鷹狩りの風習の反映」であるかどうかは、『記』の説話の内部からは判然とはしない。が、鷹による狩猟方法は、自らは直接手を下さず、人が、使役する「軍」を使って同じ人を殺すという「御軍」の構造を照射しているだろう。帝位に関わるとあれば軍隊を使って同族を殺すという反自然的な行動と、サザキという鳥の振る舞いとを一つの身体において体現しうるのが『記』の大雀天皇なのである。

サザキとしての天皇像は「聖の帝」とたたえられた天皇像といささかも矛盾しないとの荻原千鶴の指摘もある(18)が、むしろ矛盾した異質な論理を異質なままに体現するのが『記』のオホサザキではなかったか。大雀天皇は「閾」の上で歌い、歌によって「情」を「知」ることができた。また、自身の宮ならぬ場所でハヤブサに向かって歌われた「さざきとらさね」の歌を「聞」き、謀反の動きをいち早く察知した。こうした歌にまつわる力や知力は、歌声が特徴的な鳥のサザキならではのものであろう。とはいえ鳥装のシャーマンも発揮したであろう歌にまつわる能力のみでは、帝王たりえない。「御軍」を統治し使役する能力を持って同族を殺したことにおいて、大雀天皇は単なるオホキミであることを超えた「聖帝」であり、帝国の王であった、と語られているのである。

こうして鳥のオホキミどうしは結局、異母兄妹内の結婚で子孫を残すことを否定したことになろう。帝位につくことになった三人の仁徳の子はすべて、葛城之曽津毘子《かつらぎのそつびこ》の娘、石之日売命《いはのひめのみこと》が生んだ御子たちである。鳥の王たちの妻争いは、歌が開く、鳥と人とが置換可能な神話的位相において、異母兄妹婚によっては子を作らず、天皇の皇位も継承されないという仁徳皇統の起源を語る、王権神話にほかなるまい。

5　歌と琴と仁徳天皇

仁徳記は末尾に、天皇が「御琴」を臣下にさずけて歌わせたという日女島《ひめしま》での雁卵生《かりらんしょう》説話と、この御代に霊妙な高樹によって琴が作られた説話とを記して収められる。

日女島での豊楽において、天皇が「歌を以て、雁の卵を生みし状を問」い、建内宿禰《たけうちのすくね》が「歌を以て語」り、さらに「御琴を被給」して、「ながみこや　つひにしらむと　かりはこむらし」と歌った。仁徳の御子たちが永遠にこの世を統治するだろうという、未来を予言する神の託宣に等しい歌を導いたのは天皇の「御琴」であった。そして、「御琴」がそもそもどのようにして得られたかのエピソードが、御代の最後に置かれるのである。

此の御代に、菟寸河《とのきがは》の西に、一つの高き樹有り……其の焼け遺れる木を取りて、琴を作るに、其の音、七里に響きき。爾くして、歌ひて曰く、

からのを　しほにやき　しがあまり　ことにつくり　かきひくや　ゆらのとの　となかのいくりに　ふれたつなづのきの　さやさや

此は、志都歌《しづうた》の歌返《うたひかへし》ぞ。

居駒永幸が「古事記というテキストが意図する仁徳末尾の枯野の船の構成論理」として、「仁徳の御代に霊威に満ちた琴が出現したという、その琴の起源をうたう（語る）神話によって、「聖帝の世」としての仁徳の御代の絶対的至尊性が言語的に獲得される」のだとしているとおりであろう。(19) 加えて、仁徳記の末尾の歌が、仁徳のオホサザキの名をほめたたえる国主らの歌に呼応するかのように、「さやさや」で歌い収められている点に注目したい。

「……なづのきの　さやさや」「……したきの　さやさや」と歌われる「さやさや」が、「木」の立てる音と「木」が自らにさやぐ様態とが合わさった音現象を示す語であり、「木《こ》」の「音《と》」としての「琴」の立てる音でも

あることは別に述べたことがある。[20]「さやさや」は、草木が言語する野生の状態をあえて引き起こす句でもある。仁徳記に「志都歌の歌返」「本岐歌の片歌」と見えるような歌曲名をともなった宮廷歌謡としては、天皇の管理する「御琴」とともに歌われることで、樹木そのものが立てていた野生の音の世界を喚起しつつ、それを、琴を弾くワザによって統御するのである。

仁徳天皇の大刀は、金属で作られた武具でありながら「ふゆきのしたき」という「き」と同様に「さやさや」という音現象——音声と様態が未分化で、外界の全環境に影響を及ぼす現象——を発現する。「さやさや」と歌うとき、金属と樹木との差異も、人と鳥との差異も包括され、オホサザキの大刀は単なる武具ではなく皇統を継ぐ「日の御子」の大刀となる。天皇が臣下に弾かせる琴も、切り倒され、焼かれ、人のワザによってたわめられた樹木（楽器）でありながら、「なづのき」という樹木同様「さやさや」と鳴って皇統の永遠を約束する。鳥装のシャーマンの系譜にあり、かつ「聖帝」でもありえた帝王の大刀も、御琴も、鳥の名を負う天皇にふさわしく「さやさや」と歌うのである。

（1）土橋寛『古代歌謡全注釈　古事記編』角川書店、一九七二など。
（2）岡部隆志『古代文学の表象と論理』武蔵野書院、二〇〇三。
（3）歌垣の場で、参加者がヲトメ・ヲトコと成ることについては、猪股ときわ『歌の王と風流の宮——万葉の表現空間』森話社、二〇〇〇。
（4）山路平四郎『記紀歌謡の世界』笠間書院、一九九四。
（5）寺川真知夫「雌鳥皇女・女鳥王伝承の性格と形成——反逆伝承の公開と氏族」『梅澤伊勢三先生追悼　記紀論集』続群書類従完成会、一九九二。

(6) 煎本孝『アイヌの熊祭り』雄山閣、二〇一〇。
(7) 北條勝貴「生命と環境を捉える〈まなざし〉」『歴史評論』七二八、二〇一〇・一二。
(8) 山田純「「鷦鷯」という名の天皇――鳥名と易姓革命」『日本文学』五七―一、二〇〇八、黒田彰「「鵄梟と伯労――「鷦鷯」という名の天皇」読後」『日本文学』五八―一、二〇〇九。
(9) 平林章仁『鹿と鳥の文化史』白水社、一九九二。
(10) 寺川真知夫、注5に同じ。
(11) 「あそびくる」が、歌垣の場で歌いつつ舞うさまであることについては、猪股、注3を参照されたい。
(12) 高橋六二「垣の歌争ひ――様式としての「歌語り」の想定のために」『想像力と様式』武蔵野書院、一九七九、青木周平「記紀の主題と歌――シビ（志毘・鮪）歌群を中心に」『国語と国文学』八三―四、二〇〇六。
(13) 青木周平『古代文学の歌と説話』若草書房、二〇〇〇。
(14) 村上桃子も「メドリ」の名に注目し、「「女鳥」のみが女と性別を含むことから、そこには雄鳥が意識される。ここでは大雀命と速総別王がそれであり、雄鳥両者に対する雌鳥の王と位置づけられる」と指摘する。「女鳥王　雲雀の歌」『古事記の構想と神話論的主題』塙書房、二〇一三。
(15) 荻原千鶴『日本古代の神話と文学』塙書房、一九九八、阿部誠「仁徳記・女鳥王の歌謡物語――その表現と構想」『古事記年報』四五、二〇〇三・一など。
(16) 荻原千鶴、注15に同じ。
(17) 秋吉正博『日本古代養鷹の研究』思文閣出版、二〇〇四。
(18) 荻原千鶴、注15に同じ。
(19) 居駒永幸『古代の歌と叙事文芸史』笠間書院、二〇〇三。
(20) 猪股ときわ『古代宮廷の知と遊戯――神話・物語・万葉歌』森話社、二〇一〇。

3　猪と遊ぶオホキミ　歌の雄略天皇

1　木登りして歌う天皇

『古事記』の雄略天皇は、木登りして歌う。

(A)又、一時、天皇、登幸葛城之山上。爾、大猪、出。即天皇以鳴鏑射其猪之時、其猪、怒而、宇多岐依来。故、天皇、畏其宇多岐、登坐榛上。爾、歌曰、

やすみしし　わがおほきみの　あそばしし　ししの　やみししの　うたき　かしこみ　わがにげのぼりし　ありをの　はりのきのえだ　（記97）

天皇が葛城山に登ると大猪が出現する。鳴鏑《かぶら》を射ると、その猪が怒って「ウタキ依来」た。天皇はその「ウタキ」を畏み、榛《はり》の木の上に登り坐して歌うのである。木に登る天皇は他の上代文献も含めてここにのみ見える。西郷信綱は、木に逃げ登る天皇の振る舞いに注目し、狩ろうとして手負いとなった猪に追われ木に逃げ登る雄略に「スメラミコト」（天皇）以前の「オホキミ」ないし「伝承上の古い王」の姿を見、人々に笑いを引き起こす

ヲコの力を指摘する。(1)しかしそもそも、雄略は猪を狩ろうとしたのであろうか。雄略は木に登っただけでなく、木に坐して歌ってもいる。樹上で歌う行為も上代文献では他に見いだすことはできない。

葛城山の大猪との出会いが雄略の木登りのきっかけである以上、木登りにも歌う行為にも、オホキミなるものと葛城山の大猪という人ならざるものとの関係をめぐる、神話的思考が働いているのではないだろうか。『記』は歌を漢字一字一音表記の方法で記すことで、説話文とは異質な言語と位置づけていると考えられる。のみならず、そこまでの言語とは異質な言葉がなぜここで発せられるのかを、『記』は歌う場所(歌のトポス)、歌い手のありよう、歌の言葉が働きかける対象などを含めて神話的位相において語っていると思われる。前章では仁徳記における「殿戸」や「閾」の上、という場が歌のトポスであり、そこにいる天皇がサザキという異類と化して歌っていると描かれていることを見た。本章でも、「榛上」という樹木の上に天皇が「登」り、「坐」して「歌曰」したという記述に注目したい。

2 「鳴鏑」という音響装置

雄略は「葛城之山上」に「登」ったのだったが、天皇の登山には、

於是、天皇、登高山、見四方之国、詔之、於国中、烟、不発、国、皆貧窮……(仁徳記)

初大后坐日下之時、自日下之直越道、幸行河内。爾、登山上望国内者……(雄略記)

のような山に登って「見る」ことにより国土の領有を確認する「国見」がある。(2)ただし、(A)では国見は行われて

いない。(A)の直後に、もう一度語られる、葛城山に「登」るという行為との関係で考えることができる。

(B)又、一時、天皇登幸葛城山之時、百官人等、悉給著紅紐之青摺衣服。彼時、有其、自所向之山尾、登山上人。

……

「又、一時」と、(A)と並列して記される葛城登山で出現したのは、天皇一行と全く同じ姿形に威儀を整えた一行であり、この山上に「登」る「人」は後に、葛城山の一言主神《ひとことぬし》であったとわかる。葛城山の大猪は一言主神のように、葛城山を本拠地とする山の側の存在と考えてよいだろう。

景行記のヤマトタケルも「伊服岐能山之神《いぶきのやまのかみ》」を「取」ろうとして山に「騰《のぼ》」り、「白猪」に出くわす（「詔、茲山神者、徒手直取而、騰其山之時、白猪、逢于山辺」）。この「白猪」をヤマトタケルは山の神の使者と判断するのだが、実は神の「正身《ただみ》」であった、と記される。ヤマトタケルが伊服岐能山に登ったのが山の神を「取」る、すなわち屈服させるためであったように、雄略の(B)の葛城登山も「葛城山の神の支配する領域へ、天皇の特権をもって踏み込んだ」のであるという、中村啓信の指摘に従える。[3] とはいえ、中村は(A)では、天皇は猪として出現した山の神に「激しい抵抗を受けた」とするが、果たしてそうなのであろうか。

山で「白猪」と出くわしたヤマトタケルは、「言挙《ことあげ》」という特殊な方法で言葉を発している（「為言挙而詔」）。「言挙」の内容は山の神の側に通じたのであろう。氷雨が降り、ヤマトタケルを打ち惑わす（「零大氷雨、打或倭建命」）という事態はヤマトタケルの言葉を受けた山の側の反応と思われる。このヤマトタケルの「言挙」に相当するのが、(A)においては天皇が「鳴鏑」を射るという行為であろう。続いて、山の側からの応答である「零大氷雨、打或倭建命」に相当するのは「其猪、怒而、宇多岐依来」という事態であったと考えられる。

「鳴鏑」を射るのは猪を射殺そうとする行為ではない。[4]「鳴鏑」とは、それ自体に殺傷能力のある矢ではなく、「音響で獲物を射すくめながら殺傷するのが本来だが、戦闘開始の合図にも用いられた」（新編日本古典文学全集頭注）とされ、穴を開け、中空にした鏑の部分の仕掛けによって矢が飛ぶ間だけ音を発する、一種の音響装置である。

『記』の中で、「鳴鏑」は(A)以外に三例見いだせる。

(ア)亦、鳴鏑射入大野之中、令採其矢。故、入其野時、即以火廻焼其野。於是、不知所出之間、鼠、来云、内者富良々々、外者須々夫々、如此言。故、蹈其処者、落隠入之間、火者焼過。爾、其鼠、咋持其鳴鏑出来而、奉也。

（『記』上、根堅州国）

(イ)……亦、坐葛野之松尾、用鳴鏑神者也。

（『記』上、大年神の系譜）

(ウ)故爾、於宇陀有兄宇迦斯・弟宇迦斯二人。故、先遣八咫烏、問二人曰、今、天神御子、幸行。汝等、仕奉乎。於是、兄宇迦斯、以鳴鏑、待射返其使。故、其鳴鏑所落之地、謂訶夫羅前也。将待撃、云而、聚軍。

（『記』中、神武天皇）

(ア)ではオホアナムヂは広い野原の中に落ちた矢の在処を探り当てることはできないが、鼠は「鳴鏑」の音を聞き取り、その在処を正しく探り当て、持ってくるのであろう。(イ)で松尾に坐すという神が「鳴鏑」を「用」いるとするのは、「鳴鏑」の飛来や音に松の尾の神の意が宿るとされたか。(ウ)においては神武天皇側が八咫烏《やあたがらす》を派遣して仕え奉るかどうか聞いたところ、兄ウカシが「鳴鏑」で使者を「待射返」す。

以上、「鳴鏑」は、松の尾の神、ネズミやカラス、というように、日常の次元では人の言葉を解さぬはずの神や異類とともに登場している。ネズミは「鳴鏑」が放たれた後に出て来て、「内者富良々々《うちはほらほら》、外者須々夫々《とはすぶすぶ》」と「言」って火を免れる方法を教え、カラスは「今、天神御子、幸行。汝等、仕奉乎」と二人に向かって「問」いかける。カラスやネズミでなければそのメッセージを発して伝えられないという状況にあって、異類たちは人の言葉で知らせたり、問いかけたりする役割を担うメッセンジャーとなる。それはカラスやネズミの側からすれば、通常の動物としての状態とは異なる、変成した言語状態にあることであろう。

そうした神話的次元の中での「鳴鏑」の働きは、音声によって異類に働きかけ、異類を変成した言語状態と化したり、すでに変成言語状態にある異類とのコミュニケートの可能性を開くことであったと考えられる。『記』がカブラ矢を「鳴鏑」と記すのも、武具としての矢ではなく、鳴る装置ととらえていることを示唆しよう。この矢の音声は、人の声でも人の言葉でもないが、独自な音響によって、相手が動物であれ、敵対する可能性のある人であれ、世界を異にする相手に強く働きかけ、互いが接触し合い、交感し合う可能性のある磁場を開く。

(A)の場合、大猪が葛城山から「出」たことじたいが、ヤマトタケルの場合の「白猪」のように、向こう側(山)からのなんらかのメッセージとおぼしい。対して天皇は「鳴鏑」を射て音を立て、音響によってその場を変容させ、猪との接触を図る。兄ウカシのように、「待射返」したとはないので、山の側の存在に対する拒絶のメッセージを発したわけではあるまい。

山の領域に踏み込んだとたんに出現した大猪に向け「鳴鏑」で射るという雄略の行動は、歌では「あそばし」た、としている。大猪に向けて「鳴鏑」を射ることは、異界から出現した存在と交流する場を開こうとしたという意味で、「あそび」と称するべきものであった。少なくとも歌の言葉は、大猪が出現する、対して天皇が「鳴鏑」を射かけるというやりとり自体を、双方の出会いと交流としての「あそび」として歌うのである。

3　猪の「怒」りとウタキ

「鳴鏑」の音は、周囲の場全体の共振を誘い、相手やあたりを巻き込む「音現象」をあえて引き起こすものであったろう。[5]その音が、猪の「怒」りを引き出し、「ウタキ依来」という結果を導くのだが、山の側の存在たる大猪の「怒」りという反応も、単なる狩猟場面での手負いの猪の動作というわけではあるまい。

荻原千鶴は『記』において怒り（「怒」「忿」および「忿怒」）を発するのは、神と猪の用例がほとんどで、例外はイハノヒメ大后と雄略のみであること、いずれの場合も外部に向けての言語活動を含む攻撃的衝動に瞬間的に直結しており、衝動は「表に流出し顕になるものであり、むしろ行動することそのものでもある」とする。(A)の猪の「怒」については、「猪は山という秩序の域外を領する神であり、その怒りは神々の怒りと同じく、統御されぬものの魂の発現の姿と考えることができる」という。[6]

荻原に従って「怒り」の全十四例をたどってみると、まず、イザナキなどの神が以下五例である。

(1)イザナキが「大忿怒詔」。「汝はこの国に住むべくあらず」とスサノヲを神ヤラヒする。

(2)ヤガミヒメがオホアナムヂ神に「嫁はむ」と言い、八十神が「忿欲殺」。

(3)アヂシキタカヒコネが死んだアメワカヒコに間違えられて「大忿曰、我者、有愛友故、弔来耳……」と言って喪屋を剣で切り伏せ、足で蹴り飛ばす。

(4)アヂシキタカヒコネが「忿」って飛び去る。

(5)オキナガタラシヒメに「帰」った神の言教えを仲哀が「詐りを為す神」と言い、「其神、大忿怒詔」して

「凡そ、この天の下は汝が知るべき国に非ず。汝は、一道に向かへ」という。天皇は「崩」。

神の怒りは相手を異世界や死に追いやる(1)(2)(5)こと、怒りが「詔」や言葉と連動する場合がある(1)(3)(5)ことに注意される。

次に猪の事例は三例。

(6)カグサカ王が斗賀野でウケヒ狩をし、歴木《くぬぎ》に「騰座《のぼりま》」して「見」ると「大怒猪出」、歴木を掘り、猪は王を「咋食《くひはむ》」。

(7)兄王（オホヤマモリ）は舵取り（ウヂノワキイラツコ）に「伝聞茲山有忿怒之大猪。我其の猪を取らむと欲ふ。若し其の猪を獲むや」と問う。

(8)(A)に同じ。

猪は(6)「大怒猪出」、(7)「伝聞茲山有忿怒之大猪」のように、出現と同時に「怒」っていたり、常に怒っている存在として語り伝えられたりしている。同じく「シシ」と呼ばれる鹿の場合は決して怒れる存在としては語られないことからしても、怒りは猪に特有のものであることがうかがえる。怒れる猪が人を喰らうこともあった(6)のは、人に死をもたらす神の場合と通じていよう。

人の怒りは、次のように雄略天皇、イハノヒメにほぼ限定される（例外は(14)）。いずれも通常の言葉はなく、相手を異世界（死）へ追いやる行動にのみ直結する。

(9)イハノヒメ大后は、クロヒメの船を望みながら天皇が歌った歌を「聞」いて「大忿」、人を大浦に遣してクロヒメを「追ひ下して、歩より追ひ去」る。

(10)倉人女が水取司の仕丁から「聞」いた「語」りをイハノヒメ大后に白すと「大后恨怒」、御船の「御綱柏」を悉く海に投げ棄てる。

(11)オホハツセ王（後の雄略）が「童男」のとき、マヨワ王が安康天皇の頸を打ち斬ってツブラオホミの家に逃げたという「事」を「聞」き「慷氣怨怒」、兄クロビコのもとへ行くが兄が怠り緩んでいるので刀を抜いて打ち殺す。

(12)オホクサカ王が横刀の手上を取って「怒」っている、と讒言。

(13)(B)に同じ。

(14)シビとヲケ命（後の顕宗天皇）の歌垣。王子の歌を受けたシビ臣は「愈怒歌」い、「如此歌而、闘明各退」。

神の怒りは怒った神の「詔」や言葉と結びつく場合があったが、人は、怒りによって言葉を失うということではないだろうか。ところが、唯一例外は、「歌垣」の場合(14)である。人は怒りで言葉を失うが、歌うことはできるようである。このことについては後述したい。

(A)の葛城山の大猪は「鳴鏑」の音響に共振することによって、身体の内にはらまれていた、怒りという山の神としての威力を露わにした、と考えられる。大猪の存在形態の変容である。大猪の姿をした山の側のものは、「鳴鏑」の音声と共振したのだから、なんらかの音声は発したのであろう。ただし(ア)のネズミのように変成言語の状態と化して言葉を発するのではなく、「ウタキ」となったのであった。

「宇多岐依来。故、天皇、畏其宇多岐……うたきかしこみ……」と繰り返されるウタキは、古代語の事例としては(A)にのみ見える。『播磨国風土記』に「……一の猪、矢を負ひて阿多岐しき。故、阿多賀野といふ」とある「アタキ」と関連するかとされる。しかし、アタキが「敵キ」の意というのは、「敵《アタ》」は動詞化するとアタムとなるはずであり、ウタキとの関連づけは曖昧であるとされる[7]。アタキじたいも不明語とするしかなさそうである。限定された用例ゆえに猪狩りの場などに結びついた語とも指摘され[8]、通常はおそらく説話内の状況から「唸る」と訳される。「宇多岐依来」は動詞ウタクの連用形ウタキに動詞「依り来」がつき、「（猪が怒って天皇の方へ）唸りながら依り来た」のように解されている。しかし、他の動物や人の唸り声一般ではなく、特定の状況にある猪にこそ結びついた語であることを、(A)の説話自身が語っているのではないか。

原文は「其猪怒而宇多岐依来」と、猪の「怒」と「宇多岐依来」とが「而」で結ばれ、継起の関係にあることを示す。猪の「怒」に継起して「宇多岐依来」という現象ないし動きが起こったのである。「依来《よりく》」るものは、『記』の中では海のかなたから光って神が「依来」る（「有光海依来之神」）、スクナビコナが波の穂から小舟に乗って「帰来《よりく》」る（「有帰来神」）というように、神霊である。ここも、猪の「怒」りの発動にともなってどこからか神霊に相当するような「ウタキ」なるものが猪に「依来」たと解せよう。助辞を欠いた「宇多岐・依来」は成句的な形をとって、「ウタキ」とは怒れる猪に「ヨリ・ク」るものであることを表すだろう。怒りによって大猪は「ウタキ」が依り来た状態と化したのである[9]。だからこそ天皇は、怒れる猪をではなく、猪の「ウタキ」を畏み、木登りする。「天皇、畏其宇多岐、登坐榛上」は「天皇、其のウタキを畏みて……」と訓ませるが、歌では「（やみししの）うたき　かしこみ　わがにげのぼりし」とあって、「ウタキ・ヨリ・ク」と同様、「（ヤミ・シシノ）ウタキ・カシコ・ミ」も助辞を省略して成句化していることがうかがえる。猪には「ウタキ」というものが依り来ることがあり、「ウタキ・ヨリ・ク」となって猪の身体というより存在自体が変容してしまったとき、それはカシコムべきものであったのである。

イザナキが「ウヂタカレコロロキテ」の状態のイザナミの身体を見て畏れ逃げ（「見畏而逃還」）、ホヲリが産殿の中のトヨタマの「本国之形」たる八尋ワニの様態（「化八尋和邇而、匍匐委也」）を見て畏れ逃げ（「見驚畏而遁退」）、ホムチワケがヒナガヒメが「蛇」であるのを見て畏れ逃げた（「見畏遁走」）ように、異界の存在の異界における様態が露わになったのを見る側は、「畏」となって即座にその場から逃走する。媒介なしで、世界を異にする者どうしが近しく接触することは、両者の交流を遮断してしまい、逃走するという行動で即座にしかるべき距離をとるしかないのであろう。「鳴鏑」による怒りが導いた猪に特有な「ウタキ・ヨリク」の状態も、変容して通常の猪ならぬ猪と化した存在のエネルギーを、音声をともなって、全身体的に顕現した状態であろう。

藤井貞和は「うたき」を、歌の発生してくる一つの状態と見られる「うた状態」と結びつける。「うた状態」は「うただのし」「うたたけだに」「うたづきまつる」など接頭語としての「うた」や、「うたた」「うたて」「うたがたも」「うたがふ」「うたがき」「うたき」など「うた」を含む語の数々に共通するある心的状態であり、「うたた騒然と、orgie（orgy, オージー、騒乱）状態で、われにもあらぬ思いになって、口を衝いたことばを発すること、そこにうたのはじまりがあるのではないか……個人的にであろうと、集団的にであろうと、むやみに高揚し憑かれたようになっている心的騒乱状態であって、これらを〝うた状態〟と認識するならば、まさに〝うた〟とはそのような心的状態において律動を伴い、全身による動作に律せられながら、表現として口を衝いて出てくる実質であることがわかる」という(10)。

藤井説をふまえたうえで、あらためて『記』の怒りの用例の中に⒁の歌垣の事例があったことを想起したい。ヲケ王子が「しおせの　なをりをみれば　あそびくる　しびがはたでに　つまたてりみゆ」と歌うと、シビ臣は「忿怒」り、「おほきみの　みこのしばかき　やふじまり　しまりもとほし　きれむしばかき　やけむしばかき」と歌い、そのまま歌って闘い明かす。人は怒りによって言葉を発することはできないが、怒りの発現とともに「歌ふ」。怒りの力を言葉の力へと転化する能力は人にはない。しかし音声の引き起こす律動に全身をゆだねた「歌ふ」という行為とともにある言葉は発することができるし、怒りはその全身律動状態の原動力でもあるのだろう。「歌ふ」行為の根源に抱え込まれていると想定される「うた状態」と、怒りの発動の一形態である猪のウタキとは、「うた」にまつわる状態として、連続した相にあると思われる。

猪の「ウタキ・ヨリク」は、音声も動作も含む、ある非言語の全身状態であった。「歌ふ」という発声行為が始まる直前の状態もまた、非言語的な全身状態である。木の上の天皇は猪の「ウタキ・ヨリク」状態と共振すればこそ、歌い始めることができるだろう。

4　歌のトポスとしての樹上

怒りによって「ウタキ・ヨリク」と化した葛城山の大猪の側も、猪であって猪ではない「われ」に変成し、猪の身体の内と外、人である「われ」と猪の「われ」といった区分が溶解してしまう可能性へ開かれている。それは、人の側にとっては「畏」であり、その場から逃げ出すべき状況でもある。(6)のカグサカ王が怒った猪に「咋」われてしまったように、怒れるものとの近すぎる顕わな接触は異界の側に取り込まれる危険性をはらんでいる。しかしだからこそ、猪である「われ」と天皇である「われ」とが交感する場ともなりえるのである。

猪のウタキと接触した雄略天皇が「山」の「上」から宮のある長谷まで逃げ切ることなく、すなわち完全に自らのテリトリーへと退出することなく「榛」の「上」へ登ったのは、木登りすることで猪との間に距離をとりつつも、「榛」という樹木を交流・交感を媒介する場として選んだということであったと考えられる。

樹上で歌うのは(A)のみであるが、『記』には樹上に居る者が他にも登場する。上巻、天より葦原中国へ派遣されたキジの「鳴女《なきめ》」は、「鳴女、自天降到、居天若日子之門湯津楓上而、言委曲、如天神之詔命」と、神聖な楓の木の「上」で天神からの「詔命」を発する。その声は地上の者に「言」と聞かれている（「天佐具売、聞此鳥言」）。「門」という、殿の内でも外でもない場所に立つ聖なる樹木の上では、異類たるキジは変成言語状態にあるメッセンジャーと成るのである。

同じく上巻、ホヲリの海神宮訪問でも、ホヲリはシヲツチノ神の教え（「……到其神御門者、傍之井上有湯津香木。

故、坐其木上者、其海神之女、見相議者也」）どおり、ワタツミノ神の宮の「御門」の傍らの「香木《かつら》」に登っている（「登其香木以坐」）。すると従婢の次にトヨタマビメが出てきて樹上のホヲリを「見感」でて「目合」し、父に「吾門有麗人」と伝える。海神宮の「御門」の井のほとりの「香木」の「上」に「登」っていることで、ホヲリは海神側の女にとっては異界の存在（異類）であるにもかかわらず「人」「麗壮夫」と見え、「目合」が行われるのだろう。樹上に坐すからこそ、ホヲリはトヨタマビメと言語外コミュニケーションを交わすことができた。

双方の事例はともに、樹木は戸口に立っているが、建物の戸口は、歌を歌うべき場所でもある。前章で述べたように、『記』は歌うという行為を特殊な言語行為とみなし、宴や歌垣といった特定の場の他に、たとえば建物の戸口を歌う場所（トポス）として描く[11]。ヤチホコ神はヌナカハヒメの家の、閉ざされた「戸」の外に立って、仁徳天皇は大后の坐す「殿戸」に「御立」ちして、また女鳥王の坐す「殿戸」の「閾」の「上」に坐して、歌う。建物の内と外を区切る戸口は歌のトポスであり、歌うという行為によって天皇や神はいったん「歌い手」という日常的な次元とは異なる位相に立ち、歌うという、特定の様式を持った音声と行為をともなう言葉によって戸の内側へ働きかけることができた。雄略が登った「榛上」も、そのような歌のトポスとしてあろう。

「山上」から「榛上」への移動によって導入された天皇と猪の間の適切な距離は、葛城山と天皇とのコミュニケートを可能とする。ただし、天皇と山の猪との近すぎる接触によってこそ、結果的には適切な距離が見いだされたことを、この説話はものがたる。天皇は「鳴鏑」を射て猪の怒りとウタキを発動させたうえで、その強力な霊威を畏れるというしかるべき振る舞いをし、榛の木という媒介者、猪と天皇とを媒介するトポスを見いだしたのである。天皇の適切な振る舞いが天皇と山の側との間に適切な距離を導くという一部始終が、ヲコなもの、喜ばしくも滑稽なものとして笑いを巻き起こす（前掲、西郷信綱）ということも、充分に考えられる。

5 変成する「われ」

榛の木は歌では「ありを」にある。「ありを」とは「山上」ではないが山の領域外でもない媒介的な場所のことであろう。「ありを」の特別な樹木の上に居る雄略自身も、山の側の者と交感可能な振る舞いや言葉を発することができる、変成した状態（「うた状態」）にあると考えられる。『記』(A)の文脈の中ではそれはまさに、雄略であって雄略でない「われ」と成ること、いわば「歌い手」に成ることである。榛の木に登って座り、「やすみし　わがおほきみの……」と歌い出すとき、雄略は歌の中に出来事を生起させてゆく「歌い手」である。歌が歌われてゆくことで、説話の中の雄略天皇は、はじめて「オホキミ」へと成ってゆくであろう。

(A)の歌は、大きく二段構成になっており、最終的には「ありをの　はりのきのえだ」を称揚するという土橋寛の指摘するところ[12]に基本的に従える。天皇と猪とを媒介するものとして今見いだされた榛の木こそが最終的にほめられるべきものであったのである。

そのうえで、過去の助辞「シ」が三回も含まれていることを見落とせない。歌に見える「シ」は「キ」とともに、神話的過去ないし起源を語る助辞と考えることができる。[13]次に見るように【[〈　〉]】と、「シ」によって三重に入れ子になった神話的過去が、説話の現在へと呼び出されている。

【[〈やすみしし〉　わがおほきみ〉の　あそばしし]　ししの　やみししの　うたき　かしこみ　わがにげのぼりし]】　ありをの　はりのきのえだ

「歌い手」はオホキミを「やすみしし」と、はじめて全世界を統治したオホキミとしてほめ、その起源のオホキミが、はじめてシシとお遊びになったという出来事を喚起する。猪に向かってこう歌いかけることで、樹下の猪を起源のときのオホキミと交歓したシシと化すのである。「……ししの　やみししの」と繰り返す「の」は主格を表す「が」ととることができる。「歌い手」は「しし」に繰り返し呼びかけながら、「しし」を主格として歌うことで、「しし」に近づいてゆく。繰り返しによって、「しし」そのものでもありえるほど歌いかける対象に近づき、しかし樹上にあるのだから、あくまでも歌の言葉の中で近づくことで、猪と交感可能なはずなのである。

一方、「やみししの」と「しし」の語を「やみしし」へと反復しつつ歌い替える後半句「やみししの　うたき　かしこみ」は、前半全体をウタキの起源と化すことになろう。起源のオホキミと遊んだシシの、霊的パワーが最大に引き出された変容状態こそが「やみししの　うたき」という状態だというのである。上巻でイザナミがカグツチを生む場面の「病」が、たぐり、屎、尿など身体内に囲われていた霊力に満ちたモノどもを排出し、排泄物から神々を生成してゆくことであったように、「やみしし」も猪の外皮に覆われていたモノが発散しているさまで、説話文の「怒」に通じる。

ウタキカシコミによって適切な距離が実現するくだりが「うたき　かしこみ　わがにげのぼりし」である。「わがにげのぼりし」によって歌の中にシシとの適切な距離が実現する。同時に、「歌い手」は逃走という振る舞いをする「われ」となる。雄略（歌い手）はシシとの「あそび」を通して、起源のときのオホキミそのものである「われ」に変成してゆく。そして、結句「ありをの　はりのきのえだ」は、起源のオホキミである「われ」が、自ら見いだした木をシシとの間に適切な距離をもたらす媒介者としてほめたたえるのである。

こうして、前半はシシのウタキを起源のオホキミとのアソビによるものと叙事し、後半は前半の起源の時空を目前のシシのウタキに重ねつつ、シシとオホキミとの間の適切な距離の起源へと転回してゆく。雄略天皇は「歌い手」となってこの歌を歌うことで、起源のオホキミと成り、シシと遊び、シシの最も強い霊威と直面して適切な距離をはじめて見いだし、山の側とのしかるべき関係を体現する存在と成ろう。オホキミをオホキミたらしめる場所は、「葛城山」の「上」ではなく「ありをの　はりのきのえだ」だったということでもある。

歌が歌われたことで眼前の猪のウタキは鎮められ、オホキミ（雄略）と猪との間に対称的な関係が開かれようとしている。

6　葛城登山説話の変奏

最後に、(A)(B)と、二回、葛城登山が続けて記されることについて考えておきたい。

(A)又、一時、天皇、登幸葛城之山上。爾、大猪、出。即天皇以鳴鏑射其猪之時、其猪、怒而、宇多岐依来。故、天皇、畏其宇多岐、登坐榛上。爾、歌曰、

やすみしし　わがおほきみの　あそばしし　ししの　やみししの　うたき　かしこみ　わがにげのぼり
し　ありをの　はりのきのえだ　（記97）

(B)又、一時、天皇登幸葛城山之時、百官人等、悉給著紅紐之青摺衣服。彼時、有其、自所向之山尾、登山上人。既等天皇之鹵簿、亦、其装束之状及人衆、相似不傾。爾、天皇、望、令問曰、於茲倭国、除吾亦、無主。今誰人如此而行、即答曰之状、亦、如天皇之命。
於是、天皇、大忿而矢刺、百官人等、悉矢刺。爾、其人等、亦皆矢刺。故、天皇、亦、問曰、告其名。爾、

各告名而弾矢。於是、答曰、吾先見問。故、吾、先為名告。吾者、雖悪事而一言、雖善事而一言、々離之神、葛城之一言主之大神也。

天皇、於是、惶畏而白、恐、我大神、有宇都志意美者、不覚、白而、大御刀及弓矢始而、脱百官人等所服之衣服以、拝献。爾、其一言主大神、手打受其奉物。

故、天皇之還幸時、其大神、満山末、於長谷山口送奉。

故、是一言主之大神者、彼時所顕也。

(B)で、山に出現した「人」に対して「倭国、除吾亦、無主……」と天皇が問う発話行為は、(A)で放った「鳴鏑」の音響に相当しよう。(B)で山の「人」が天皇の言葉とそっくり同じ言葉を返すのは、(A)の大猪の「怒」に対応する。しかし、(A)の「鳴鏑」に対する猪の「怒」が、言葉の通じない相手に対して影響を及ぼす音響に対する応答としてあったのに対して、(B)では「令問曰」「答曰」と、言葉〈人語〉のやりとりとなっている。

続いて(B)の天皇が大いに「忿」して矢をつがえ相手に「問」いかけ、相手が「葛城之一言主之大神」と「答」えるくだりは、(A)では猪の「怒」に続く「ウタキ・ヨリク」に相当すると考えられる。(A)の天皇は猪のウタキに対して「畏」となるが、(B)でも神の名乗りを受けた天皇は「惶畏」み、「恐、我大神」と「白」す。天皇が大神へ奉物をささげ、大神が手を打って受け取る展開は、(A)における樹上での天皇の歌に対応する。歌は猪へのギフトでもあったのだろう。

(A)と(B)とはこのように、葛城登山、葛城山の側の存在との出会い、交渉、適切な関係の確立という展開のみならず、構造的にも同形といってよい。葛城山と天皇との関係の始まりが、「一時」には「大猪」と天皇、また「一時」には「人」(「一言主大神」)と天皇として語られるのである。

しかし、葛城の山の側の存在と天皇との関係のあり方として、両者は構造的には同型であっても、その内実を大きく異にしている。(A)の「大猪」は未だ神の化身とも使者ともつかない山の側の霊威の顕現として描かれていた。こちら側の言葉は通じず、音響を用いた「あそび」と、その一環に位置する歌の言葉がかろうじてコミュニケーションの可能性を開く。「大猪」に対して「大御刀」「弓矢」や百官人の「衣服」を「拝献」しても、何の意味も成さないであろう。山の側と天皇との交渉・交感は、緊張をはらんだ非言語音の響き合いから「神」と「天皇」との交渉へ、歌いかけから一定の人語を用いた祭祀的行為へと、より確かで恒常的な関係へと深まったのであろうか。異質な世界と向き合う方法は対象の名前「葛城之一言主之大神」の判明により、安定した、反復可能なものへと強化された、というように。

　しかし、葛城山の「大猪」「しし」としかとらえることができなかった存在が、「怒」を発現し、「ウタキ」の依り来る状態と化す力を失ったと見ることもできる。金井清一は、(B)において雄略天皇が大神に奉ったものが百官の衣服であることに注目し、「奉」と敬意を表明しつつも「天皇が百官に給わったお揃いの官服」を「脱がせて一言主の一行に奉ったというのは、一言主大神とその神を奉ずる集団が天皇の集団と同じ官服を着用することになったことを表すのであって、王権側に一言主神集団を取り込んだことを意味する」としている。神の側は喜んでこれを受け、長谷へ帰還する天皇を葛城から長谷まで「送り奉」るということも、「ヤマトの西堺から東堺までを横断して雄略は一言主神による護送奉仕を受けた。その道中における示威効果は絶大であったはずだ」という[14]。葛城山の側の存在と「あそぶ」ことでオホキミたりえた(A)の天皇とは異なって、(B)の天皇は相手に対して「於茲倭国、除吾亦、無主」と言い放つ。最初から「倭国」の「主」として葛城山の「人」と向き合う。相手の「答」は「如天皇之命」であったということは、相手方も「倭国」の唯一の「主」だと言い放ったのだろう。どちらが「倭国」の「主」なのか、緊迫した場面である。しかし、(A)で怒ったのは猪であったのに対して、(B)で神や猪こそが発すべき「大忿」という状態に成ったのは雄略の側であった。「大忿而矢刺、百官人等、悉矢刺」と、天皇の「大忿」は自分が矢をつがえ、百官にも矢をつがえさせるという行動に直結する。そのうえで、相手の名を問うた。先に、怒りの状態で言葉を発することができるのは神に限られることを指摘したが、この場面の「天皇、亦、問曰、告其名。爾、各告名而弾矢」という天皇の問いは、あたかも相手を異世界や死へと追いやる神の言葉のように、「大忿」の威力を言葉の威力へと変換した強力な問いであったと考えられる。相手の側は名を告げ、正体を明かすしかない。葛城山の「大猪」こそが有した「怒」の威力は、(B)では天皇の発する威力に転じてしまっているのである。(B)の天皇はオホキミに成る過程を持たず、正体不明の異類たる「大猪」の出現、「鳴鏑」「ウタキヨリク」、逃走、木登りして歌う、という(A)の音響と歌による「あそび」の時空をあらかじめ閉ざし、怒りの威力を我がものとすることで葛城山の力を宮廷祭祀の一環に位置づける。(A)が山と天皇との対称的な関係を開くのに対し、(B)は山と天皇との非対称な関係、天皇の側の圧倒的な優位を描く。

以上のように比較してくると、(A)説話と(B)説話は同じ構造を有しながら、まったく異なる位相において関係がつむがれ、開かれていることが了解される。両者は互いに位相変換の関係にある。

金井の指摘のように、(B)の、葛城山の領域を言葉による祭祀によって領有することになった雄略は、七世紀以降、『記』にとっての現在の宮廷や宮廷祭祀のあり方を起源づけている。『記』を記す現在にとっては、(A)を前提にして(B)が実現できる、ということであってもおかしくない。しかし、にもかかわらず、両者が(A)から(B)へという時系列ではなく、「又、一時」「又、一時」と列挙の形式で記されていることは無視できない。『記』の仁徳が儒教的な「聖帝」であり、かつ鳥の王でもあったように、雄略天皇も、二つの異なる次元の重層ないし揺れのただなかにこそあるととらえることができるだろう。宮廷祭祀をすでに行っている『記』の現在にとって、(B)のみが起源なのではなく、(A)もまた起源でありえた。(B)を根拠に葛城山の祭祀を安定して行いつつ、山との関係は、いつでも(A)を起源とする関係へと変換する可能性があったのである。

（1）西郷信綱『古事記注釈』七、ちくま学芸文庫、二〇〇七。
（2）金井清一は、狩猟と明記しない『記』の雄略の葛城行幸は国見行事であったとし、「大猪」について「葛城山における雄略の敵対勢力の象徴であり、敵対する葛城の呪力を掌る神の使者でもある」とする。「古事記、雄略天皇段の構想——そらみつヤマトの王者形成の物語」『論集上代文学』三一、笠間書院、二〇〇九。
（3）中村啓信「雄略天皇と葛城の神」『古事記・日本書紀論集』続群書類従完成会、一九八九。
（4）中村啓信、注3に同じ。
（5）「音現象」については、猪股ときわ『古代宮廷の知と遊戯』森話社、二〇一〇。
（6）荻原千鶴『古代日本の神話と文学』塙書房、一九九八。なお、イハノヒメの怒りと歌については、本書Ⅲ—2を参照。
（7）西郷信綱、注1に同じ。
（8）西郷信綱、注1に同じ。
（9）二〇一三年八月の古代文学会夏期セミナーで口頭発表した際、討論会場にて、「ウタキ」自体が依り来たのではないか、と複数の方からご教示いただいた。皆様に感謝したい。
（10）藤井貞和「うた状態」『物語理論講義』東京大学出版会、二〇〇四。「うた状態」の語の初出は、同「〈うた〉——未開の声」『現代短歌大系』一二「月報」三一書房、一九七三。なお、古代歌謡のみに見られる「接頭語としての「うた」を持つ古語群への注目」は、太田善麿『古代日本文学思潮論 Ⅰ』（桜楓社、一九六一）の示唆によるという（藤井『構造主義のかなたへ——『源氏物語』追跡』笠間書院、二〇一六）。
（11）本書Ⅰ—2。
（12）土橋寛『古代歌謡全注釈 古事記編』角川書店、一九七二。
（13）藤井貞和「起源にひらく「き」の系譜」『文法的詩学』笠間書院、二〇一二。
（14）金井清一、注2に同じ。金井はまた、「百官」「鹵簿」「紅紐之青摺衣服」などの語が「官制の整いつつあった七世紀後半」

の用語であることを指摘している。歌を中心とした極めて短い説話Aと、『記』にとって最新の用語をちりばめたBとの落差は大きい。

4　応神天皇はツヌガの蟹　異類婚の叙事

1　蟹に成る

『古事記』の応神天皇は饗宴の場で酒を捧げたヤカハエヒメを前にして歌い（記42）、歌うさなかに蟹《かに》という人ならざる存在に成る。

『記』の仁徳天皇が求婚の歌をメドリ（女鳥）王に向けて歌う行為において、オホサザキ（大雀）というその名のとおり、サザキという小さな、しかし偉大なる鳥として振る舞い、「鳥の王」としての相貌を見せることについては本書Ⅰ―2で論じた。では、仁徳の父にあたる応神天皇が蟹に成るとは、『記』の中でどういう意義があるのであろうか。歌が喚起する天皇が蟹に成るという出来事は、そもそも『記』の論理の中に収まりきる事態であるのだろうか。

応神は神武に始まった『記』中巻の最後の天皇として、下巻の仁徳以降に続くいわば応神王朝の始祖の位置にある。母・神功皇后の胎中にあって新羅へ渡り、筑紫で出生するという応神誕生の説話については、胎児の姿で天から降臨する天孫降臨譚を「現実的背景のもと」で「再話」しているとされる。(1) あるいは、上巻の皇統の始祖たるウガヤフキアヘズの母トヨタマビメは「海神のもつ治水の霊能を皇統に一体化」させ、その子は海中という

「他界」に胚胎して「この世の水辺」へと「垂直移動」によって出現したのに対して、応神は「海彼の国新羅という平面上の他界から筑紫という現世の水辺へ水平移動によって出現」し、新羅国王の系譜にある母タラシヒメの血筋を通して「海彼の国新羅を統治する霊能」を継承するともいう。[2] 海の向こう、半島の新羅を含みこむ、「古代帝国的構造」としての「天の下」を治める、[3] 地上世界における新たな皇統ないし王統の始まりを担う王の誕生説話には、天孫降臨やウガヤフキアヘズの出生、神武といった上巻・中巻冒頭における神話的な誕生譚の要素が取り込まれている。

しかし、歌う応神天皇には、新王統の始祖としての超常性の付与や、新たな支配領域の獲得といった『記』の論理の中には収まり切らない相貌が露呈しているのではないか。

……於是、天皇、任令取其大御酒盞而、御歌曰、

(A)このかにや　いづくのかに
ももづたふ　つぬがのかに
よこさらふ　いづくにいたる
いちぢしま　みしまにとき
みほどりの　かづきいきづき
しなだゆふ　ささなみぢを
すくすくと　わがいませばや
（　　）こはたのみちに
あはしし　をとめ

(B)うしろでは　をだてろかも
はなみは　しひひしなす
いちひゐの　わにさのにを
はつには　はだあからけみ
しはには　にぐろきゆゑ
みつぐりの　そのなかつにを
かぶつく　まひにはあてず
まよがき　こにかきたれ
あはしし　をみな
(C)かもがと　わがみし‖こら
かくもがと　あがみし‖こに
うたたけだに　むかひをるかも　いそひをるかも　（記42）
如此御合、生御子、宇遅能和紀郎子也。

記42は「このかにや　いづくのかに」と由来を問いかけ、「ももづたふ　つぬがのかに」と答える問答で始まる。神楽歌の採物にも「このつゑは　いづこのつゑぞ　あめにます　とよをかひめの　みやのつゑなり　みやのつゑなり」（「杖」）などと見える形式である。駒木敏はこうした歌の問答形式について、杖などの採物が「始原の根源的世界に由来し、神に帰属するもの」として「聖別する方法」であるとする(4)。駒木の指摘が蟹の歌にも相当するとすれば、「つぬが」出身の蟹が、「聖別」されるべき存在として、歌の様式によって提示されていることになろう。また、最初の問いはツヌガの蟹という神の名告りを導くための方法であるとする三浦佑之によれば、再度「よこさらふ　いづくにいたる」と問い、「いちぢしま　みしまにとき」と答えて道行き的な詞章へ、ヲトメとの出会いへ、と続く展開をふくめ「問いかけは、答えを要求するものというよりも、叙事を展開させるためのきっかけとして発せ」られた「表現の一つのスタイル」である。三人称的な問いに始まり、「わがいませばや」と一人称・自称敬語へと展開する全体が「神語り（神謡）と呼びうる性格」をそなえた「神の一人称語りに起源をもつ」表現と考えられるという(5)。

歌い手たる応神天皇は、問答という歌の様式に支えられ、「ももづたふ」という枕詞的な語を冠した「つぬが」を出身地とする、特別な蟹と成る。ツヌガからイチヂシマ・ミシマに到着、水鳥が水に潜っては息をつくようにホッと一息(6)、近江の「ささなみぢ」をずんずんといらっしゃって、「こはたのみち」でヲトメと出くわした。出会ったヲトメは「あはしし　をとめ」と、敬意をもって歌われており、説話文には「丸邇之比布礼能意富美之女、宮主矢河枝比売」とあることから、「宮主」として一族の祭祀権を有する高級巫女（神女）(7)とされる。応神にとって、この婚もその誕生説話と同様、ニニギや、ウガヤフキアヘズや、神武らの結婚がそうであったように、始祖的な王たる資格を獲得する聖なる婚であったということになるのだろうか。

「つぬが」の尊ぶべき蟹が道行きし、コハタの道で尊ぶべきヲトメと出会う歌は、「聖婚」を叙事しているか。しかし、「聖婚」(8)が西郷信綱の言うように天皇が「天つ神の資格で国つ神の女と婚す」ることで「地の豊穣を予祝」することであるとするなら、歌の中の、道行きする蟹と、蟹にとってよそ者であるヲトメとの出会いを「聖婚」と呼ぶべきではないだろう。応神天皇は歌の様式をふまえて歌い出すことで、ようやくツヌガの蟹である「わ」として名告りを果たすことができ、蟹として「よこさらふ」（横去らふ）という振る舞いをし、「すくすくと」いらっしゃる。問答し、道行きすることで天皇でありながらツヌガの土地の蟹という人ならざる異類へ、蟹でもある存在へと成ってゆくのである。歌う行為は天皇に、むしろ「天つ神の資格」とは異質なものをもたらしているだろう。歌う応神天皇が単に天つ神の系譜や資格を有する存在でないとすれば、出会う相手も「天つ神」に対する「国つ神の女」と見ることはできない。

記42が叙事している出来事は何か、歌と説話文とはどのような関係にあるのかを考察してゆきたい。記42の歌は説話文と密接な関係にありながらも、説話の語ろうとする王権神話とは相容れない、もう一つの神話を喚起しているると思われるのである。

2　歌の中の「し」

前節で記42を、ほぼ三浦佑之に従って(A)〜(C)に分けて引用した。三浦によれば、(A)末句「あはしし　をとめ」と、(B)末句「あはしし　をみな」は「類似の反復句」であり、(A)と(B)の末尾は、そこまで重ねてきたリズムを破る「短句＋長句＋短句」（地名「こはた」に冠せられる枕詞が脱落したと見る場合）ないし「短句＋長句＋長句＋長句」で、「リズム上の流れがいったん停止している」と見ることができる。[9] ただ、(B)の冒頭「うしろでは　をだてろかも」の「ろかも」については、記57、94、紀47や、万葉歌では歌の末尾にくることから、句切れを作る働きがあると指摘されている。[10] これを受けた村上桃子は、「ろかも」は体言・形容詞連体形に下接し、用例からいずれも「述懐を通して対象を讃美する」表現であるとし、また「うしろでは　をだてろかも」の「ろかも」は(C)の末句「いそひをるかも」と「対応する」ことから、記42の道行きは「こはた」で出会った女への賛嘆（「ろかも」）でいったん終わり、続く「いちひゐの」からはワニ氏の「聖地の土について歌う」別種の表現方法となる、と見る。[11] 一方、歌の叙事という観点からは、(A)部分の道行きは古橋信孝の言う「巡行叙事」となろう。巡行することで、蟹は始原のときの蟹神と化す。(B)部分はヲトメの眉墨の原料を「わにさのに（ワニ坂の土）」に特定し、上中下のうち上下はだめで中の土を選択し、「かぶつく　まひにはあてず」という方法で眉化粧の顔料を作り眉を描き垂れるという、土選びから眉墨製造までの「生産叙事」といえる。出会ったヲトメを起源のときの顔料で眉を描き化粧した、最もすばらしい女としてほめるのである。[12]

いずれにせよ、記42の前半およそ(A)部分が蟹の名告りと道行き、後半(B)部分がワニの地のヲトメのすばらしさを歌い、結句(C)で今ヲトメと向き合っている喜びを歌うというふうに表現方法的にも内容的にも分かれると見ることができる。(A)～(C)の分かれ目は便宜的なものとしておきたい。本章が注目するのは、いずれの説に従っても節目に相当する箇所に、過去の助動詞（助辞）の「し」が出現していることである。

(A)このかにや……いづくにいたる
……にとき
……かづきいきづき
……いませばや
……こはたのみちに　あはしし｜　をとめ
(B)うしろでは　をだてろかも
はなみは……まひにはあてず
まよがき　こにかきたれ
あはしし｜　をみな
(C)かもがと　わがみし｜こら

かくもがと　あがみしこに
うたたけだに　むかひをるかも　いそひをるかも

(A)は「とき」「かづきいきづき」「いませば」と現在形で進行し、コハタの道でヲトメがお会いになる、という道行く側にとっての意図せざる偶然の出会い（この点に関しては後述する）の場面で「あはしし　をとめ」と「し」が出現する。(B)もそのヲトメの「うしろで」のすばらしさ、続く「はなみ」のすばらしさの叙述を「あてず」「かきたれ」と現在形で展開し、「あはしし　をみな」となる。(C)は(A)(B)の叙事をふまえ、しかし、出会いに関しては、「ヲトメが会う」という出会いの相手を主体とした歌い方ではなく、「わがみしこら」「あがみしこ」と、「わ」が「み」たと、蟹の側主体に歌い替える。ヲトメと向き合い、添い合っている現在からほかならぬ「わ」こそがおまえを「み」たのだと語り直し、双方の合意のもとの婚が実現するのであろう。

このようにとらえるなら、(A)はツヌガの蟹の側から、(B)はワニの女の側から、コハタの道での出会いを叙事していると見ることができる。うたい手はヲトメの側から仕掛けられた出会いを果たし、ヲトメに魅了されて「うしろでは　をだてろかも」と歌うと、魅了されたゆえに、即座に相手の側に立ったかのように歌い始める。さきほど(A)か(B)かで問題となった「うしろでは　をだてろかも」は道行く側と道に出現する側、両者をつなぐ、要の位置にある意味で、(A)でもあり(B)でもあると考えることができる。(B)でワニ坂の土を選別し、最もよい土と工法で化粧のための顔料を生産する主体は、ワニの地周辺の者であり、その叙事は第一には土地の側のためにこそあろう。出会う主体が(B)では、女の生命力をたたえる「をとめ」（後述）ではなく、一般的な女をいう「をみな」に替わっているのも、女の側からの歌声であるゆえといえるかもしれない。

ツヌガから道行きする蟹の側から出会いを語る「あはしし」という出来事（(A)）、ワニ坂の土を用いた特別な化粧をしたヲトメの側から出会いを語る「あはしし」(B)、双方の歌声が呼応し合って「むかひをるかも　いそひをるかも」と饗宴する現在に至ることで、天皇はワニ氏の酒を飲み、「御合」が果たされ、御子の出産となるのである。

　このようにヲトメが「あはしし」、蟹が「みし」と叙述する「し」を、単なる過去の助動詞と見るべきではなく、本章は神話的起源の時を示す指標と考える。説話の中で歌われる歌は、天皇とワニ氏とが饗宴するワニ氏の家に、神話的な、起源の出会いという異次元の世界を呼び起こすのである。

　居駒永幸は歌の叙事の働きに注目し、一字一音表記は『記』の「本文の中では人物の声として読み取らせる装置」であるとし、また、歌が内在する叙事によってこそ「散文が生成される」と指摘しており、本章の歌のとらえ方と重なるところがある。しかし記42については、歌の冒頭から「しなだゆふ　ささなみぢを」までの蟹の道行きは「序（景の提示）の働きをし」、「すくすくと　わがいませばや」の句から近江へと行幸する応神天皇と重なる、という仕組みを見る[13]。だが、歌の本意を導く「序」や「喩」、讃美のための「歌の様式」として解釈されてきた叙事の部分は、『記』においては単に主意部分を支えたり強化したりするものとしてあるのではなく、神話的位相で起こる起源の世界を説話内に導く働きをしていると考えるべきではないか。

　居駒が「このかにや……しなだゆふ　ささなみぢを」の蟹の道行きを応神天皇が近江の道を行く行為、「すくすくと　わがいませばや」を導く序とするのは、説話文の叙述と歌とに「矛盾」を見るゆえである。説話文によれば、応神は近江行幸の際にコハタ村に至ったとき、道衢《ちまた》でヲトメに会い、問答によってヲトメの名を得、「明日還幸之時、入汝家」とヤカハエヒメに「詔」し、その言葉どおり翌日、ヒメと父らが待つワニ氏の家へ入った（「厳餝其家、候待者、明日入坐」）。歌ではツヌガの蟹がササナミ道を経てコハタの道でヲトメと会ったとあるのに、「散文では応神が近江へ行幸する途中に木幡村の道で矢河枝比売に出会」ったとあるので、「角鹿から南下する蟹の道行きと大和から北上する応神の行幸は、方向がまったく逆になる」。ゆえに、『記』の「散文」は、「すくすくと　わがいませばや　こはたのみちに　あはしし　をとめ」から応神自身の道行きが始まると「諒解」していたと見ることができるという。『記』の散文じたいが冒頭の「このかにや」から「しなだゆふ　ささなみぢを」までの叙事を、主意部分の「序」のようにしか考えていなかった、とするのである。

しかし、応神天皇は直前の出来事や行為を確認したり回想したりするために歌うのであろうか。そうではあるまい。歌の中に生起する出会いは、この饗宴の前日に起こった過去の出来事を単に回想するのではない。『記』は歌の言葉と説話文を成す言葉との相違に意識的であればこそ、一貫して書記方法を説話文と歌では変えている。その言葉が歌声であることを書記方法によって示しているのである。また前章で見たように、歌うという行為が歌い手である「わ」（「われ」）に変容をもたらすものととらえていよう。歌が叙事する過去の出来事や行為は、直前の出来事の回想を超えて、歌い手や歌の場に引かれてきて、歌う現在と重ねられる始まりの世界なのである。

応神は近江行幸の途上、コハタに至る前に「宇遅野上」に「御立」して、「望葛野歌曰」する。このときの歌「ちばの　かづのをみれば　ももちだる　やにはもみゆ　くにのほもみゆ」（記41）は、実際に見えるものを歌ったのではなく、諸氏が指摘してきたように、王として「見る」という「国見」を行い、見るべきもの、必ず見えるはずのものを列挙する歌である。歌の中の景は、説話文の中の景とはいわば異次元の景である。同様、記42も、「一時、天皇、越幸近淡海国之時……故、到坐木幡村之時、麗美嬢子、遇其道衢」と叙述された説話的な出来事を単に繰り返すのではなく、別の次元の、神話的出来事に歌い替える。応神は大和からやってきた男としてでなく、歌によって「つぬがのかに」と成ってこそ、「こはたのみち」で、ヲトメと、起源の出会いを果たすのである。ただし、それは西郷信綱（前掲）の言う、天神の子孫たる男と国神の子孫たる女が婚する「聖婚」とは別の婚であろう。

3 「異類婚」の叙事

『記』の中で、記42歌と同様に婚（伴寝）の直前、ないし「後」に歌ったとされる次の(1)〜(4)の「し」（「しか」を含む）は、説話文が語る婚を起源の時の婚となす指標と考えることができる。

(1)……爾、豊玉毘売命、知其伺見之事、以為心恥、乃生置其御子而、白、妾、恒通海道欲往来。然、伺見吾形、是甚怍之、即塞海坂而、返入。是以、名其所産之御子、謂天津日高日子波限建鵜葺草葺不合命。然後者、雖恨其伺情、不忍恋心、因治養其御子之得縁、附其弟玉依毘売而、献歌之。其歌曰、

あかだまは　をさへひかれど　しらたまの　きみがよそひし　たふとくありけり（記7）

爾、其比古遅、答歌曰、

おきつとり　かもどくしまに　わがゐねし　いもはわすれじ　よのことごとに（記8）

ウガヤフキアヘズの出産直後、母のトヨタマビメは「海坂」を「塞」ぎ、海神宮へ帰ってしまう。しかし、海の世界と陸の世界とは御子を養育するという「縁」によってまだつながっているということであろう、妹のタマヨリビメに「附」して、歌を献じ、夫のホヲリ（山幸）も答歌を返す。[14] 答歌するホヲリを「比古遅」としており、海坂を隔て、異世界の者どうしとなって歌の贈答をするトヨタマビメとホヲリとの関係を、説話文は未だに一対の尊い夫婦と見ていることがわかる。

トヨタマビメの歌の「たふとくありけり」の「けり」は「き＋あり」と考えれば、かつて起源のときの「き

み」の装いは尊く、それがずっと今まで続いているという継続を意味しよう。説話文の展開の中で見れば、海神宮の御門の井のほとりの香木《かつらのき》に登っていたホヲリが井に「光」を放っていたこと、頸の「璵《たま》」を玉器に吐き入れ、「璵」がついたままの玉器をトヨタマビメに進上した婢が「益我王而甚貴」と言ったことなど、二人の出会いにまつわる出来事を、起源の出来事として生起させようとしていると考えることもできる。神話的な出会いの時の「きみ」への思いは「海坂」を隔てた現在にも続いているというのである。

答歌の「わがゐねし」について、藤井貞和は、「し」は「起源の言語態としての「し」」として、「『おきつとり――かもどくしまに、わがゐね〈し〉』は起源の説話であって、古人がそのようにして愛人を連れて島渡りをしたことがある、だからいまの自分もそれにかさねて、女を島へ連れて渡るのだ、云々。〈し〉という指標をここに見るとき、起源譚が浮上してくる」としている。(15)「し」を、その叙事が「起源譚」に根ざしていることを示す「指標」とする藤井説に従うことができる。「指標」＝インデクスは、起源の世界を喚起するのである。説話の中の歌としては、トヨタマビメの歌に呼応して、直前の過去に起こった海神宮での伴寝を、起源の伴寝に歌いなし、海神宮を、「起源譚」の中の伴寝の地「おきつとり　かもどくしま」と重ねるのである。

しかし、ヒコヂによる答歌においては、説話文が語る過去の伴寝と、歌の中の起源の伴寝との相違を無視しえない。説話文ではホヲリは宮の外に「出」てきた海神に「率入」られて、海神の敷いた「畳」の上に座して「御饗」を受けて「令婚」とある。海神宮での「婚」は、ホヲリにとって受け身の出来事と説かれていた。その説話的な出来事が、ホヲリの歌では、「わ」の側が「ゐね」た行為となっているのである。トヨタマビメも海神宮も「海坂」を塞いだ向こうの世界にある今、こちら側（陸）に居るホヲリは、歌という次元の異なる時空を呼び起こす言葉において海神宮＝「おきつとり　かもどくしま」の側に立つことができるのであろう。

海神から「塩盈珠」「塩乾珠」という呪具を受け、塩の満ち干を操るホヲリは、トヨタマビメのヒコヂたる歌い手としては、海神の世界の側に立ちうるのだともいえる。しかし、説話文の中に収まりきれない部分もまた、あるのではないか。

「おきつとり　かもどくしま」に女を率いて寝る「わ」にとって、「かもどくしま」は自分の側のテリトリーといえる。この起源の伴寝を叙事するヒコヂであるホヲリは、山のサチを身に受ける山幸彦でも、陸地での火中出生にまつわるホヲリノミコトでも、「天」をもってたたえられるアマツヒタカヒコホホデミノミコトでもない「わ」であり、それらの名を体現する存在とは異なる「わ」と成っている。出産小屋の中では「本国之形《もとつくにのかたち》」となって生むトヨタマビメの「本身《もとのみ》」は「八尋和邇《やひろわに》」であった。海坂を隔てた向こうに、八尋和邇の世界が遠のいた今こそ、歌うという行為の中でのみ、ホヲリは、世界を異にする、異なる類の存在たるトヨタマビメと、一対のヒコヂとして振る舞うことができる。「おきつとり　かもどくしまに　わがゐねし」には、異なる類どうしが、そうでありつつ、ともに同じ場を共有しうる起源の時と場とが刻印されているのである。

次の神武天皇の歌については、本書のⅢで論じることになるので、ここでは⑴との共通性に注目して触れておきたい。

⑵於是、其伊須気余理比売命之家、在狭井河之上。天皇、幸行其伊須気余理比売之許、一宿御寝坐也。後、其伊須気余理比売、参入宮内之時、天皇御歌曰

あしはらの　しけしきをやに　すがたたみ　いやさやしきて　わがふたりねし　（記19）

然而、阿礼坐之御子名……

⑵の神武天皇の歌は、御子の誕生（「阿礼坐之」）が語られる直前にある点が⑴と異なる。とはいえ、ミワノオ

ホモノヌシという特定・固有の地域の神の娘であり、父神と同様にとらえがたい強いモノの力を持つと考えられるイスケヨリヒメと、その「家」まで出向いて「一宿《ひとよ》御《み》寝《ね》坐《しま》」して「後」、イスケヨリヒメを「宮内」に参入させるときに歌っている。記19の「わがふたりねし」も、単に直前の出来事、イスケヨリヒメの家での「一宿御寝」を回想しているととることはできない。というのも、(1)と同様、説話文によれば、神武天皇はヤマトのミワ山のあたりを流れる「狭井河之上」の「家」へ外からやってきて迎え入れられた側であるのに、歌の婚の場は「あしはらの　しけしきをや」であり、結婚のための「すがたたみ」を敷くのも、歌い手の天皇の側であるからである。「あしはら……わがふたりねし」の一首全体が、説話的な出来事とは異次元の起源の出来事を叙事しているということだろう。説話文での出来事は、歌によって神話的な位相へと歌い替えられ、重ねられる。Ⅲ—4で述べるように、神武天皇もこの起源の婚を歌う「わ」であることで「あしはら」＝ミワノオホモノヌシの側、外からヤマトへとやってきた「天神御子」にとっては、もともとは異なる類である存在の側に立つ、と考えることができる。歌うことで、歌の中でのみ、そもそもは世界を共有できない異なる類の側に立つことができる。このように、互いに世界が別々の異なる類の者どうしが、そうでありつつ、共寝することの可能性を開く歌の叙事を異類婚の叙事と呼ぶことができるだろう。

(3)応神天皇の蟹の歌　（中巻、応神記。次節であらためて述べる）

(4)天皇、聞看日向国諸県君之女、名髪長比売、其顔容麗美、将使而喚上之時、其太子大雀命、見其嬢子泊于難波津而、咸其容姿之端正……爾、建内宿禰大臣、請大命者、天皇、即以髪長比売賜于其御子。所賜状者、天皇、聞看豊明之日、於髪長比売令握大御酒柏、賜其太子。爾、御歌曰、……　（記43）

又、御歌曰、……　（記44）

如此歌而、賜也。故、被賜其嬢子之後、太子歌曰、

みちのしり　こはだをとめを　かみのごと　きこえしかども　あひまくらまく　（記45）

又、歌曰、

みちのしり　こはだをとめは　あらそはず　ねしくをしぞも　うるはしみ　おもふ　（記46）

(4)も、(1)や(2)と同じく「太子」のオホサザキが応神天皇から日向国のカミナガヒメを賜った「後」に歌った。ただ説話文には賜ったとのみあって、婚じたいはあるいは歌の後に成されたのかもしれない。森朝男は、記43、44と同じ宴の場で歌ったとして、「天皇と皇太子の父子による妻争い」説話の中の「勝利者の勝利宣言」の歌であり、「婚礼の完了を宣する歌」とする。(16)たしかに、類似の状況と思われる『万葉集』の「内大臣藤原卿娶采女安見児時作歌」の「吾はもや　安見児得たり　皆人の　得難にすと云ふ　安見児えたり」（2九五）の場合なら、天皇のものである「采女」をおそらくは下賜され、そのことを、下賜されたばかりの宴においてあたかも妻争いの「勝利者」のようにして「宣言」し、「内大臣」と天皇との強いつながりを誇示していると思われる。しかし、記45、46はどうであろうか。

「天皇、即以髪長比売賜于其御子。所賜状者……如此歌而、賜也」と、賜る「状」の叙述はいったん区切れ、「故、被賜其嬢子之後」と語り出されている。太子の記45、46歌は「豊明《とよのあかり》」でカミナガヒメを賜わって伴寝がなされた「後」に、(1)や(2)のように歌われたのではないか。婚の「後」に、歌は「かみのごと　きこえしかども　あひまくらまく」「ねしく」と、その婚を起源の伴寝として叙事している可能性があろう。

(4)における説話文と歌との相違は女の呼称にある。説話文では「日向国諸県君之女、名髪長比売」であるのに、

歌では「みちのしり　こはだをとめ」とする。「日向」は『記』の中でイザナキが黄泉国から戻って禊ぎをして三貴子を生んだ地、天孫ニニギの降臨の地、神武東征の出発の地であり、歴史的な日向ではなく、中・下巻を支える「神話的規範」の地としてあると指摘される。[17] 天皇の王権の始発に関わる神話的な地「日向」の女と天皇との婚は、初代神武とアヒラヒメ、景行とミハカシヒメ、応神とイヅミノナガヒメと繰り返されている。それは「王権の拠り所への確認」であるのみならず「国土を拡張した過程における婚姻」であり、すでにイヅミノナガヒメを得ている応神がもう一人の「日向」の女をオホサザキに下賜したことは、「その譲渡を通じて応神天皇の神性の一片を大雀命に授けること」[18]と考えてよいだろう。ところが、説話文が王権にとっての神話的な意味を織りなしている「日向」の地名が、歌には登場しないのである。

歌の「みちのしり　こはだをとめを」には、説話文とは異質な起源神話の実質が込められていよう。「こはだ」は、地名とおぼしいが、他に登場せず、所在不明である。「みちのしり」は、「日向」との対応では『和名抄』の西海道に「筑前　筑後　肥前　肥後　豊前　豊後」とあるうちの「筑後　筑紫乃三稚乃之里」に相当しようが、再度確認すれば、ヲトメに冠する土地の名は「筑後」でも「日向」でもなくただミチノシリ、と歌われる。ミチノシリは、ミチノクチが『記』において「伏ろわぬ国と接する境界であった」のに対して、伏ろわぬ世界そのものという。[19] さらには、西郷信綱がチマタやイチ（市）での歌垣をめぐって論じたように、「道《みち》」はミ・チであり、霊威に満ちた場としてあった。[20] ミ・チのチは、動物や人間の「チ」（血、乳）の語とも関わって、[21] 生命を生み出す霊力を示す。加えて、「チ」の生命力についての歴史学からの次の指摘は重要であろう。神名につく「タマ」がフツノミタマなど、金属器である刀剣、稲、国と「弥生時代を象徴する文化と緊密な結びつき」を見せるのに対して、「チ」は、クク（木）ノチ、ノ（野）ツチなど「木や野、山、大地、石、海といった、人間をとり巻く自然を大まかにとらえたものばかり」につき、「まさに太古の自然観らしい相貌をもって」おり、「霊魂観・生命力観」としては「縄文に遡る観念である可能性が高い」という。[22] 人、動物の「チ（血、乳）」も、それらが生き死にする中に関わってゆく周囲の山野、石、海、おそらくは人や動物が関わる中に自ずからできたケモノ道などの道も、「チ」の流れや威力の磁場であることにおいて連続しているという神話的思考、稲作文化以前から以降にまで底流する野生の思考が、[23]「チ」の語にうかがえることの指摘と思われる。

「みちのしり　こはだをとめ」と歌うことは、天皇王権の始発地「日向」の神話性とは異質な、「チ」の神話的思考の喚起である。「みちのしり」出身のヲトメは王権に伏ろわぬどころか、天皇から見れば「人」の手の入る以前の、「チ」という非文明（あくまでも「天皇」にとって）の生命力が溢れる、野生のヲトメであろう。ゆえに、「かみのごと　きこえしかども」も、雷鳴のとどろきのようにうわさが高いと意訳することなく、「ミ・チ・ノ・シリ」のヲトメであればこそ畏れかしこみ、遠く「かみ（雷＝神）のように、はるかかなたに聞こえた」という起源の出来事としてとらえられる。内田賢徳が言うように「かみのごときこえ」たヒメは単にいつくしむ相手ではなく「恐れ多い相手」であり、記46の「「ウルハシミ思ふ」は、そうした畏こき相手を称え、遇する表現」である。[24] ただし、その畏れは、天皇から賜ったゆえではなく、歌においては、「みちのしり」のヲトメであることじたいからきている。「あらそはず　ねし」も、歌い手にとっての「みちのしり」のヲトメであればこそ、伴寝に至るまでの接触しがたさがあり、接したとたんの激しいぶつかり合いや闘争があってしかるべきであったのに、「あらそはず」であった希有な出来事を叙事していよう。何度も歴代天皇との婚を繰り返してきた、すなわち決して異類の地ではないはずの「日向」のカミナガヒメとの婚は、二首の歌によって、闘争が予想されるような、鉄器や稲作文化の世界とは異質な世界の、天皇とは類を異にするヲトメとの接触と婚に、重ねられる。

「チ」の霊力を持ったヲトメとすら「あらそはず　ね」た(4)の「太子」は、後に説話文において「仁」と「徳」をもって称される儒教的な「聖」の帝王と語られる仁徳天皇となる。「みちのしり」のヲトメと武力闘争することなく伴寝を果たすことと、仁徳が「仁」と「徳」の「聖」帝であるという説話とはある部分で重なり合ってもゆく。だが、果たしてこのもう一つの、歌の婚は『記』の論理の中に収まりきるのであろうか。異類婚を叙事する歌声は説話文の「日向」の神話性とは異質な声として不協和音をかなで、二重化しつつも雑音のようにしてそのままに提示されているのではないだろうか。

(1)〜(4)の叙事部末尾に出現する「し」は、そこまでの叙事が「起源譚」であることを示す「指標」である。これらの叙事は、いずれも異なる類どうしの起源の婚を刻印し、呼び起こす歌声であり、異類婚の叙事は説話的な結婚とは調和しきれない部分を喚起しつつ『記』の中にあろう。

4　イルカと蟹

(3)の応神天皇の蟹の歌（記42）も、異類婚の叙事として読むことができる。(A)において、歌い手の応神が「つぬが」の蟹と名乗ることは、『記』の応神にまつわる説話として、太子時代、禊ぎの途上で「角鹿《つぬが》」の大神と名を易《か》えたエピソードを呼び起こす。

名易えの説話も記42の歌も、『日本書紀』にはないことに注目する井上隼人は、名易え説話における「高志前之角鹿」の「高志前」がコシノミチノクチと訓みうることを検証し直したうえで、『記』のツヌガは伏わぬコシの国と接する「境界」であり、応神は「境界」の地で神から「御食之魚《みけのな》」を献上されることで「非農業民的世界」をも手中に収め、「境界」とつながる「神聖王」としての天皇に成ったとする。歌で「ももづたふ　つぬがのかに」と名乗るのも、応神天皇と「境界」の地ツヌガとの「深い関わり」を示しているという[25]。

『記』がツヌガをミチ・ノ・クチとしていることを重視する点には従えよう。とはいえ「境界」であった、と普遍化する前に、ツヌガを尊び畏むべき「チ」、すなわち「ミ・チ」の入り口とする名易え説話が、「チ」に満ちていることに注視される。(26)

故、建内宿禰命、率其太子、為将禊而、経歴淡海及若狭国之時、於高志前之角鹿造仮宮而、坐。爾、坐其地伊奢沙和気大神之命、見於夜夢云、以吾名、欲易御子之御名。爾、言禱白之、恐。随命易奉。亦、其神詔、明日之旦、応幸於浜。献易名之幣。故、其旦幸行于浜之時、毀鼻入鹿魚、既依一浦。於是、御子、令白于神云、於我給御食之魚。故、亦、称御名号御食津大神。故、於今謂気比大神也。亦、其入鹿魚之鼻血、臰。故、号其浦謂血浦。今謂都奴賀也。

（仲哀記）

太子の夢の中では、神が「以吾名、欲易御子之御名」と要求し、太子が「言禱白」して「恐。従命易奉」と言う。すると神が「幣」を「献」じようと「詔」する。翌朝には浜にイルカが依りつき、太子は「御名」を「御食《みけ》津《つ》大神《おほかみ》」と「称」すと神に「白」しあげさせる。ミケとして捧げられた「魚《な》」と、新たに神をたたえる「名《な》」との交換過程(27)は、互いに尊敬し合っているように語られ、両者の関係は、決して太子に対する土地神の服属・屈服というようには説かれていない。一見したところ、互いに対称的な交換関係として語り進められているといえよう。(28)あらかじめ鼻が「毀《こぼ》」れ、血を流した状態で海の向こうから「依」りついたイルカは大神の贈り物であり、太子は贈り物への返礼として「御食津大神」の名をさしあげるのである。太子はイルカという「御食」の「血」の摂取によって、ツヌガの海に「依」りつく「チ」の力を体内に取り込むのだと考えられる。(29)末尾、点線部の地名起源説によれば、ツヌガという名はもとは浦いっぱいに依りついたイルカの血そのものである「血浦《ちぬら》」であった。「今謂都奴賀也」と一字一音で記す地名は言語音として、蟹の歌冒頭の「毛々豆多布　都奴賀能迦邇」と呼応し、響き合う。応神天皇が天皇でありながら「つぬがの　かに」と名乗ることができるのは、ツヌガの「チ」を体内に取り込んでいるからである。

とはいえ、太子とこの浜の海の幸を支配するとおぼしき神との対称性（「な（魚）」と「な（名）」との対称的な交換関係）は、あくまでも説話文の語り口と、「旦《あした》」に太子が神に申しあげさせた「我給御食之魚《みけのな》」という言葉によって成り立っていることにも注意を向ける必要があろう。「夜」の夢の中では、神は「以吾名、欲易御子之御名」と、神の「吾名」と太子の「御名」とを易えよう、翌朝には浜で「名」を易えたことの「幣《まひ》」を献上しようと「詔」したのである。夢の中での交渉では、両者の「名」と「名」の交換が成立し、翌朝浜に献じられるであろう「弊」と、「名」とは区別されている。ところが実際に「旦」となり、目覚めた、夢とは別の次元においては、太子の「給御食之魚《みけのなをたまへり》」という言葉が浜に依りついた「毀鼻入鹿魚《はなをこぼてるいるか》」を「魚《な》」であることをもって神の「名《な》」に重ね、新たに食べる―食べられる関係が導入される。太子は言語の力で神の「名」を「魚」と重ね、「御食」（尊い食べ物）と言いなすことで、神の「幣」であるはずの「魚」を、神の「名」でもあるものとして食べることになる。太子の側は食べられることはない。一方、神は代わりに「御食津大神」というまったく新しい「名」を捧げられるが、太子の「名」を食べることはなく、以前の神名が有していた神格は、永遠に失われてしまっている。ここに、太子と神との不均衡・非対称的な関係が潜む。

応神が「つぬが」の「チ」を体内に取り込み、「つぬが」を歌において道行きの出発点としうるのは、夢での神との交渉を「な」の同音異義を利用した昼間の言葉で塗り替えてしまうという、言葉の喩の力によってであった。太子は「毀鼻入鹿魚」をイルカとしてではなく、「チ」の溢れたミケ・ノ・ナとして摂取する。食べた太子はイルカに同化したり、イルカでもある存在と成ることはなく、蟹に成るのであった。

海の彼方から「チ」を体外に流出しながら「依」りついたイルカが海の世界にのみ属するのとは異なり、天皇としての応神＝蟹は、湖沿いの陸路であろう「ささなみぢ」という「チ」をも「すくすくと」行くことができる。

蟹については、後の民俗事例から水神であるとか、脱皮を繰り返すことから不死と結びつく聖なる生きものであることなどが指摘されてきた。しかし、記42の「つぬがのかに」についてはそうした民俗信仰の推定より、現代の生物学が明らかにする蟹の生態を参照することができる。

貝塚から発見され、縄文期から捕食されたことが判明するモクズガニは、海水でも淡水でも生きることができる。海洋生物学の小林哲によれば[30]、モクズガニは「河川の淡水域上流部から汽水域、沿岸海域にかけて広く分布する大型底生動物」であり、「淡水域と海水域を行き来する数少ない通し回遊性のカニ」である。記42歌との関係で注目したいのはその「繁殖」や「配偶行動」の生態である。小林によれば、モクズガニは「繁殖のために成体が川を降り、塩分濃度のある程度高い河川感潮域の下流部から海域に達し、そこで繁殖を行」い、「繁殖活動は、河川および感潮域に限られ」る。繁殖期のはじめには卵巣の未発達な雌が感潮域に多数分布しており、「交尾体勢に入ってもその直後に体を揺さぶり雄を拒絶し、排除する」ので「海域では雄は雌に比べ、岩の間隔などに隠れるよりも徘徊する傾向が強」く、「徘徊し探索することで交尾可能な相手に遭遇する確率を高めている」という。

淡水にのみ棲息するサワガニ、海にのみ棲息するズワイガニなどと異なって、海域で生まれ川を遡り成体となるとふたたび川を下るモクズガニに特有の「回遊性」という生態を、記42歌は「つぬがのかに」が道行きする行為として観察し、叙事すると思われる。人が捕獲して食べる対象である蟹であればこそ、叙事の働きによってより接近しようとするのであろう。「底生動物」であるモクズガニは川底・水底の「道」を行く[31]。「垂直な壁もよじ上り、陸上も移動できるなど移動能力も発達」している[32]。蟹を叙事するのは、蟹が水一般の神であるからでも、不死の生きものであるからでもなく、モクズガニが求婚者であり、淡水・海水の道も陸の道も行くことができるすぐれた道行く存在であったからであろう。水鳥のように「かづきいきづき」、陸道の「ささなみぢ」をも「すくすくと」行くという行動・振る舞いも、モクズガニの生態の叙事にふさわしい。観察することが叙事することであり、それは観察者が観察対象たる蟹に成ろうとすることでもあったのである。

ツヌガの「浦」のイルカの「チ」を取り込んだ太子が、今、天皇として歌い、さらに「つぬがのかに」に成る。海水域のみならず淡水中の水底の道、湖沿いの「ささなみぢ」という「チ」をも行くことのできる存在と成る。海も淡水も、水中も陸も、多くの異なる種類の「チ」を自在に行くことができるすぐれた求婚者、出会いの高い確率を有する存在と成ることで、「こはたのみち」という「チ」でヲトメと出くわし、ヲトメに魅了されるのである。

5　「ミ・チ」の王

蟹＝天皇と出会ったヲトメの側の(B)については、美女の表現としては異例とされ、従来さまざまに説かれている。

「うしろでは　をだてろかも」（後手は小楯だなあ）と、後ろ姿ないし後ろ側が武具・呪具の楯そのものとするのは、ヲトメというより男のようであること、「はなみは　しひひしなす」（歯並びは椎・菱のよう）と、椎の実や菱の実にたとえられる歯並びであれば、ギザギザの歯であること、眉墨で画き垂れた眉も万葉美人とはまったく異なることなど[33]。

ヲトメにまつわる叙事は「美麗」とする説話文にそぐわない、異様なさまを浮かび上がらせる。とはいえ、ワニ坂の土で化粧するのは前述したようにワニの地を本拠地とする側の叙事であり、説話文では出会いの後に明らかにされる「丸邇之比布礼能意富美之女、名、宮主矢河枝比売」という素性と、矛盾することはない。ただし、「ささなみぢ」を行き「こはたのみち」に居る蟹にとって、「こはたのみち」で会うことを仕掛けてきたヲトメの姿形は、海・川・陸を行く「わ」から見れば異なる類であるヲトメであるゆえに、「うしろでは　をだてろかも」と賛嘆し、やがては向かい合っていたい、添い合っていたい、と魅了されてしまう(B)のであろう。「あはしし　をとめ」は(1)(2)(4)と同じく、この叙事が互いに異類であればこそ出会い、婚するという起源神話であることを示しているのである。

(3)の記42が他の異類婚の叙事と違うのは、伴寝ではなく「あはしし」「みし」と、神話的思考の中での婚のうちの、出会いをこそ叙事している点である。古代の諸書においては、歌においても説話文においても、出会いの場面で「相手があふ」と語られる相手は、動物と女に限られると指摘される。[34]以前、これをふまえ、さらに「(神武が上り幸す時)人、遇于速吸門」(神武記)のような「人」の場合もあること、その場合の「人」は猿や鹿や馬が笹をはみ、舌を出し、嘶くのと同様、こちら側の知りえず、為しえない「あちら側に固有な技」を行使している状態にあることを述べたことがある。女も、動物も、「人」も、偶然の、誰と出会うのか不明な「事件としての出会い」の場面では、その場以外ではとうてい交差しえず、接触の糸口もないような異質な存在どうしが接触してしまう。女の場合は、出会いの瞬間は名も素性も不明なまま、ただヲトメ、と記される。ヲトメとは、単なる若い女ではなく、ただの女《メ》でもなく、道や野や水辺といった出会いの場に出て、ヲトメと呼ばれる者に特有の、道や野や水辺を「ゆく」、河で布を洗う、菜を摘むといった振る舞い(技の行使)をしてヲトメを装い、ヲトメにあえて成ることで一対となるべきヲトコとの意図せざる偶然の出会いを予期している存在であると考えられる。ヲトコ・ヲトメと成って「ミ・チ」を行くとは、血縁関係や地縁関係を離れ、ただ「遊行」する＝「あそび・ゆく」ことであり、[35]「チ」を「ゆく」ことであった。記42の「すくすくと　わがいませばや　こはたのみちに　あ

はしし　をとめ」(A)や「……あはしし　おみな」(B)は、そうした「みち」でなければ起こりえない「事件としての出会い」を語るのである。

説話文でも次のように、出会いじたいは偶然なるものとして説かれてはいる。

一時、天皇、越幸近淡海国之時……故、到坐木幡村之時、麗美嬢子、遇其道衢。爾、天皇、問其嬢子曰、汝者、誰子。答白、丸邇之比布礼能意富美之女、名、宮主矢河枝比売。天皇、即詔其嬢子、吾、明日還幸之時、入坐汝家。故、矢河枝比売、委曲語其父。於是、父答曰、是者、天皇坐那理。恐之。我子、仕奉、云而、厳餝其家、候待者、明日入坐。故、献大御饗之時……

傍線部「到坐木幡村之時、麗美嬢子、遇其道衢」は、「(天皇が)……に到ります時、ヲトメが道衢に遇う」と出会う箇所で主語が出会いの相手の側に変わり、予期せぬ偶然の出会いを示す。しかし、当然ながら、説話文は出会いそのものからすぐさま次の段階へと語りすすめ、天皇の問いに「嬢子」は素性を「答白」し、天皇の「詔」を受けた「嬢子」は「委曲」を「父」に語り、「父」は「是者、天皇坐那理。恐之」と言うように、ワニという氏族と、氏族が「恐《かしこ》」むべき天皇との関係に語りおよぶ。「天皇」と「父」「嬢子」との間には圧倒的な上下関係があり、天皇がツヌガから道行きしてきた蟹でもあるからワニ氏が従うわけでは決してない。

一方、歌は「し」で示される起源の出会いじたいが、いかに果たされたかのみを叙事している。先述したように(B)では出会いをヲトメの側から歌うが、(B)の顔料についての叙事は、ヲトメがコハタのミチに出る準備過程と言うことができる。ヲトメの氏族名やヤカハエヒメの名は歌には登場しない。「チ」を「ゆく」側と、「チ」に「あふ」側と、両者は互いに未知の者どうしであるが、蟹は「よこさらふ」振る舞いを行い、「しなだゆふ　ささなみぢ」という「チ」を行くうちに荒ぶる生命力に溢れるヲトコと成っていよう。そして、ヲトメと「チ」の場で出会ったとたん、ヲトメに魅了され、ヲトメの側に立って、「わにさのに」で「まゆ」を描く過程を叙事し、「こはたのみち」という特定の地の「チ」の体現者と同化する。出会う側、出会いを仕掛ける側の両者は対称的なヲトコ・ヲトメと成り、「うたたけだに　むかひをるかも　いそひをるかも」という、本書I―3でも論じた「うた」を冠した意義不明の「うたたけだ」という状態に近づくのである。「うたたけだ」はこちら側とあちら側といった本来あるべき区別が溶解し、歌を歌うことがもたらす「うた」に関係した状態に満たされてあることであろう。(36)

異類婚の神話を叙事する歌から浮かぶ応神天皇の相貌は、「チ」に満ちたツヌガの地を出発点としながらも、「チ」を行くことでさらに「ささなみぢ」や「こはたのみち」という別種の「チ」の力を獲得してゆく、「ミチの王」であった。

ミチで出会ったヲトメとあたかも対称的な関係を作りあげる記42は、応神天皇とワニ氏との関係を別の位相から支えることにはなるだろう。海の彼方からもたらされる威力をも身に帯びる応神天皇ということでは、説話文の中で語られる新羅までも「天下」として領有する応神朝のあり方と切り結びもする。

しかし、天皇に氏族名を明かした後に饗宴の中であらためて歌われる、身元不明な男女（異類どうし）の出会いの歌は、せっかく形成した「天皇」と臣下としてのワニ氏との関係と鋭く対立し、神話的思考の深みを露呈する。歌う行為の中で応神は「天神」ではなく、よりツヌガの蟹らしい存在に成って道行きし、ワニ坂の土で異様な化粧をした異類のヲトメとも声を合わせ、同一化しようとするのである。歌の中に人と人ならざる存在、こちら側とあちら側とが連続した神話的な相（対称性原理）が出現してゆく。

『記』は一字一音で書記される歌を説話文の中に抱え込み、『記』の論理を重層化する。しかし一方で、叙事じたいは歌声として提示されることで説話文の中に異音を放っているだろう。説話文に見いだせる神話性とは異なる神話的時空の生起は完全には説話文に回収しきらず、歌表現は説話文の王権神話と拮抗し合う部分を露わにしている。王権神話とは異次元の神話は、歌う。歌うさなかに生起する起源は説話の論理に厚みを与えるが、決して説話の中に吸収され尽くすことのない声を『記』の中に響かせるのである。

（1）阪下圭八『古事記の語り口——起源・命名・神話』笠間書院、二〇〇二。
（2）都倉義孝『古事記　古代王権の語りの仕組み』有精堂、一九九五。
（3）神野志隆光「応神天皇の物語——天皇の世界の秩序の確立」『古事記の天皇』古事記研究大系六、高科書店、一九九四。
（4）駒木敏「言語の呪性と様式——問答歌謡の事例に則して」、土橋寛編『古代文学の様式と機能』桜楓社、一九八八。
（5）三浦佑之『古代叙事伝承の研究』勉誠社、一九九二。
（6）通説では「いちぢしま」や「みしま」に到着とするが、「いちぢしま」「みしま」は同じ地の別名を重ねたものととる。また「にほどりの　かづきいきづき」も通説とは異なり、水中を行って到着した「しま」で息を吸った、という解を試みた。
（7）倉塚曄子『古代の女——神話と権力の淵から』平凡社、一九八六、居駒永幸「蟹の歌——応神記・日継物語の方法」『文学』一三—一、二〇一二・一。
（8）西郷信綱『古事記の世界』岩波新書、一九六七。
（9）三浦佑之、注5に同じ。
（10）武田祐吉『記紀歌謡集全講』明治書院、一九五六。
（11）村上桃子『古事記の構想と神話論的主題』塙書房、二〇一三。
（12）古橋信孝『古代和歌の発生——歌の呪性と様式』東京大学出版会、一九八八。
（13）居駒永幸、注7に同じ。
（14）矢島泉は、この唱和によって海神の世界との隔絶と別離を説きながらも「精神的結合」を確認し合う、としている「所謂

〈『古事記』の文芸性〉について——火遠理命と豊玉毘賣命の唱和をめぐって」『青山語文』二〇、一九九〇・三)。
(15) 藤井貞和『文法的詩学』笠間書院、二〇一二。
(16) 森朝男『恋と禁忌の古代文芸史』若草書房、二〇〇二。
(17) 菅野雅雄『古事記構造の研究』おうふう、二〇〇〇、青木周平『古代文学の歌と説話』若草書房、二〇〇〇。
(18) 村上桃子、注11に同じ。
(19) 井上隼人「『古事記』における角鹿の性格」『古代文学』五四、二〇一五・三。
(20) 西郷信綱「市と歌垣」『古代の声——うた・踊り・市・ことば・神話』朝日新聞社、一九八五。
(21) 松村武雄『日本神話の研究』四、培風館、一九五八、多田一臣『古代文学の世界像』岩波書店、二〇一三。
(22) 溝口睦子「記紀神話から縄文・弥生を探る」『文学』一三—一、二〇一二・一。
(23) クロード・レヴィ＝ストロース『野生の思考』大橋保夫訳、みすず書房、一九七六。
(24) 内田賢徳『上代日本語表現と訓詁』塙書房、二〇〇五。
(25) 井上隼人、注19に同じ。
(26) 二〇一五年度古代文学会夏期セミナーにおける口頭発表において、三品泰子「『古事記』「角鹿」をめぐる言葉の響き合い」が、説話文と歌とにわたる「言葉の響き合い」の可能性を指摘しており、示唆された。
(27) 阪下圭八「魚と名を易えた話——『古事記』の説話表現」、注1に同じ。
(28) 呉哲男「古事記の神話と対称性原理」『文学』一三—一、二〇一二・一。
(29) 村上桃子(注11に同じ)は「応神が日本海の海洋支配を司る神と交渉し、その機能を獲得する譚」とする。また、村上は歌の蟹について「八足をもち、海の豊饒をもたらし得るものとして宇遅までの水陸を乗り越え」「気比大神の使いでもあり、また応神でもあるという二重性を有」するとしている。蟹が水・陸を行く存在であるという指摘は重要であろう。
(30) 小林哲「モクズガニの繁殖生態(総説)」『日本ベントス学会誌』五四、二四—三五、一九九九。
(31) 現代の川漁の漁師・小橋為義によれば「川の中にモクズガニが移動する道がありその道を遮るようにして網を仕掛けます。川の流れには、上の層を流れている水と下の層を流れている水があります。この下の層の流れがある所をモクズガニは好んで移動するので、網を仕掛けるには良い場所になります」という。「万葉の流れとともに——冬の珍味モクズガニ漁など」『川と生きる——富山の川魚漁』富山県民カレッジテレビ講座テキスト、一九九六。

（32）小林哲、注30に同じ。

（33）「うしろでは　をだてろかも」「はなみは　しひひしなす」というヲトメの形容については、蟹男と醜い容姿の女（ないしは、後ろ姿が「小楯」とは蟹女）とが一対となって笑いを誘う「もどき」的な歌、とする指摘がある（三浦、注5に同じ）。これに対し、近年、居駒永幸は「「小楯」は祭祀用であって、そのような楯を祭る神女が「後姿は小楯」と表現」され、続く「はなみは　しひひしなす」以下についても、椎や菱の実のように歯が鋭く並んでいるとは「考古学で報告されている「叉状研歯」」、すなわち「歯牙をフォーク状に加工・変形する縄文・弥生期の習俗」で、「選ばれた巫女や神女の特徴を示す容姿の一つであった可能性」が高く、「異形の尖歯によって嬢子を神聖化し、木幡の最高神女としての権威を称える表現」であり、続く垂らした「眉画き」も同様、聖と俗とを抱え込んだ神女ゆえの「異形」を表すとする（居駒、注7に同じ）。また村上桃子は「うしろでは」は「木幡の後方に広がる倭を隠す小高い奈良山を、小楯と歌」い、その山並の「前に広がる木幡の地が到達地として讃美され」、「はなみは　しひひしなす」は「なす」という歌表現の類例から見て「いちひゐの　わにさ」という地名を、「歯並が椎の実や菱の実のような櫟」、その「櫟井の丸邇坂」として導く序であり、そこには地名・氏族名であるワニの名にまつわって、鋭い歯を持つ「動物ワニ（鮫）の歯という修辞表現」も入るとする（村上、注11に同じ）。

（34）中川ゆかり「出会いの表現」『万葉』一一九、一九八四・一〇、森朝男「逢ふ」『古代和歌と祝祭』有精堂、一九八八。

（35）猪股ときわ『歌の王と風流の宮』森話社、二〇〇〇。

（36）藤井貞和の言う、吾が吾であって、吾でない状態になる「うた状態」であろう。『物語理論講義』東京大学出版会、二〇〇四、「うた状態」の初出は「〈うた〉——未開の声」『現代短歌大系』一二「月報」三一書房、一九七三。

Ⅱ 歌舞の起源

鬘・手草・御酒・蜻蛉

1 アメノウズメの「所作の所作」

『古事記』における芸能の発生

1 「所作」という視点

アメノウズメが手次を懸け、縵をし、小竹を手草に結い、岩屋の戸の前にウケを伏せて踏み鳴らし、「神懸」して胸乳を掛き出だし、裳の緒をホトに押し垂れる。すると、高天原が「動」じ、八百万の神が「共咲」する——『古事記』における天岩屋の前でのウズメの行為は、なんらかの儀礼を背景としたものとして読まれてきた。(1)なかでも西郷信綱は背後に儀礼を想定しているものの、『記』の詞章を「シャーマニスチック」な文体として、詞章そのものに儀礼的要素がはらまれることを示唆している。(2)これを受けて三浦佑之は、天岩屋のくだりに語られてゆくもろもろの準備や行為全体が、叙述の流れとして「思兼神によって仕組まれたもの」となっており、「思兼神は脚本家兼演出家の役割を果たしている」とし、「ヲコとして振る舞うウズメと、それを見て充足したエラク神々とは親和」し、アマテラスを除く高天原の神々が一体化した状態が神々の「歓《よろこ》喜び咲《ゑら》き楽《あそ》ぶ」状態であるとした。(3)

ウズメが「汝が命《みこと》に益して貴き神の坐《いま》すが故に、歓喜び咲き楽ぶ」といってアマテラスを騙すに至るまでの『記』の叙述が、ウズメたちの行為を演技や芝居を思わせる聖なる騙し、嘘、であると明かしている。とすれば、そのもの自体ではないのに、あたかもそうであるかのように真似ることによって、神は騙されるのだということを『記』が了解していたということになろう。神が騙されるとは、神が受け止めることにほかなるまい。真似でしかないとわかっていて模倣し、その場の者たちも偽物を本物であるかのように受け止める、という関係を実現するためには、行為の型が必要であったと思われる。後に天孫降臨の際には、アマテラスは鏡を授けて「此の鏡」を「吾が前《まへ》を拝《をろが》むが如く」いつきまつれと教えるが、このアマテラスの鏡のような役割を、行為の型が持つのである。

型にのっとって真似る行為は、ふりをしているだけだと認識されながら、行為の当事者と受け手、真似る対象といった全体を巻き込み、世界に作用を及ぼしてしまう。そのように『記』の天岩屋のくだり自身が語っているのではないか。

所作という語は仏教語ではあるが、本章では、以上のような、型にのっとり何ごとか・何者かを真似る行為を「所作」と考える。そのうえで本当に『記』じたいが、ウズメの行為を「所作」として叙述しているのかどうか検証したい。

西郷信綱が「一センテンスに「……して」（而）をえんえん二十回近くもくり返したシャーマニスチックな語りくち」[4]であると指摘したところは以下である。

是以八百万神於天安之河原神集々而、
高御産巣日神之子思金神令思而、
集常世長鳴鳥令鳴而、
……科伊斯許理度売命令作鏡、

科玉祖命令作八尺勾璁之五百津之御須麻流之珠而、
召天児屋命・布刀玉命而、
……令占合麻迦那波而、
……根許士爾許士而、
……取著……取繫……取垂……而、
……布刀玉命布刀御幣登取持而、
天児屋命布刀詔戸言禱白而、
天手力男神隠立戸掖而、
天宇受売命手次繫天香山天之日影而、為縵天之真析而、手草結天香山之小竹葉而、於天之岩屋戸伏汙気而、
踏登杼呂許志、為神懸而、掛出胸乳裳緒忍垂於番登也。
爾、高天原動而、八百万神共咲。

指摘されるように、「……而、……而」と続いてゆく一文となっている。加えて、オモヒカネ以下の神々の行為が途中まで「令思」「令鳴」「令作」「令占」と、八百万神の使役として進んでいることに注意される。思い、鳴き、作り、占いの準備をするのはあくまでも冒頭に名を提示される高天原の「八百万神」の総意によるのである。各祭祀行為の当事者は、八百万の神々によって作らされ、鳴かされ、占いの準備をさせらていること、祭祀技術（ワザ）はあくまでも神々の意思をなぞるようにして行使されることを、この語り口は示していよう。

ところが、途中から「根許士爾許士而」「取著」「取繫」「取垂」「布刀御幣登取持而」……といったように、行為を行う当事者である神を主体とした動作となっている。「根こじにこじ」「取りつけ」「取りしで」「取りたれ」

のあたりから、八百万神とその意を受ける技術の当事者（神）との区別がなくなり、両者が一体となっていったということであろう。「シャーマスチックな語りくち」とは、当事者が神意を受けてワザを行使していることを明らかにしつつ、次第に行為の当事者と行為の指令者との区別をなくしてゆく語り口であったと確認される。「思」「鳴」「作鏡」……などの動作は、語り口の進行とともに継起的に起こっていく。しかし、すべてが岩屋の内側のアマテラスを外に引っ張りだす（招く）ための動作であるという点では同じ働きを持ち、すべてが同じ意味を持つ行為の重層、たたみ重ねでもあろう。祭祀の準備を行ってゆく過程（これ自体が祭祀である）の、それぞれの技術の当事者が特定のワザを働かせてゆく最中において、神々の意思の忠実な反復としての行為は、次第に、ないしは重層する行為のある局面において、八百万の神々の行為と完全に一致する、ということなのである。「所作」とは、『記』の天岩屋のくだりに即して考えるなら、神意の反復としての動作でありつつ、反復が神意との一致にもなりうるというワザの行使にほかなるまい。岩屋のくだりの「シャーマニスチックな語りくち」自体が、「所作」なるものの起源を語り明かそうとしているのである。

2　ウズメの「為神懸」

ウズメの「神懸」は祭祀の当事者たちのワザの行使の果てのクライマックス、ないし、行為のたたみ重ねのただなかの、当事者と神意との一致が実現した局面にある。では、「神懸」とは、いったい何だったのであろう。

本居宣長は『記』の「神懸」について、『日本書紀』正文が「顕神明之憑談」を「カムガカリ」とよませるのをふまえてであろう、「俗に所謂託宣なり。但此らは正しく某々の神の有べき事を告覚し給なるを、今此段の神懸は、物の着て正心を失へる状に、えも云ぬ剞戯言を云て、俳優をなすを云へり」とする（『古事記伝』）。

「神懸」は託宣へと展開するはずだが、通常の託宣では神が事（言）を告げるのに、ここには「告覚」がなく、いわゆる「かみがかっている」と称される、正気を失っている状態だというのである。しかし、先に述べたように、近代以降の研究では、祭りの場での「タハレゴト」や性的な要素を強調する演技にこそ、神事的意義を見いだしてきた。また、『記』のこのくだりのシャーマニスティックな語り口は、模倣でしかない行為の力を呼び起こそうとしていると考えることができるとすれば、「剞戯言《タハレゴト》」「俳優《ワザヲギ》」の嘘こそが岩屋の内の神を外へと引きずり出すのではなかったか。

吉田修作は、仲哀記、仲哀紀、崇神紀、顕宗紀、天武紀に「託」「神明憑」「著」「神着」などとある場面とウズメの「神懸」の場面とを比較し、「他の〈神がかり〉の事例では、その主体は神であり、「誰に憑りて」などという表現を取っている。それに対し、当該のウズメの〈神がかり〉は主体がウズメであって、神名はその時点では不明であるということである」として、ここは他の場面とは異なり「神懸」の神話的表現となっており、ゆえに後に続くウズメと岩屋の内のアマテラスとの問答（「吾が隠り坐すに因りて……」「汝が命に益して貴き神の坐すが故……」）が、ウズメの得た神託に相当する、とする。(5)

たしかに、仲哀記に見える託宣場面、

其大后息長帯日売命者、当時、帰神。故……天皇、控御琴而、建内宿禰大臣、居於沙庭、請神之命。於是、大后帰神、言教覚詔、西方有国……

において、「帰神」する「神」を「帰《よ》」すのは大后であるが「言教覚詔《ことをしへさと》」した主体は、あくまでも「神」であろう。同様、「神懸」も、この語じたいは、神を主体とした動作「「神」が「懸《か》」かる」を示していると考えられる。

だが一方で、「天宇受売命手次繫……」と始まる文の流れの中では、ウズメ――ただし、八百万神の意を受けたウズメ――が、「神懸」を行う主体となっているようでもある。

あらためて、該当箇所を引く。

……天宇受売命手次繫天香山天之日影而、為縵天之真析而、手草結天香山之小竹葉而、於天之岩屋戸伏汙気而、踏登杼呂許志、為神懸而、掛出胸乳裳緒忍垂於番登也。

右に見るように、実は「神懸」（神、懸かる）ではなく、「為神懸」となっていることを見落とせないだろう。同じく動作を表す「為」を用いる「為縵」の場合が「（天の真析を）縵と為て」であるのに対して、「為神懸」は動作を示すと思われる「懸」の上にさらに動作を示す「為」がついているのである。同様な事例には、次のような例がある（『記』上巻のみ）。

(1)「吾与汝、行廻逢是天之御柱而、為美斗能麻具波比」

(2)「吾者、到於伊那志許米志許米岐穢国而在祁理。故、吾者為御身之禊也」

(3)……滌時、所成坐神名、八十禍津日神、次、大禍津日神。此二神者、所到其穢繁国之時、因汚垢而所成神之者也。次、為直其禍而所成神名、神直毘神。次、大直毘神。次、伊豆能売。

(4)「……何由以、天宇受売者為楽、亦、八百万神諸咲」爾、天宇受売白言「益汝命而貴神坐故、歓喜咲楽」。

(5)如此歌、即為宇伎由比而、宇那賀気理弖、至今鎮座也。

(6)高木神告之「此矢者、所賜天若日子之矢」、即示諸神等詔者、「或天若日子、不誤命、為射悪神之矢之至者、不中天若日子。或有邪心者、天若日子、於此矢麻賀礼」云而……

(7)乃於其処作喪屋而、河鴈為岐佐理持、鷺為掃持、翠鳥為御食人、雀為碓女、雉為哭女、如此行定而、日八日夜八夜、遊也。

(8)「……然、為鳥遊・取魚而、往御大之前、未還来」

(9)言「誰来我国而、忍々如此物言。然、欲為力競。故、我、先欲取其御手」。故、令取其御手者……

(10)唯留其弟木花之佐久夜毘売以、一宿為婚。

(11)於是、火袁理命、思其初事而、大一歎。故、豊玉毘売命、聞其歎以、白其父言「三年雖住、恒無歎、今夜為大一歎。若有何由」故、其父大神、問其聟夫曰、「今旦、聞汝女之語、云、三年雖坐、恒無歎、今夜為大歎。若有由哉……」

一字一音表記の事例である(1)(5)によれば、「為＋動作」は、動作や行為を表す語を名詞化して、いわば「……することをする」(「みとのまぐはひ」をする、「うきゆひ」をする)という形であることが了解される。すでに行動が起こされた後の場合は、今、その動作を名指している。たとえば(4)ではアマテラスが岩屋の内側に居てなんらかの音を聞き、その音を立てている行為を「楽」という行為と名づけ、「どうして「楽」という行為をするのか」と聞いている。(8)(11)も同様に考えられる。

これから行われる一定の行為について名指す場合もある。たとえば(3)は、カムナホビ以下の神が「直」という行為をする」べき神として生成する。(7)も同様であり、さらに「河鴈」や「鷺」が「持」という行為を「為」すこと、すなわち「……することをする」の形で語ったことを総称して「如此行定(かく行ひ定め)」て、としている。「……することをする」形の言い回しは、ある一定の動作を、一定の型のある行為として名指し、定めることであった。⑶⑸⑺⑽以外は神々の発話文の中に現れるのも、神々の発話は、これから行う、ないし、すでに行われた動作を名指し、名づけるのにふさわしいからであろう。

以上のように「……することをする」形は、すでに神が名指すところの行為を行うこと、⑺にあった語を用いるならば、いわば「行ひ定め」られた行為を行うこと、すなわち本章で述べるところの「所作」の発生を語る場面に出現するということができる。

ウズメは「神懸」とすでに名指された行為、いわば神の言葉によってすでにかたどられた行為を「型」にそって行っている、と『記』は語っているのである。それは「神懸」の現場の、振る舞いや身振りをそのとおりに反復し、模倣すること、「……すること」を反復・再現して行うことにほかなるまい。ただし、この一文による詞章全体が所作を語っているのであるから、「為神懸」は所作が繰り返され、たたみ重なる中でようやく実現可能であったさらなる所作、「所作の所作」というべき行為であったと考えられる。

ウズメの「所作の所作」が引き起こした笑いを、アマテラスは岩屋の「内」で聞いていたようである。

> 於是天照大御神、以為怪、細開天石屋戸而、内告者「因吾隠坐而、以為天原自闇、亦、葦原中国皆闇矣、何由以、天宇受売者為楽、亦、八百万神諸咲」。爾、天宇受売白言「益汝命而貴神坐故、歓喜咲楽」。

材料を選び、過程を踏んで実現する、「神懸」の模倣としての「所作の所作」が、岩を隔てた向こう側にいる神によって「為楽」と名づけられた。吉田修作の指摘したように、「内告」の言葉は、いわば託宣である。が、アマテラスは戸の内側にあって、その場を目撃してはいないのであるから、ここにおける「楽」とはまず第一に「所作」によって起こる音声であったことになる。「為神懸」も、これによって巻き起こった神々の「咲」も、岩屋の内なる神の耳を打ち、岩屋の内なる神の言葉を導く音声としてこそあったのである。

3　音現象を模倣する

「高天原動而」という大振動の震源に、「伏汙気而、踏登杼呂許志為神懸而」というウズメの「所作の所作」がある。伏せられた中空のウケは倍音装置となり、踏むことで「とどろこ」し、大音声による振動がさらに世界の振動を呼び込む。

およそ『記』において、ある種の音声とは耳で聞くだけのものではなかったと考えられる(6)。たとえばスサノヲの「啼いさち」は、青山を泣き枯らし、河海を泣き乾し、「悪神之音、如狭蝿皆満、万物妖、悉発」となった。また、スサノヲがアマテラスのいる高天原へと移動すると、山川は「悉動」し、国土は「皆震」する。アマテラスはそれを「聞」き驚き、弟の上ってくる理由は我が国を奪おうとしてのことだろうと言う。スサノヲの仕業によってアマテラスが岩屋にこもると、世界は何時とも知れぬ「常夜」となるとともに「万神之声者、狭蝿那須満、万妖、悉発」となる。また、根堅州国のスサノヲのもとから盗まれようとした「天詔琴」が樹にふれると「地、動鳴」し、寝ていたスサノヲは「聞」き驚き、目覚めてしまう。

悪神や万妖の躍動は「音」や「声」としてとらえられ、山川や国土の振動も音声として「聞」かれるものであった。音声は目に見える動きであり、形あるものを打ち、揺動させる。天や国土、山川草木、といった外界のすべてを共振させ、とらえどころのない「悪神」や「妖」の活動を呼び、共振が共振を呼ぶ統御の効かない現象、いわば「音現象」を引き起こしてしまうのである。大音声や発生源の不明な物音は単なる音声ではなく、音現象へと進展する力を秘めているゆえに底知れぬ畏怖の対象であったと考えられる。

こうした『記』に見る音現象には、多くスサノヲが関わっていた。スサノヲの身体は、行動すれば音声を立て、その音声は自らの意図とは関係なく森羅万象の共鳴を呼び、共振し合ってしまう、統御の効かない音声増幅装置であり、音現象として出現する異常事態の発生源である。常に変化・移動し続けて混沌を呼ぶともされるスサノヲにまつわる音現象とは、予測も反復も不可能なもの、「型」に収まらないものとして描かれている。(7)「所作」を、すでに神意によって定められた「型」にのっとるがゆえに反復し、模倣し、習得することが可能な行為とすると、スサノヲの行動は「所作」ではないものとして描き出されているということができる。

対して、ウズメはスサノヲにまつわる音現象と類似の事態を、ワザを介在させ、あくまでも「所作の所作」として起こしている。原初の岩や草木の活動（振動、音）と共振するスサノヲの自ずからなる活動（振動、音）の引き起こした事態と、ウズメの音声と。ウズメの立てる、ワザを介在させ型にのっとった、おそらくは規則的な音声は、スサノヲの起こす音現象と類似しているがゆえに、スサノヲの振動音を打ち消す強度であったと論じたことがある。(8)しかし、音声は別種の音声の強さによって打ち消されるものであったろうか。発生源を異にする振動と振動とが波長を同じくし、共振し合う瞬間を把握すべきではなかったか。ウズメの立てる音がどのように描かれているかを丹念にたどってみるべきであったろう。

ウケを踏む動作が立てる音にまつわるとおぼしい語は「登杼呂許志」である。「とどろこす」の「とどろ」は、万葉歌に、

可豆思賀能　麻萬能手兒奈我　安里之可婆　麻末乃於須比尓　奈美毛登杼呂尓　(14三三九二)
伊波婆之流　多伎毛登杼呂尓　鳴蟬乃　許恵乎之伎氣婆　京師之於毛保由　(15三六一七)
左夫流兒我　伊都伎之等乃尓　須受可氣奴　波由麻久太礼利　佐刀毛等騰呂尓　(18四一一〇)

などとあり、「動」「動々」「動響」（「秋去者　山裳動響尓　左男鹿者　妻呼令響」など）も含め、岩に落ちる水の音、打ち寄せる波の音、あたり全体を振動させる雄鹿、鳥、蟬の声など人ならざる存在の立てる音や、これらに類してしまう、統率なしに打ち騒ぐ人々の声などである。

それはアマテラスが岩屋にこもり、暗黒となった世界にいずこともしれぬところから発生し満ちてくる「狭《さ》蠅《ばえ》」なす「万神之声」に、連なるものであったと考えられる。清水章雄は「さばえなす」と形容される神々の声について、古代文献に天孫降臨以前の地上世界の現象として散見される「草木言語」に連なる、「始原の無名の神の「類《たぐい》」」としか言い表せない「雑霊」の活動そのものであるとし、そうした「草木言語」は「さやさや」などの言葉のオノマトペによって「装」われたと指摘する。(9)「とどろこす」行為は、言葉におけるオノマトペのように、たとえば蟬の声が「とどろ」と立てる音を真似た音声を、あえて立てることであろう。スサノヲのように自ずからなる身体が即、増音装置であるというのではなく、ウケといった道具を用いた行為によって「とどろ」を「装う」と言うこともできよう。ワザによって、雑音（ノイズ）をあえて作り出すのである。

容器を反転させて倍音構造を装備し、ステップを踏むことで「とどろ」と鳴る音声を作り出す。それは「五月蠅」なす「万神」の「声」の周到なる模倣である。しかし、行為者の意図としてではなく神意の反復として、激しく落ちる水の音、打ち寄せる波の音、虫や獣の声を模倣する。それがそのもの自体ではなく、真似でしかないからこそ八百万神々らも「共咲」し、高天原は揺動するのである。

4　双面の媒介者

ウズメが「胸乳《むなち》」「番登《ほと》」を露出するのは女という性を強調しているとされ、猥雑な動作などとされてきたことについても、「所作」という観点からは再考が必要であろう。『記』のオホアナムヂは、母神の「乳汁《ち》」で死から再生し、オホゲツヒメの死体の女性器（ホト）には麦が生える。いずれも、女神の「女」としての身体部位の力がそのまま発揮される事態であろう。しかし、ウズメの場合は異なる。ウズメは「為縵天之真析而《あめのまさきをかづらとして》」と、このくだりにおいて髪飾りをしたことによってこそ「ウズメ」（髪飾り・女）であった。(10)「手次《たすき》」をかけ、髪に「縵《かづら》」をして、小竹《ささ》を「手草《たぐさ》」に結って……という行為の過程によって、ウズメは「ウズ」「メ」と成ったのであり、「メ」であることすら、ここではホトや胸乳をあえて露出することで模倣されているのではないか。

さらに注目したいのは、ウズメが、ホトや胸乳といういわば動物的なメの属性を露出するまでの過程に、植物を身にまとっているところである。

『記』では、植物が生成する力と「生む」力は、別種のものと認識されていると考えられる。タカミムスヒ・カムムスヒは「ウムス」（生ませる）という力をもってたたえられ、ウマシアシカビヒコヂは「如葦芽因萌騰之物而成神」、すなわち葦が冬に死に、春にまた芽ぶく、回帰する生命力をもってたたえられる。(11)本書のI―1で、牡鹿が動物でありながら、毎年生え替わる角の部分に植物の「はゆ」る再生エネルギーをも有していると考えられたことを述べた。ウズメの身体には生まれつき植物エネルギーが備わっているわけではないが、蔓植物を身にまとい付けることで植物へと変装し、同時に、生み育児する「メ」でもあることをも、あえて露わにするという振る舞いによって型どり、真似ているのあでる。

髪にかぶり物をする「かづらす」ことをよむ歌に、「巻向の穴師の山の山人と人も見るがに山かづらせよ」（『古今和歌集』巻二十、「神遊びの歌」一〇七六）がある。折口信夫はこの歌について、「古くから、その土地に住んでいた先住民が……帰順の象徴に、宮廷および宮廷に関係深い里の社の祭りに参加して、山苞を持ってきて、また山人の舞を舞ったのである……かならずしも真の山人が来るわけではなく、山人に仮装して、普通の神人が」舞うのである、としている。[12] 天のヒカゲという蔓草をかぶり、マサキを手次にかけ、ササを手にし、と植物を身につけるウズメも、自生植物たちに仮装することで植物的生のエネルギーを身につけ、植物が自生する山の側の存在であるかのように振る舞っていよう。さらに、動物的な「メ」の威力と植物の力という別種の威力が、「所作」によって合成・統合されていくのである。

小竹葉を束ね結った手草は、音声とも関連してくる。ウズメの「足」がウケを踏み「とどろこす」とき、ウズメの「手」の小竹葉は葉擦れの摩擦音を立てたであろう。「佐左賀波乃　佐也久志毛用尓（小竹が葉のさやく霜夜に）……」（『万葉集』20四四三一、防人歌）とあるように、小竹葉はサヤグ。サヤグは「……うねびやま　このはさやぎぬ　かぜふかむとす」（『記』歌謡20）と歌われるように、小竹や木の葉が風などを受けて葉擦れの音を立てる様態である。「大殿祭」の祝詞には、引き結んである綱目が緩むこと、葺いた草の「そそき」や「夜女能伊須須伎」といった建築物の素材がふたたび活動し始めてしまうことがないようにと「言寿鎮」め申す中に、「御床都比能佐夜伎夜芸弖有那理」と見える。『記』では天孫降臨以前の地上のさまを、「豊葦原千秋長五百秋水穂国者、伊多久佐夜芸弖有那理」としている。「いたくさやぎて」あるさまはまた、『記』の中で言向けるべき「道速振荒振国神等」が多くいる状態と言い換えられている。荒ぶる「国神」の中には地上の草木たちの活動も含まれよう。それは『紀』や祝詞の中で「草木言語」などとされる様態であり、アマテラスがこもってしまった岩屋の外の「狭蝿」なす「万神之声」が満ちた様態にも通じるものと考えられる。ササをひとまとめに括り、葉どうしが擦れ合う音をあえて立てることもまた「とどろこす」に加えて、今鎮めるべき「万神之声」に類する自生植物たちの「さやぎ」をあえて立て、音現象を引き起こそうとする「所作」なのである。

植物を身にまとい、水や動植物の音を立てることが、暗黒の世界で躍動する「万神」たちと向き合い、彼らの音現象を模倣することであるとき、「狭蠅」なす満ちる「万神之声」の振動を、共振させずにはいないだろう。しかし、あくまでも八百万神の意を受けた「所作」として、行っている。ウズメの「所作」が「狂乱」であり、「猥雑」であるといえるとすれば、ウズメが植物と動物という異種の力を合成した奇態な姿、異形と化し、八百万神の側にありながらスサノヲの振る舞いが引き起こした「万神」どもの活動を模倣し、それらの立てる音声をも共振させてしまうからであろう。しかし、ウズメの音声はワザを行使した模倣にすぎない偽物であればこそ、「八百万神」の「共咲」の音声も誘うことができよう。仮に「ほんとう」に「神懸」しているのだとしたら、ウズメも「万神」の一員となり、「狭蠅」なす「万神之声」に呑み込まれてしまったことになり、八百万神たちは「共咲」などすることはできなかったはずである。「神懸」は「為神懸」でなくてはならない。ウズメは「八百万神」（アマテラス）と「万神」（スサノヲ）との双方を向く、双面の媒介者と化しているのである。

5　サルメノ君という名

光／闇、八百万神／万神、「狭蠅」なす声／「共咲」の声の区分の、双方を向くことを可能とするのが「所作の所作」であり、他のワザとは異なるウズメこそが担うワザであった。「所作の所作」という身体活動の型は、対立的な二つの項を往還する事態を導くことができる、と『記』は語っていよう。

異質なものどうしの間に立ち、双方を向くワザは、岩屋の内と外とを反転させる強度をもった力を発揮し、果てにはアマテラスの言葉も得るに及ぶ。ウズメはここまで仲哀記に見るような託宣場面の、神寄せの音を立てる役（琴を弾く天皇）、神を身体に寄せるヨリマシ（后）、神の言葉を得るサニハ（タケウチノスクネ）という三つの役回りを一人で果たしたことにもなる。「所作の所作」には、複数のワザじたいを媒介し、合成してしまう働きがある、とされているのではないか。

後に、天孫降臨のくだりにおいて、アメノウズメは「猿女君等之祖」と注記され、行く手を遮るサルタビコの名を顕わす。ここに、ウズメの子孫たちは「女《をみな》」をも「男神名《をのかみのな》」を負い、「猿女君《さるめのきみ》」と呼ばれることになった、とされる。

……是以、猿女君等、負其猿田毘古之男神名而、女呼猿女君之事、是也。

女であって男でもある、という名を名乗るとき、「所作の所作」の担い手たちは、常に双方向を向き続ける振る舞いの型を自らに刻印し、他者に向けて主張しようとしているだろう。(13) その意味で、『記』におけるアメノウズメの「活躍」は、ある一族の担う固有なワザの起源を語る神話となっている。先に引用した折口信夫が、植物を頭にかぶることで普通の「神人」が「山人」と成るところに芸能の発生を見通そうとしているのだとすれば、動物的な性の生命力と植物的な回帰する生命力とを合成する「所作の所作」に、平安朝の「神遊び」には失われたもう一つの芸能の発生を垣間見ることができよう。

(1) 松村武雄(『日本神話の研究』培風館、一九五五)は鎮魂祭を基盤とした神話とし、陰所を露出した「舞」によって「自然」「神」を笑わせるのは、「萎え衰へた活力を刺激し回復させる」意図があったとし、松本信広(『日本神話の研究』三、一九三一、東洋文庫、一九七一)は冬期における祭儀での「笑わせることを主眼」とした喜劇的行為であるとする。

(2) 西郷信綱『古事記注釈』一~八、ちくま学芸文庫、二〇〇五~〇六。

(3) 三浦佑之「ゑらく神々」『神話と歴史叙述』若草書房、一九九八。

（4）西郷信綱、注2に同じ。
（5）吉田修作「アメノウズメの〈神がかり〉〈わざをき〉――天岩と天孫降臨」『日本文学』六〇―一、二〇一一。
（6）以下、スサノヲの行為と「音現象」とについては、猪股ときわ「スサノヲの「歌」作りと「宮」作り――音の神話から「音喩」へ」『古代宮廷の知と遊戯』森話社、二〇一〇。
（7）森朝男によれば、アマテラスの岩屋隠りを引き起こしたスサノヲの身体性は、「数々の空間を横断し、移動し続けて止まない「意味以前の了解不能の混沌」たる「死」に連なる身体性であるという。『恋と禁忌の古代文芸史』若草書房、二〇〇二。
（8）猪股、注6に同じ。
（9）清水章雄「草木言語論」『神のことば・人のことば』古代文学会叢書、武蔵野書院、二〇〇一、同「「雑霊《ぞうりょう》」論――「さばえなす」神々の声」『日本文学』六〇―一、二〇一一。
（10）橘守部『稜威道別』に髪飾りをした女の意として以来、「ウズメ」は「神に花などを挿した女、巫女、神女の意味」とされているという。「アメノウズメ」『日本神話事典』（多田みや子執筆）大和書房、一九九七。
（11）三浦佑之『古事記講義』文芸春秋、二〇〇三。
（12）折口信夫『折口信夫全集』ノート編一二、中公文庫、一九七一。
（13）これを『記』の抱えた、正史にはふさわしくない「偏向」の一局面ととらえることもできる。

2 酒の起源・舞の起源 「酒楽之歌」を読む

1 所作と「舞」

『古事記』上巻、アマテラスの天岩屋こもりのくだりにおいて、アメノウズメが岩屋の前で行った動作（「為神懸」）は、舞の最古の事例のように扱われることが多い。前章で論じたようにウズメは蔓植物をかぶり物として襷にもかけ、手には小竹を束ねて持ち、伏せた中空の容器を踏んで音を轟かせ、「神懸」のふりをする。それはたしかにステップを踏みつつリズムをとる舞踏と言ってもよさそうにも思える。平安初頭に忌部氏が記した『古語拾遺』では、アメノウズメに相当する「天鈿女命《アメノオスメ》」が神々とともに「歌舞」した（「巧作俳優、相與歌舞」）とし、また宮中儀礼の「鎮魂祭」の次第を記す『貞観儀式』『延喜式』などにも、ウズメの子孫にあたるサルメらの行為を「舞」と記している。

しかし高天原での出来事を語る『記』の天岩屋のくだりには、「歌」「舞」の語はない。「歌」も「舞」も、『記』の語る高天原の神々の世界には存在しないのである。

「歌」をはじめて「作」したのは、高天原を追放され、出雲国にやってきたスサノヲである。スサノヲはヲロチを殺した後、クシナダヒメとの結婚にあたって宮作り、歌作りをする。ただし須賀宮を作ったとき、その地から雲が立ち騰り「作御歌」とある中に、「舞」の語はない。高天原のスサノヲは自らの意図とは無関係に、行動すれば即座に大音声を立て、その音が周囲の万物を巻き込み振動させる「音現象」の発信源として描かれていたが、地上世界へと追放され、出雲国でヤマタノヲロチを殺した後に、歌作りの起源を担う。スサノヲは、天から地上へとさすらってきたことで「天」と「国」との双方と向き合うことが可能な、媒介者的身体の持ち主になったのである。『記』はそうした媒介者としての神スサノヲに、歌作りの起源を担わせていると考えられた。(1)

『記』の書かれた現在に至るまで行われているある一定の動作、すなわち、すでに定まった型があり、模倣反復すべきであり、習得が可能な動作たる「所作」は、上巻の神々の世界にも見いだすことができるだろう。天岩屋にこもったアマテラスを招き寄せるための神々の行為やウズメの「神懸」は「舞」ではないが、所作として描かれている。(2)また、いわゆる海幸・山幸神話において、弟のヤマサチ(ホヲリ)が海神宮から持ち帰った呪宝によって兄のウミサチ(ホデリ)が苦しめられ、ついに服従を誓うくだりには、「稽首白、「僕者、自今以後、為汝命之昼夜守護人而仕奉」。故、至今其溺時之種々之態不絶、仕奉也」とある。ホデリは隼人の始祖とされ(「此者、隼人阿多君之祖」)、『職員令』「隼人司」には隼人らの「歌舞」のことが見えるものの、『記』ではただ「態」とする。

中巻、応神記の吉野国主らの大御酒献上の説話にも、歌にともなう所作らしきものはうかがえるが、「舞」とはない。

又、於吉野之白檮上、作横臼而、於其横臼醸大御酒、献其大御酒之時、撃口鼓、為伎而、歌曰、
かしのふに　よくすをつくり　よくすに　かみしおほみき　うまらに　きこしもちをせ　まろがち
此歌者、国主等献大贄之時々、恒至于今詠之歌者也。

「撃口鼓」「為伎而、歌曰」とある行為は「今」に至るまで、反復されてきているというから所作事であったと認められるが、歌にともなうものは「伎」としている。「態」や「伎」はワザと訓ませたであろうか。しかし『記』はこれらの所作ないしワザを、舞とは認めていないということであろう。

神武天皇条に、

……「聞歌之者、一時共斬」。故、明将打其土雲之歌曰、

おさかのおほむろやに　ひとさはに　きいりをり　ひとさはに　いりをりとも……

如此歌而、抜刀一時打殺也。

とあるのと内容的に重なるくだりが、「序」（上表文）にあり、右の傍線部に対応する内容は本文とは異なる純漢文体の文章では「列舞攘賊、聞歌伏仇」となっている。しかし、本文では右に引いたように「歌曰」のみがあって「舞」はない。歌に導かれるようにして神武軍が一斉に刀を抜き、土雲らを一時のうちに打ち殺すという内容は、漢文体の文章では「列舞攘賊、聞歌伏仇」と表せても、『記』本文においては「舞」とはとらえなかった。『記』は「舞」をどのような行為としてとらえているのであろうか。所作やワザ一般には留まらない限定を『記』は「舞」に与えているのではないだろうか。

2　『古事記』の「舞」

次の(A)〜(D)が『記』における「舞」（一字一音表記のマヒや、動詞を含む）の事例である。

(A)於是、還上坐時、其御祖息長帯日売命、醸待酒以献。爾、其御祖御歌曰、

　このみきは　わがみきならず　くしのかみ　とこよにいます　いはたたす　すくなみかみの　かむほき
ほきくるほし　とよほき　ほきもとほし　まつりこし　みきぞ　あさずをせ　ささ

如此歌而、献大御酒、爾、建内宿禰命、為御子答、歌曰、

　このみきを　かみけむひとは　そのつづみ　うすにたてて　うたひつつ　かみけれかも　まひつつ　かみ
けれかも　このみきの　みきの　あやに　うただのし　ささ

此者、酒楽之歌也。（中巻・仲哀記）

(B)於是、穴穂御子、興軍、囲大前小前宿禰之家。爾、到其門時、零大氷雨。故、歌曰、

　おほまへ　をまへすくねが　かなとかげ　かくよりこね　あめたちやめむ

爾、其大前小前宿禰、挙手打膝、舞訶那伝、歌参来。其歌曰、

　みやひとの　あゆひのこすず　おちにきと　みやひととよむ　さとびとも　ゆめ

此歌者、宮人振也。如此歌、参帰、白之、我天皇之御子、於伊呂兄王無及兵。若及兵者、必人、咲。僕、捕以貢進……（下巻・允恭記）

(C)後、更亦、幸行吉野之時、留其童女之所遇於其処、立大御呉床而、坐其御呉床、弾御琴、令為舞其嬢子。爾、因其嬢子之好舞、作御歌。其歌曰、

あぐらゐの　かみのみてもち　ひくことに　まひするをみな　とこよにもがも　（下巻・雄略記）

(D)爾、山部連小楯、任針間国之宰時、到其国之人民、名志自牟之新室楽。於是、盛楽、酒酣、以次第皆舞。故、焼火少子二口、居竈傍、令舞其少子等。爾、其一少子曰、汝兄、先舞、其兄亦、曰、汝弟、先舞。如此相譲之時、其会人等、咲其相譲之状。爾、遂兄舞訖、次弟将舞時、為詠曰、

物部之我夫子之　取佩　於大刀之手上　丹画著　其緒者載赤幡　立赤幡見者　五十隠　山三尾之　竹矣訶岐刈　末押縻魚簀　如調八絃琴　所治賜天下　伊耶本和気天皇之　御子市辺之押歯王之　奴末　（下巻・清寧記）

まず確認されるのは「舞」がすべて「歌」ないし「詠」とともに登場してきていることである。(B)の「挙手打膝、舞訶那伝、歌参来」からは、手を挙げて膝を打つ動作が舞であり、打つ音で拍子をとりながら歌う、歌と舞とが一体となったさまがうかがえる。(C)には天皇が琴を弾き、童女が舞った後に「嬢子之好舞、作御歌」とあるので、歌と舞とは同時ではないものの、童女の舞が天皇の歌を導いているのであろう。(D)では兄弟の少年がどちらが先に舞うか譲り合った後、「遂兄舞訖、次弟将舞時、為詠曰」と、兄の舞を受けていざ自分も舞おうというときに、弟の「詠」となる。隠された自分たちの系譜を明かす「詠」が、舞を行うことを契機として発せられるのである。

「歌」ないし「詠」を発することは「舞」に導かれ、「舞」という行為は「歌」う行為ないし「詠」ずる行為に導かれる。この両者の不即不離の関係を端的に歌表現として表しているのが、(A)の「答」歌の「うたひつつ　かみけれかも」と「まひつつ　かみけれかも」の対句であろう。前句と後句とはともに酒を醸《か》むという行為を別の

角度から言い換えている。歌うことは舞うことであり、舞うことは歌うことにほかならないのである。

歌と舞とは以上のように密接不可分な関係として描かれている。ウズメの所作には歌がともなわないゆえに、『記』においては「舞」とは称されなかったと考えられる。では歌にともなう吉野の国主らの「伎」はなぜ「舞」ではなかったのであろうか。

再度、(B)の事例を見たい。允恭天皇の死後、軽太子《かるのおほみこ》と同母妹との密通が露見し、大前小前宿禰《おほまへをまへのすくね》の家に逃げ込んだ太子を穴穂御子《あなほのみこ》（後の安康天皇）の軍勢が包囲した際のこと。一首目の穴穂御子の歌の「かくよりこね　あめたちやめむ」はこうして（御子が門に立っているここに）寄って来い、そうすれば雨を止めようの意で、「すぐに攻めるのではないという体で、大前小前宿禰に誘いかけ」る。この歌の後、宿禰が手を挙げるのは御子が「事態を収集するのを待つ意向を示したのに対して、喜んでみせる所作」であり、宿禰の歌の「足結の小鈴が落ちたというのは軽太子が宮中から逃げたこと、宮人が騒ぐというのは軍をおこすこと、里人は大前小前宿禰の一族・部下で、ユメはそれへの軽挙の戒め」を譬えるという。(3) 大前小前宿禰の門に至った穴穂御子が「かなとかげ　かくよりこね」と歌った、その歌に応じて家の内に居た大前小前宿禰が「挙手打膝、舞訶那伝、歌参来」という動作を起こす。大前宿禰が歌舞しつつやってきたことを「参帰（まゐりよる）」としているところからも、宿禰が歌舞しつつやってくる動作の全体が「よりこね」という穴穂御子の歌いかけに呼応し、誘導され、呼び出された動作であったと解される。上位に立つ存在からの歌いかけに応じて、「舞」が行われているということであろう。

(C)も、「呉床」という高位の者が座す場所に座った天皇が琴を弾き、その琴によって、童女が舞う。説話文の「令為舞」は、動作を示す「舞」の語の上に「為」という行為を示す語がつき、さらに使役を示す「令」がつく文字列となっている。動作を示す語の上に「為」がつくのは、『記』上巻におけるウズメの「為神懸」と同じく、すでに神などによって定められ、名づけられた行為を反復・模倣するようにして今行う、「……することをする」の形と考えられる。アメノウズメの「為神懸」を語るくだりは、全体が、八百万神々が行為の当事者たる神に「させる」（使役）場面となっており、神々の意を受けた所作にほかならないのだが、その詞章の中においてさらに「為神懸」とあって、単に所作が行われたことを語るのみならず、ウズメの担う「神懸」が不意の統御不能な神ガカリではなく、神意にもとづく模倣であることを強調し、ウズメの「為神懸」が高天原に起源したことを語っていた[4]。吉野の童女を雄略が舞わせる場面における「為舞」も、あらかじめ定められた動作を行う、「……することを……する」形の叙述によって、この「舞」が所作にほかならないことを示す。さらに天皇の手がかなでる琴こそが「まふ」という行為を、なぞるように、模倣するようにして行わせている、ということを「令」という使役の語が明示する。歌に「かみのみてもち　ひくことに　まひするをみな」と、「まひする」とあるのは「令為舞」に対応するであろう。歌の中で、童女が舞う起源の時空においては、雄略天皇の手は「かみのみて」であり、童女は神の手が弾く琴に導かれて「まひ」という行為を「す」る。童女は神の立てる聖なる琴の音声を身体で受け止めることで、神意をなぞり反復するようにして「まふ」という動作をすることができるのである。

(D)は歌ではなく「詠」と舞とがセットとなっている事例で、「詠」の言葉も他の「歌」とは異なり漢字一字一音表記ではない。別に考える必要もあろうが、ひとまずは、新築の室の宴での舞は「次第」をもって、一定の順序に従って「皆」が行うものであり、竈の傍らに居た「焼火少子二口《ひをたくわらはふたり》」が最後ということは、上位の者から順に舞ったこと、「令舞其少子等」とあって、兄弟の少子らもまた、自らの意思で舞ったのではなく、この場の上位者の意向を受けて舞っていることを確認しておく。

「舞」は「歌」と不即不離にある。さらには、(B)(C)(D)に見たように、「舞」を行うには舞う当事者の意図を超えた働きかけが伴うのではなかったか。神や天皇など上位の者からの歌や音声、言葉がうながす、その意をなぞるようにして舞の動作は発動する。隼人や吉野の国主が献上する所作は「態」や「伎」であっても、こうした意味での「舞」ではなかったのであろう。同様に、神武記における「如此歌而、抜刀一時打殺也」の、刀を抜いて打ち殺す動作は「舞」とは異質な振る舞いととらえられたのである。

ここであらためて、『記』における「舞」の初出となる(A)に注目したい。(A)は散文部分には「舞」の語がなく、二首セットの二首目の歌の中に「うたふ」と「まふ」とが登場していた。先に二首目の歌は歌うことが舞うことであり、舞うことが歌うことであることを示すと考えたが、二首目の「うたふ」「まふ」は一首目の「御歌」に応じる「答歌」の中にあることから、ここは二首のセットで読み解くべきかと思われる。二首目で、歌舞しつつ酒を醸む主体となるのは、「このみきを　かみけむひとは」と歌詞の冒頭にある「ひと」である。ところが、一首目の歌では、「いはたたす　すくなみかみの　かむほき　ほきくるほし　とよほき　ほきもとほし……」とあって、祝福しながら酒を造るのは「すくなみかみ」となっている。他の歌舞の事例と同じく、二首目の「うたふ」「まふ」は、尊ぶべき一首目の「御歌」からの働きかけを受けて成り立っているのではないだろうか。スクナミカミは「うたふ」も「まふ」も行わないが、「ひと」は歌い、舞う。『記』においては歌こそが神話を語る表現形態であったとする居駒永幸の論[5]を踏まえるならば、(A)は「舞」という行為を、歌の言葉のやりとりの中で起源づけていると読むことができるのではないだろうか。

3　「御歌」と「答歌」

再度、(A)を引用する。

於是、還上坐時、其御祖息長帯日売命、醸待酒以献。爾、其御祖御歌曰、

このみきは　わがみきならず　くしのかみ　とこよにいます　いはたたす　すくなみかみの　かむほき
ほきくるほし　とよほき　ほきもとほし　まつりこし　みきぞ　あさずをせ　ささ
如此歌而、献大御酒、爾、建内宿禰命、為御子答、歌曰
このみきを　かみけむひとは　そのつづみ　うすにたてて　うたひつつ　かみけれかも　まひつつ　かみけれかも　このみきの　みきの　あやに　うただのし　ささ
此者、酒楽之歌也。

「酒楽之歌」二首は、神の造った酒として酒を勧める「勧酒歌」と、その酒を謝して受ける「謝酒歌」とされる(6)。益田勝実は平安朝の神楽歌の「本」歌と「末」歌の表現を参照し、「神の賜りの酒の強調が、勧酒のうたとしては必要だが、謝酒のうたとしては、そのフィクションをそのまま受けとめて歌い返すわけにはいかないきまりがあったのではないだろうか。聖なる契機の歌いかけを俗なる契機のうたで歌い返して、そこで聖なる祭祀との訣別をするきまりがあったのではないか」と指摘する(7)。神事の後の饗宴における勧酒・謝酒の歌表現の形式として、眼前の酒を神が造った「聖」なる酒とみなして勧め、酒を受ける側は「俗」なる立場で歌い返すという対応関係があったとするのである。「聖」と「俗」というとらえ方には再考の必要があろうが、『記』が一首目を「御歌」、応じる歌については「御」のない「答歌」とのみ記しているところからも、二首の歌に「聖」と「俗」に相当するような位相の差があると考えてよいと思われる。

「御歌」の冒頭、「このみきは　わがみきならず」の「わ」は待酒を今、献じている御祖《みおや》・息長帯日売命《おきながたらしひめのみこと》の立場であろう。「くしのかみ　とこよにいます　いはたたす　すくなみかみの」と、「わ」＝歌い手は、スクナミカミが石に立つ行為に「たたす」と敬意を払う。続いて、神が祝福し（「ほき」）つつ酒造りすることを歌う「かむほ

き　ほきくるほし　とよほき　ほきもとほし」になると、敬語はつかない。待酒の醸成を司った歌い手たる「わ」（御祖）の動作が、酒の司神の動作と重なり、酒を醸成しつつある時空が、歌の中の現在に呼び起こされるのである。

「かむほき……とよほき……」の部分における歌い手である御祖とスクナミカミとの関係は、同じく仲哀記の、託宣を求める場面に類似していよう。

①其大后息長帯日売命者、当時、帰神。故……天皇、控御琴而、建内宿禰大臣、居於沙庭、請神之命。於是、大后帰神、言教覚詔、「西方有国……」……（天皇の死）……為国之大祓而、亦、②建内宿禰、居於沙庭、請神之命。於是、③教覚之状、具如先日、「凡、此国者、坐汝命御腹之御子所知国者也」。爾、④建内宿禰白、「恐。我大神、坐其神腹之御子、何子歟」。⑤答詔「男子也」。爾、⑥具請之、「今如此言教之大神者、欲知其御名」、即⑦答詔、「是天照大神之御心者。亦、底箇男・中箇男・上筒男三柱大神者也……」

大后は「帰神」するとあっていわゆるヨリマシの役、天皇は琴を弾いて神を呼ぶ役、建内宿禰《たけうちのすくね》は「居於沙庭、請神之命」とあって、神の言葉を請い、引き出すサニハの役である。サニハの求めに対して神の言葉「言教覚詔」がまず発せられる（①）。サニハはさらに神に請い（②）、人の側にとって意味ある神の言葉（③）を引き出す。さらに問いかけ、教えがある、と続いてゆくうちの、大后の胎児をめぐる③と④のやりとりに注目したい。「坐汝命御腹之御子所知国者也」（③）の発言はヨリマシの大后の口から出ているはずであるが、大后を「汝命」と呼ぶ。一方、「帰神」している大后に向き合っているサニハの建内宿禰は「坐其神腹之御子……」（④）と言う。ヨリマシとして神の言葉を発している大后は、サニハの側からは「神」と一体化した身体と見られているのである。

「御祖」として「御歌」を歌う大后息長帯日売も、「かむほき……とよほき……」と歌う最中にあっては、スクナミカミからは「汝命」と呼ばれ、「御歌」を受け止める建内宿禰や御子たちの側からは「御祖」でありかつスクナミカミ（以下、「スクナ神」とする）そのものでもあると見られる存在になっていると考えられる。

神の酒造りを歌う「くしのかみ……ほきもとほし」を抱えた「御歌」の表現は、古橋信孝の言う「生産叙事」の表現様式となっていると見ることができる。(8)「生産叙事」とは、「このみきは」と、すでにできあがった酒を眼前にしつつ、歌の中にスクナ神による起源の酒造りの時空を「叙事」として抱え込むことで、現在を始まりの時空と二重化し、眼前の酒も起源のときの神の酒と等しいものと成すことができる、という歌表現の仕組みである。眼前の待酒はすでに醸成されてあり、今は酒として献じられているのであるが、御祖がスクナ神でもある歌う最中には、酒造りは今このときに、祝福のうちに進行している最中でもある。進行しつつある神の酒造りの現場が、歌うことによって眼前に顕現するのである。

二首目の「答歌」も、歌の「叙事」としては酒の製造過程が歌われており、一首目と同様の「生産叙事」の歌ということになろう。しかし御祖の歌と酒を受け、同じ「このみき」を眼前にして歌い始める「答歌」は、「御歌」が「くしのかみ」（御祖）が「ほく」行為を歌うのに対して、「このみきを　かみけむひとは」と、人が御酒を醸造する「かむ」行為を、「かみけむ」という過去の行為として、推し量る。「御歌」が歌われる最中には神の酒造りは現在進行する過程として現前していたはずであるが、「答」歌の歌い手はあたかもその場に居なかったかのようである。酒造りという出来事に対しては、あくまでも「けむ」と過去推量する立場で歌い始める。

「答歌」は歌舞する現在の酒宴の側、人の側から「御歌」の献じる「みき」を受け止めているのであろう。「御歌」の「かむほき　ほきくるほし　とよほき　ほきもとほし」という動作は、現在も人が行っている歌舞する動作を通してのみ了解され、「うたひつつ　かみけれかも　まひつつ　かみけれかも」と歌い替えられる。「けり」は、目前の歌舞を酒造りした過去から継続しているとし、「か」（疑問）、「も」（詠嘆）、すなわち「……であろうか」と歌う。そう歌うことで、あくまでも推し量るしかない「御歌」の時空と現在とを、連続したものと成そうとしているのである。「そのつづみ　うすにたてて」は、歌舞の場にある打楽器（鼓）を過去の「そ」の酒造りのときにも存在したものとして、「そ」の場では楽器は臼として出現していただろうというのではないか。現在の側から、目前の打楽器を過去のその場における臼に見立てるのである。

託宣場面で「帰神」する最中の息長帯日売は、神から見れば「汝」だが、サニハから見れば「神」であった。「答歌」の歌い手は「帰神」場面のサニハと同じ建内宿禰であるが、歌い手としては、スクナ神と御祖が一体化する酒造りの現場そのものはベールの向こう側にある、という立場にある。今目前で御祖が「かむほき　ほきくるほし……」と歌い、「御歌」の言葉は起源の酒造りの時を現出しているのだが、「答歌」の側は起源の時空そのものを見ることができないかのように歌うのである。「御歌」の「かむほき　ほきくるほし……」の歌の場を共有し、受け止めていても、「御歌」が表した酒造りの現場が、人が歌い、舞った行為としてしか見えなかったかのように、「うたひつつ　かみけれかも……」と歌う。スクナ神の酒造りそのものは、この「答歌」の位相があることによって、うかがい知ることもできず、言葉にすることもできない向こう側の、神の司るワザとして位置することになる。御祖（神）が司る秘技としての待酒の醸成の現場は、「御祖」が歌う「御歌」のみが呼び起こすことができるのである。

二首はそれぞれが「生産叙事」の表現様式を持っている。しかし、両者の立場は異なる。「御歌」は歌ううちに「すくなみかみ」の側に立ち起源の時空を顕現し、「答歌」はあくまでも「ひと」の側から現在を起点とする。両者が歌い合うことによって、現在と起源のときとを連続した時空と化し、この場と起源の酒造りの場とを重ね合わせることができる。位相の異なる二首が同じ「みき」について歌い合うことで、目前の「みき」を神の酒と成し、今こうして歌いつ舞いつしている動作と「(司神が)ホキクルホス・ホキモトホス」動作とを切り結ぶ。

ところでクルホス・モトホスという動作は他動詞であり、「御歌」のスクナ神は自らクルフ・モトホルのではなく、この動作を行わせている、という点を見落とすことはできないだろう。益田勝実は「鼓を臼の傍らに立て、歌ひつつ舞ひつつ酒を醸んだ醸み酒の聖女《おとめ》のしわざを、神が臼の回りを寿き回り、熱狂して踊り回り、酒を仕込み給うとも見ていたのだ」としているが[9]、歌の言葉に即して考えるなら神自身が踊り狂ったのでも、酒を「かむ」ことをしたのでもない。土橋寛は「「狂ほし」は狂わせる意、「廻し」は廻らせる意の、いずれも他動詞で「酒」を「狂わせ」「廻らせる」意」としたうえで、「実際は歌舞する人が「狂ひ」「廻る」のであるが、観念の上では、そうすることによって酒を「狂ほし」「廻す」のであり、具体的には酒をぶつぶつとよく醱酵させることである。だから元気よく踊れば踊るほど酒の出来がよいわけで……」とする[10]。一首目の歌詞をスクナ神が「酒を」狂わせ、廻らせる「観念」の表明と解し、酒造りの「実際」や「具体」を、人々が歌舞して狂い、廻り、酒をよく醱酵させようとしているのだと想定して「御歌」の解釈に反映させているのである。西郷信綱も「くるほし」「もとほし」は「他動詞だから、少名御神じしんが踊り狂い踊りまわる意ではありえない」としたうえで、「さればといって従来のように酒を「狂ほし」「廻す」、つまりその醱酵を促す意にとるのもどうだろうか」とし、「ここはやはり、酒の神少名御神が寄り来り、神がかり状態になって人々を舞い狂わせ臼のまわりをくるくる廻らせて醸した酒と解すべきではなかろうか」とする[11]。やはり「御歌」と「答歌」とを合わせて両歌がどのような現実を表しているかを問題としているようである。

御祖が待酒を醸造した「実際」の過程に、醱酵を促すためにと、周囲で歌舞が行われたのかどうかは、不明としか言えない。あるいはそうであったかもしれないが、いずれの説も一首目の「くるほし」「もとほし」を「答歌」の人の側の論理で解しており、二首の歌い合いの意義を見落としていると思われる。

一首目において、スクナ神と一体化し、いわば「神がかり状態になって」(西郷)いるのは、先に見たように歌い手たる御祖である。御祖＝スクナ神は眼前の「みき」を祝福し(「かむほき」「とよほき」)、「くるほし」「もとほし」す。答歌がこれを受けて、現在の歌舞が、当事者の意思を超えたスクナ神の祝福が行わせた「クルホシ」「モトホシ」と連続している(「けり」)ことを明かし、両者あいまって歌舞が「クルホシ」「モトホシ」に起源することになるという、二首の対応を再度確認しておきたい。狂わされ、廻らされるのは、「このみきは」と始まり、「まつりこし　みきぞ」に続く「御歌」の展開からすれば、「みき」(の原材料)にほかなるまい。「答歌」によってはじめて、歌い舞う目前の「ひと」の活動が酒醸造の過去から現在まで継続しているかのように歌いなされ、スクナ神＝御祖が狂わせ、廻らせる「みき」の活動と人の活動とが重なりうるものとなる。スクナ神の世界と現在とを二重化する二首の応答が作り出す世界で、過去から現在まで歌舞し続けているかのような人の行為とスクナ神の世界で醸造過程にある「みき」の醗酵活動とが、同じ位相を共有できるのである。

醗酵をする人ならざるものの運動と、人の動作とは、八世紀以前の人々にとっても決して容易に重なるものではなかったはずである。人と人ならざる存在との間の境界を横断し、超え、人と人ならざる存在との動作が連続する場を現出させるためにこそ、「御歌」と「答歌」の歌い合いが行われる。

4　クルフ・モトホル

人の行う歌舞は歌の応答の中でスクナ神の行わせるクルフ・モトホル(自動詞)動きに起源づけられる。クルフ・モトホルは人の活動ならぬ「みき」が醗酵するという物質の変成状態である。では、そもそもクルフ・モトホルとは古代の言語表現としてどのような動きを表す語であったのだろう。

「クルホス」の自動詞はクルフで、辞書には「気が違う。狂う」（『時代別国語大辞典』、以下『時代別』とする）と漢字に置き換える程度のことしか説明がない。しかし、クルホスがこの歌詞の中でモトホスと一対の語として、同内容の言い換えとして登場してきていることから、モトホスに類する内容であろうと想定される。

モトホスの自動詞はモトホルで、「めぐる。徘徊する」（『時代別』）。モトホルは「かむかぜの　いせのうみの　おひしに　はひもとほろふ　したみの　いはひもとほり　うちてしやまむ」（神武記歌謡）では、小さな巻貝が海の岩を這い回るようにして這いずり回る人の、戦闘態勢万全の身体の動きである。万葉歌の一字一音表記に「……弱薦乎《わかこもを》　猟路乃小野尓《かりぢのをのに》　十六社者《ししこそは》　伊波比拝目《いはひをろがめ》　鶉己曽《うづらこそ》　伊波比廻礼　四時自物《ししじもの》　伊波比拝《いはひをろがみ》　鶉成《うづらなす》　伊波比毛等保理《いはひもとほり》　恐等《かしこみと》　仕奉而《つかへまつりて》……」（3二三九）とある「鶉己曽　伊波比廻礼」は、続く「鶉成　伊波比毛等保理」によって「いはひもとほれ」と訓むことがわかる。「……遣使《つかはしし》　御門之人毛《みかどのひとも》　白妙乃《しろたへの》　麻衣著《あさごろもきて》　埴安《はにやす》乃《の》　門之原尓《みかどのはらに》　赤根刺《あかねさす》　日之盡《ひのことごと》　鹿自物《ししじもの》　伊波比伏管《いはひふしつつ》　烏玉能《ぬばたまの》　暮尓至者《ゆふべになれば》　大殿乎《おほとのを》　振放見乍《ふりさけみつつ》　鶉成《うづらなす》　伊波《いは》比《ひ》廻　雖侍候《さもらへど》　佐母良比不得者《さもらひえねば》……」（万2一九九）の「鶉成　伊波比廻」も「いはひもとほれ」であろう。宣命の「恐古自物　進退匍匐《しじまはひ》廻保理」（六詔）も、「もとほり」である。いずれも、鶉ではないが、鶉が地面を這い旋回するのと同じ動作をすることで皇子や天皇への畏怖を表明して仕えまつるのである。

名詞モトホリは「縁　毛止保利」（『新撰字鏡』）、「旋子　毛度保利」（『和名抄』）と古字書にあり、円状のものの周囲やふちを言う。他動詞モトホスには、(A)歌謡の他、「おほきみの　みこのしばかき　やふじまり　しまり　もとほし　きれむしばかき　やけむしばかき」（清寧記）があり、柴のまわりを何重にも廻して締めて、の意である。

モトホルに動詞語尾のフがついたモトホロフはヤマトタケルの死後の歌に見られる。

……作御陵、即匍匐廻其地之那豆岐田而哭、為歌曰、

なづきのたの　いながらに　いながらに　はひ　もとほろふ　ところづら　（景行記）

歌は水に浸かった泥田の稲茎に這いまとわりつき続ける山芋（「ところづら」）そのものを歌うが、前文と合わせて解すれば、蔓植物が稲の茎にくるくると巻き付くように、人が亡がらを納めた御陵にまとわりつき、周囲を這って旋回する動作をして、悲しむのであろう。前文に「匍匐廻」とある「廻」も歌詞のモトホロフに相当しよう。モトホルという動作を行い続けながら、「哭」すなわち声を挙げて泣きつつ歌うという所作を行う人の動作が、歌の言葉によって稲茎に巻き付く蔓植物と重ねられている。

モトホルは同じ場所で円を描くようにぐるりと廻る動作であり、自然な状態では、貝や鶉、蔓植物といった人ならざるものの動きである。人は、戦闘で人を殺そうとするとき、貴人にお仕えしていることを身体で表明するとき、死者への悲しみを表すなどの際に、これらの円周運動を行う自然界の生きもの（異類）ではないのに、あえて、その動作を模倣し、人ならざるものであるかのような振る舞いをするのである。モトホルという、人としてはきわめて不自然な動作をあえて行うことで、人は人ならざる類いに近づく。そうすることで、人を殺すことができ、死者に近づくことができると考えられた。天皇や皇子への奉仕を表明する動作も、同様にとらえられているであろう。

モトホルという語と対になるクルフも、回転や旋回運動と関わろう。西郷信綱が「クルマ」（車）、「クルメク」（独楽の廻るさま）、「クルル」（扉を廻す仕掛け）、「クル」（回転させて穿つ）などの語を挙げて、「クルフ」は「回転することに関連する語であるらしい」[12]としているのは示唆的である。クルフという語を広くクルフに「関連す

る語」の使用例の中で、動きとして再考することができる。

クルは古代の用例が知られる語としては、「たぐる。細長いものを引いて手元へ寄せる」(『時代別』)、「糸など、ひも状のものを物に巻きつけて少しずつ引き出す。また、それをまきつける。たぐる」(『日本国語大辞典』)などがある。「……ぬなはくり　はえけくしらに……」(応神記歌謡)は水底に根をはるヌナハ(ジュンサイ)をたぐって取る人が既に手をのばしていたのも知らないで、の意。万葉歌の漢字一字一音表記「君我由久《きみがゆく》　道乃奈我弖《みちのながて》乎《を》　久里多々祢　也伎保呂煩散牟《やきほろぼさむ》　安米能火毛我母《あめのひもがも》」(15三七二四)の「くりたたね」は、恋人が旅行く長い道をたぐりよせ、たたむ、ことを仮想している。『出雲国風土記』の国引きの詞章の内には「……三身之綱打挂而《みつみのつなうちかけて》、霜黒葛闇々耶々尓《しもつづらくるやくるやに》……」(意宇郡)と、綱を打ちかけて国を、蔓植物の蔓がクルクルと巻いてゆくように引く、「くるやくるや」がある。副詞に、クルルニがある。「素戔嗚尊乃轠轤然解其左髻所纏五百箇統瓊綸」(神代紀)は、訓注に「轠轤然、此云乎謀苦留留爾《をもくるるに》」とあり、スサノヲがみずらに巻いていた玉の緒を、反対側にくるくる廻して解くさまである。名詞、クルベキは『新撰字鏡』『和名抄』ともに「反転」をクルベキと読む。台に短い竿を立て、その先につけた枠に糸を掛けまわして操る、糸を操る道具という(『時代別』)。

クルは蔓植物、旅行く相手が行く道、紐など、向こう側へと長く巻きながら働いてゆく力に対して、こちら側へ同じようにくるくると巻き、引き寄せる動きである。向こう側へ強く引っ張る力に対して、反対側へ同様に旋回させながら巻く動きは、クルフ(狂ふ)にも通じているのではないか。万葉歌の仮名書き例に「くるひにくるひ」がある。

相見而者《あひみては》　幾日毛不経乎《いくかもへぬを》　幾許久毛《ここだくも》　久流比尓久流必　所念鴨《おもほゆるかも》　(4七五一)

大伴家持の作歌で、恋人に会ってから幾日もたっていないのに、相手がしきりに思われてならない、という大意。「妹に恋ふ」の激しい状態を「（妹に）くるふ」としていると思われる。「恋ふ」は目に見えない人や土地などを思うことで、「妹に恋ふ」は恋うているのはこちら側でありながら、妹によって恋するというふうに相手側に主体をあずけた言い回しである。[13]「（妹に）くるふ」も同様に、こちらが思えば思うほど逆に妹の側から引っ張られているように感じられる状態を表していよう。離れたところに居る相手とこちら側との間を結ぶ、目には見えない蔓や綱状のものがあるかのように感じ、それをこちらが引いて巻き戻そうとしているのに、向こう側が巻き寄せているようでもあるという状態ではないか。

万葉歌が「中々尓《なかなかに》　絶年云者《たゆとしいはば》　如此許《かくばかり》　気緒尓四而《いきのをにして》　吾将恋八方《あれこひめやも》」（4六八一）のように、命がけで恋し、相手を思うことを「いきの緒に思ふ」「いきの緒に恋ふ」などとよむ言い回しは、「息の中に統御しがたい魂の活動をながめている」[14]だろう。六八一歌が「なかなかに絶ゆとし云はば（むしろ「絶ゆ」というのなら）」こんなに「いきの緒に思ふ」こともなかろうにとよむのは、互いが見えない「緒」によって結ばれていると感じてのことではないか。クルは道や綱など紐状のものに作用するが、特定の恋の相手を思うということも、呼吸や気息が目に見えない紐状のものとして、相手に掛かり、つながってしまっている状態と感じられたらしい。

身体そのものは互いに見えないまま、向こう側とこちら側で引っ張り合う。向こう側からの強制力によって出てゆくのは、身体ではなくて「……波播已毛礼杼母《ははいもれども》　多麻曽阿比尓家留《たまぞあひにける》」（「母い守れども魂ぞ合ひにける」14三三九三）、「多麻之比波《たましひは》　安之多由布敝尓《あしたゆふべに》　多麻布礼杼《たまふれど》……」（「魂は朝夕べに賜ふれど」15三七六七）のように、万葉歌では「たま」ないし「たましひ」である。または、「……情志行者《こころしゆけば》　恋流物可聞《こふるものかも》」（「心し行けば恋ふるものかも」4五五二）、「……情者妹尓《こころはいもに》　因西鬼乎《よりにしものを》」（「心は妹に寄りにしものを」11二七八〇）などと身体は離れていても相手のもとへ「ゆく」「よる」働きをするとよまれる「こころ」でもある。前掲の「くるひにくるひ」とある家持歌も、こちらの「たま」ないし「こころ」がくるくると旋回してしまっている状態と感じられているのであろう。

『日本霊異記』は「託」の字をクルヒテ、クルヘルと訓釈している。神、鬼、神霊などが、卜者、女、病者などに憑依して言葉を発するのである。卜者の場合「是郡部内有大神。名曰伊奈婆。託卜者言「其産二石、是我子」。因其女家内、立忌籬而斎」（下31）のように「託卜者」の語順で、「伊奈婆大神」が「卜者にくるひて」となる。卜者という、神を人の身体に引き寄せる専門の技術者によってよってたぐり寄せられ、神が「其産二石、是我子」という人語を発したのである。「放生之人、与使人倶入山、拾薪、登于枯松、脱之落死。託卜者曰「我身莫焼。七日置之」」（中16）は松の木から落ちて死んだ人の霊が言葉を発し、「禅師善珠、臨命終時、依世俗法、問飯占時、神霊託卜者言「我必宿於日本国王之夫人丹治比嬢女之胎、将生王子……」」「向問飯占時、大徳親王之霊、託卜者言、「我是善珠法師也。暫間生国王之子耳。為吾焼香供養者矣」」（下39）は、死につつある善珠や大徳親王の「神霊」や「霊」が「卜者にくるひて」、言葉を発する。下39では臨終の際の「世俗」の習慣として占いをするともあって、死に行く者の霊はクルヒ易い状態になっており、卜者によってたぐり寄せられて言葉を発することがうかがえる。

一方、「託」に関する専門家ではない「嬢子」の場合、「嬢往彼富家、而述幸心、以慶貴之。隣家室曰「痴嬢子哉。若託鬼耶。我不知也」」（中34）のように、「（嬢子が）託鬼」の語順となる。つじつまの合わない発言をする嬢子に向かって、隣家の室が「痴《し》れたる嬢子かな。（嬢子は）鬼にクルヘルか」と言うのである。鬼からの作用を受けると、嬢子の口から、鬼が言葉を発すると感じられたのである。嬢子の霊はそのときどうなっているのか。

クルは向こう側とこちら側、互いに強く引き合う緊張関係の中で強い作用をおよぼすことで、回転力によってこちら側に向こう側を引き寄せる動きであった。「鬼にクルフ」状態は、鬼の側からすれば「（嬢子を）クルホス」であろう。身体の外側にいる「鬼」と嬢子の霊とが引き合う関係の中で、鬼からの強い働きを受けて嬢子の霊は外側に出てしまい、鬼の霊が内側に入り込んでいると考えられたのではなかろうか。

下36の「……時病者託言、「我永手也……」」では、藤原永手は体が滅び、「寄宿」するところがないので「道中」に「漂」っていたが、病者がクルヒテ「我は永手なり」と発言したという。下2の「強盟猶咒。病者託曰「我是狐矣。無用不伏。禅師莫強」」では、病者に向かって禅師が咒すると、病者がクルヒテ「我は是れ狐なり」と言う。病いにある者の身体と霊との関係は不安定になっており、寄宿先の身体がすでに焼かれてしまっている死霊たる永手や動物である狐の霊からの働きを受けて、霊が入れ替わっているのである。

神、死霊、鬼などと、言葉を発している宿主との関係は、互いに引っ張り合う関係にあったようである。嬢子や病者は「(死霊や鬼に)クルフ」、神は「卜者にクルフ」。「……に」という対象との間に作用を及ぼす関係が結ばれ、強い働きかけを受けて、あるべき場所から回転しつつ「……に」の側へと引っ張られているととらえられているのが、クルフであったろう。向こう側の神霊が専門家の身体にたぐりよせられ続けて人語を発する場合は、神霊が通常発することのない人語を発する、神霊にとっては反転した状態である。一方、卜者や仲哀記の大后のように「帰神」する専門家の身体の霊は、会得したワザによってなんとか遊離せぬまま保たれ、憑依した神霊と二重化しているということではあるまいか。

山折哲雄は『日本霊異記』の「託」の事例を検討し、「託う霊と狂う者との関係は、優位霊(憑霊)と劣性霊(生命霊)との接触による葛藤の関係、におき換えることができる」としている。(15)「(死霊などが)卜者にクルフ」場合は卜者の側のクル働きが優位に、「(人が)鬼にクルフ」の場合には、鬼や死霊の側のクル働きが優位にあるのだろう。人の側の霊が病気や臨終など、身体との関係が不安定になっている場合は、外側の鬼、死霊、動物霊などからの強制力を受けて遊離してしまう。その結果、外側に居た霊が入れ替わり人語を発するのだが、「我は是れ狐なり」と言った狐が、禅師の教化によっても「放」たれず、病者を「殺」してしまうように、そのままでは身体のもとの主霊は死に至る。霊は外からの強い作用を受けてやむをえず回転・反転し、身体から離脱するのである。

(A)の「御歌」も「答歌」も、万葉歌や仏教説話集である『日本霊異記』のように身体と霊とを分別してとらえていないことには留意する必要がある。(A)の「御歌」にとって、スクナ神は神であるが、神霊や死霊のように身体の外を浮遊しているのではなく、「いはたたす」動作を行い、「みき」を製造する行為者である。「御歌」と尊ばれる歌の言葉であればこそ、神の側に立つことができる。同じ「歌」であっても万葉の恋歌とは異なるところである。ただ、スクナ神が原料をクルホシて「みき」を造ったとは、「みき」の原料の側からすれば、「(原料である「わ」が)スクナミカミにクルフ」となろう。ぶつぶつと泡立ち醗酵している粒状の穀物、「みき」に変成しつつあるものは、スクナ神からの働きかけを受けて引っ張られ、くるくる反転して動いているとされているのである。モトホスも同様、仮に原料の側から歌うとすれば、スクナ神の働きかけを受けてモトホル、となる。

スクナ神によるホクという祝福呪術の発動を受け、クルフ・モトホル状態と成っているものこそが「みき」と称されるものであると、「御歌」は歌っている。それは神からの作用を受けて引っ張られ、クルフ・モトホル原料のもとへ、スクナ神が力として到来している状態でもある。「答歌」が人の側から、それは歌舞しつつ「かむ」動作に等しかったろうと歌い替えると、現在の人の行う歌・舞はくるくるぶつぶつと醗酵する状態にある「みき」に連なるものと化す。二首の歌が起源づける歌う行為・舞う行為とは、スクナ神の霊威を受けてクルフ・モトホルという、通常の状態にある人ならざる振る舞いをすることにほかならないのである。「かむ」こと、そして酒を「をす」ことも、神からの働きかけを受けた旋回活動をする「みき」の動きと活動力を身に帯びることであったろう。

「答歌」の歌いおさめ「このみきの　みきの　あやに　うただのし　ささ」の「うただのし」とは、神の「みき」を受けて飲み干せば、藤井貞和の言う「うた状態」になること、すなわち「みき」と一体化し「むやみに高揚し憑かれたようになっている心的争乱状態」になり、歌が「全身による動作をともないながら、表現として口をついて出てくる」状態[16]になるであろうことをよろこぶ。むろん、神の祝福を受けない歌舞は、人が人としての霊を失い、人ではないものと化してしまった（「狂ふ」）と見られる可能性を秘めている。「答歌」があくまでも「御歌」に応じてこそあるゆえんである。

「舞」の事例の(B)で、大前小前宿禰が舞いかなでて歌いながら穴穂御子の前に出てゆき、(D)で少年たちが舞わされるとき、舞う動作は霊を向こう側に預けていることの表明となったであろう。舞は霊を引っ張られた人の身体が旋回するという、人としては異常な動作に起源し、その動作に連なろうとするものであるが、あくまでもクルホス・モトホスを人の側から反復するようにして行う「答歌」の次元にある。それはクルフ・モトホル動作そのものではなく、クルフ・モトホル動きをベールの向こうに押しやることでもある。対して、神武記の、歌を聞いて一斉に剣を抜き土雲を斬る動作は、同じく神武記の歌謡に「……しただみの　いはひ　もとほり　うちてしやまむ」とあるように、舞ではなくモトホル行為に近い振る舞いであったからであろう。吉野の国主らの歌にともなう「伎」も、隼人らの「態」も現在に至るまで反復されている所作ではあるが、国主らの歌には御祖の歌う「御歌」に相当するものがなく、隼人の「態」には『記』においては歌がともなわないゆえに、「舞」とは言えないのである。

5 トコヨのクシの力

(C)では、吉野の童女は天皇の弾く琴の音に霊を引っ張られて、忘我になったかのように舞う。その姿を、雄略天皇の「御歌」が「まひするおみな　とこよにもがも」（舞する女　常世にあってほしい）とほめたたえる。『記』にとって「舞」という動作は、天皇や御祖大后、その場の主などの統御のもとにはじめて実現できるものであった。とともに、舞する最中にある者が「とこよ」の存在に見立てられている点が、(A)のスクナ神が「とこよにいます」ことと呼応することに注目される。スクナ神が酒をクルホス・モトホスことが人の側からは歌い、舞うことであるとすれば、歌い、舞う力の源の一つはスクナ神の居る「とこよ」にあったのであろうか。

「とこよ」は永遠の「よ（生命力、年齢）」で、「とこよにもがも」は「いつまでも若くあってほしい」だが、雄略天皇と吉野の童女との説話は『文選』「高唐賦」の楚の懐王と巫山の神女の「趣」として描き出されているという[17]。吉野の地は七～八世紀に神仙境としてもとらえられていたことが万葉歌、『懐風藻』の詩からうかがえ、(C)にも「神仙譚的脚色」が指摘されている。たしかに、吉野の童女は他の天皇が行幸先で出会うヲトメたちとは違い、吉野川の浜で出くわした美しい「童女」とのみ称されて、出身氏族について触れられず、「婚」の後に宮中に召されることもない。「とこよにもがも」の「とこよ」は単に「いつまでも若くあってほしい」ではなく、神仙境的な不老長寿ないし不老不死の異界と習合した異世界たるこの吉野に、いつまでも居てほしいの意であろう。童女は「まひ」を行い、神の弾く琴の音によって旋回し続ける限りにおいて、「とこよ」という異世界の存在に見立てられるのである。

スクナ神のいますトコヨについては、神仙思想流入以前からの「共同体」的な「水平世界的」認識の中での、穀霊や幸いがやってくる異境という指摘があり、スクナ神も「皇統譜から締め出された」神であったとされる。[18]また、「天神及び国神の範疇から逸脱している特異の一存在」ともされる。[19]『記』の上巻において、あるとき波頭を小舟でやってきてオホアナムヂの国作りを助けた後に「常世国」に渡った（「其少名毘古那神者、度于常世国也」）とあるスクナ神のトコヨは、指摘されるように海の向こうの「水平世界」たる異世界であったろう。「常世」、すなわち永遠ないし無時間などの、人の時空とは異質な世界である点で、トコヨは不老・長寿の神仙境と結びついたのである。加えて、(C)において、「まひする」行為によって「とこよ」が連想され、(A)においては「とこよにいます」スクナ神の働きかけによって「くるふ」「もとほる」という特殊な動作が行われている。トコヨはこの世の側の日常的振る舞いにはない、異質・異様な運動力がそこから到来してくる世界であり、スクナ神がトコヨからこちら側に出現するたびに神とともにその異様な運動力もこちら側にもたらされるのである。そうした神は『記』『紀』の「皇統譜」の中からも、「天神」「国神」のいずれからも「逸脱」してしまうであろう。

　ではトコヨの力はどのように到来するのであろうか。『記』上巻ではトコヨの神たるスクナ神は舟に乗り、「帰来」したのであったが、(A)の「御歌」では「くしのかみ　とこよにいます　いはたたす　すくなみかみ」と、スクナ神が「とこよ」に存在することと石という物質に顕現することとを並列し、畳み重ねる形で歌っている。歌の言葉はトコヨにいらっしゃることと、石にタツ（示現する）ことを時系列の中に位置づけはしない。「いはたたす」の「タツ」は神の威力が目に見える現象として現れる意である。[20]「とこよ」の霊威は、スクナ神の顕現として瞬時に、無時間的に、こちら側に目に見える形で現出するのである。

　歌が無時間の表現で表すところと、『記』上巻においてスクナ神があるとき海の彼方から漂着して国作りを助けた「後」、不意にトコヨに去ったと説くところとは、スクナ神の霊威の特色としては実のところ通底してもいる。どちらも不意に到来・顕現する機敏な運動性によって、周囲のものに作用を及ぼすことを表しているのである。自らなる素早い動作と、周囲のものをも動かす力はトコヨの力である。逆に、こちら側の状態に急速な変容が目に見える動きとして起こる現場、こちら側の世界のものがクルホス・モトホス最中は、その場はトコヨに等しいのである。

スクナ神は『紀』一書第六に、「粟茎」によって「弾」じかれて「常世郷」に至ったとされているところから、元来は稲作以前の「粟作りを背景とした穀物神[21]」であり、「酒楽之歌」で「みき」造りをするのは、穀霊ゆえに酒の神とされたか[22]ともいう。トコヨという「水平」的な異世界の神が、さらに、稲作以前の「粟」の穀物神であるという指摘は興味深い。ただここでは「御歌」が「とこよにいます」神であり、同時に「いはたたす」神であるスクナ神を、「くしのかみ」という称号でも呼んでいることにあらためてこだわりたい。スクナ神の事績を歌が明かす言葉の中に「くしのかみ」とあることは、もっと注目されてよい。

「くしのかみ」のカミは、指摘されてきたように「み」が上代仮名使いの甲類となっているので、司る者、首長の意。クシは「クスシ（奇）、クスリ（薬）と同根で、酒の霊妙さをたたえた語[23]」「アルコールのもたらす興奮作用が、人間の生命力を強化する「奇し」き働きとして観念されたところから、酒を薬と考えた[24]」とされる。クシという語が霊妙な働きをいうとして、より「御歌」に即して解するならば、穀物が醱酵してゆく動きを起こすこと、顕現すれば、すなわちこちら側の事物にたちどころに作用を及ぼして物の様態を変化させるトコヨのスクナ神の力こそがクシだったのではないか。

クシと同根の語であるクスリは、病のように生命力の落ちた状態を目に見えるあり方で回復・変化させる力を持つ。万葉歌、「吾我佐可理《わがさかり》　伊多久々多知奴《いたくくたちぬ》　久毛尔得夫《くもにとぶ》　久須利波武等母《はむとも》　麻多遠知米也母《またをちめやも》（我が盛りいたく朽たちぬ雲に飛ぶクスリ食むともまた変若めやも）」（5八四七）は、空に飛ぶクスリを摂取したとしても、老いた身が再び若返ることはあるまいと嘆く。クスリがクスリと呼ばれるのは、飛べるはずのない人が空を飛んだり、老人の外見を若返り（「をち」＝変若）させるような、目前の様態を具体的に変容させる力によってである。

山上憶良の鎮懐石歌は、石を「くしみたま」と呼ぶ。筑前国怡土郡深江村子負原の海を臨む丘の、往来の路に「鶏子」のような二石があり、古老が語る「往」によれば、息長足日女命《おきながたらしひめのみこと》の新羅征伐のとき、石を「御袖之中」（注に「実是御裳中」とする）に「挿著」け、「鎮懐」とした石、と前文に記す。長歌では、「たらしひめ　かみのみこと　からくにを　むけたひらげて　みこころを　しづめたまふと　いとらして　いはひたまひし　またまなす　ふたつのいし」を万世に言い継ぐようにと、「みてづから　おかしたまひて」と神たる神功皇后が新羅との戦いの際に心を鎮めた二石を手づからここに置いたとし、その二石を「かむながら　かむさびいます　久志美多《くしみた》麻《ま》　いまのをつつに　たふときろかも」とよみ収める（5八一三）。続く短歌には「あめつちの　ともにひさしく　いひつげと　許能久斯美多麻《このくしみたま》　しかしけらしも」（八一四）とある。長歌・短歌が現在路傍にある二石を、「くしみたま」と呼ぶのは、人の加工が加わらないにもかかわらず自ら完全な卵形（「またまなす」）をしていることと、戦争の際に神が身につけると瞬時に鎮懐の働きをしたことによろう。二石は、神の袖中ないしは裳の中にあって、神の身体とともに海の向こうから到来した石でもある。

『紀』神代、第八段一書第六の「奇魂」には、クシミタマという訓注がある（「奇魂、此云倶斯美拕磨」）。オホアナムチがともに「天下」を「理《をさ》」むべき神を求めていたところ、「神光」で海を「照」らし、忽然として「浮来」るものがあった。オホアナムチが「汝是誰耶」と問うと「吾是汝之幸魂・奇魂也」と答えた。こちら側の意図しないときに海の彼方から到来するという不意の移動は『記』のスクナ神と通じるが、さらに、移動の際に光を発するという現象が語られている。

発光現象は、クシやクスシとされるときによく語られる。『続日本紀』天平神護二年（七六六）十月の詔が、「特爾久須之久奇事」というのは、隅寺の毘沙門像のもとに仏舎利が出現した出来事。「示現賜弊流如来乃尊岐大御舎利波、常奉見余利波大御色毛光照天甚美久、大御形毛円満天別好久大末之末世波、特爾久須之久奇事乎思議許止極難之」と、仏舎利は常よりも「光照」して美しく、「円満」な形であった。不意の出現、通常ならざる自らの発光、人の手が加わらずに完璧な円形をしている形質の異様さが、クスシと称されるゆえんである。

他に、『記』にはクシを有する神名がいくつか見いだせるが、説話をともなう神が三例ある。「クシ／イハ／マ／ト／ノカミ」（櫛石窓神）は、アメノイハトワケ神（天石戸別神）の別名で、「此神者、御門之神也」（記上）とあって、天岩屋のくだりでアマテラスによって閉じられ、八百万神々たちの計略によって再び開いた岩屋の入り口の神である。こちら側と向こう側とを区切る不動なはずのイハが開閉運動するところが、クシであったのではないか。「クシ／ナ／ダ／ヒメ」（櫛名田比売）は、一般に「奇し」「稲田」の意であるとされる。秋には穂孕みする穀物の一年のサイクルの中での変容が、クシであったか。とともに、このヲトメは「於湯津爪櫛取成其童女而、刺御美豆良」と、スサノヲの呪術によって櫛に変成してもいる。「クシ／ヤ／タマ／ノカミ」（櫛八玉神）は大国主の国譲りの際、「膳夫」として御饗を献じるが、「櫛八玉神、化鵜、入海底、咋出底之波邇、作天八十毘良迦而」と、鵜に化して海底に入り、ヒラカ用の粘土をくわえて戻る。異界とこちらの世界の間を瞬時に往来すること、身体を自ら鳥に変えることなどがクシとたたえられていよう。神名においても、瞬時に変身する能力や、目に見える変化を外界にたちどころに引き起こす力をたたえるのがクシであったと考えられる。

クシの語は酒の異名と説明され、『時代別』にも「酒のほめ詞。霊妙の意のクシに基づく語か」とするが、実は古代に酒をクシと歌うのは『記』の応神天皇条にもう一例あるのみである。

又、秦造之祖・漢直之祖、及知醸酒人、名仁番、亦名須々許理等、参渡来也。故、是須々許理、醸大御酒以献。於是、天皇、宇羅宜是所

献之大御酒而、御歌曰

すすこりが　かみしみきに　われゑひにけり　ことなぐし　ゑぐしに　われ　ゑひにけり

如此歌、幸行時、以御杖、打大坂道中之大石者、其石、走避。故、諺曰、堅石避酔人也。（応神記）

説話文に、新たに朝鮮半島からやってきた酒造りの人ススコリが献じた酒を応神天皇が飲み、上機嫌になって歌ったとあり、歌表現は海を渡って来た人による酒造りの「生産叙事」となっている。[25]ススコリが「かみし」の「し」は、歌の様式の中ではこの造酒方法が異境からもたらされた、起源の時を示す。ススコリは神と呼ばれはしないが、この酒造りの始祖ということになろう。この「御歌」を歌えば、後代の人が造った酒であっても始祖ススコリの酒となり、ススコリの酒を飲んで酔えば「ことな」すなわち異常な出来事がなく、「ゑ（笑）」がもたらされる。歌い手の応神天皇が「宇羅宜」て愉快になり、酒に酔ってこの歌を歌いながら行くと石が走り去ったとする説話は、「御歌」がススコリの酒を「ことなぐし　ゑぐし」と歌うのと対応する。すみやかな幸いの到来と即座の災難避けとがススコリの酒の特徴であり、酔えばたちどころに破顔する人の顔面の変化や、不動のはずの石が眼前で動き、酔人を走り避けるという外界の動きとして、威力が現象する。即効の現実変化力を持つ飲み物であるゆえに、クシの語をもって「ことなぐし　ゑぐし」とたたえられているのである。

クシは霊妙さの中でも、事物や人の質実を一瞬のうちに変容させ、変態させる威力をたたえる語である。光、円形、漂着、現出、変身など、クシの変化力は見える質実を持って表れてくる。スクナ神の酒は(A)の「御歌」の歌い手である御祖息長帯日売命の身体を媒介して献上されることで、御子を「あやにうただのし」の状態と化すことができるはずなのである。『紀』一書第六や『古語拾遺』[26]神代によって病気治療の方法や鳥獣昆虫の災異をはらう「禁厭」の法を定めたとあり、医療神・庶民救済の神の側面も指摘されているスクナ神であるが、「くしのかみ」たるスクナ神が医療や呪術の神と見られ、語られることにもなるのは十分にありうることである。

トコヨのクシの力の即効性や顕現の自在さ、現実を変容させる力が虚偽とされ、人々を惑わせる社会的事件となることもあったことは、『紀』の皇極三年の記事からうかがえる。大生部多《おほふべのおほ》が虫を「常世神」だといって祭れば「富寿」をもたらすと村里の人に虫祭りを勧め、「巫覡等」も「神語」だとして常世神を祭れば貧人は富み、老人は若返ると託宣し、民家に財宝を捨てさせ、「酒」を連ね、菜や六畜を路傍に連ねさせた。都鄙の人たちは「常世虫」を「清座」に置き、「歌舞」して福を祈り財を捨てたが効果はなかった。秦河勝《はだのかはかつ》が民の「惑」わされるのをにくみ、大生部多を打ち、「時人」が、

　うづまさは　かみともかみと　きこえくる　とこよのかみを　うちきたますも

と歌う。いわば流行神としての「常世神」「常世虫」は、道教的色の強い信仰であった[27]。ただ、すみやかな福の到来、歌舞と酒という組み合せは、(A)でスクナ神が司る「クシ」の働きと同質である。長さが四寸あまり、大きさが「頭指」ほどで、蚕の形に似ているとされる「常世虫」の小さな体も、スクナ（小さい）と名づけられ、原料の穀物の小さな粒一つ一つの動きに顕現する力の、一つの変形のようにも思われる。都鄙の人々の「歌舞」も、この「とこよのかみ」が、スクナ神のように「くるほし」「もとほし」た結果かもしれないのである。

だがこの場合は、「とこよのかみ」を人々へと媒介する者が大生部多や街区の素性の知れない「巫覡等」であったことで、「うづまさ」（秦河勝）にはいわば「鬼に託へるか」と見なされた。先に引いた天平神護二年の隅寺の仏舎利出現も、天皇の詔が「特爾久須之久奇事」とクスシキ事であるとたたえたが、直後に僧による工作であったことが判明する。現状を即座に変化させる力を持つ神には、御祖息長帯日売命や雄略天皇のようなしかる

べき人物の統御の力が不可欠ということであろう。クシの力を受けたクルフ・モトホルに起源する舞は、人としての霊を失って、ひいては死を招くような危険性を秘めている。トコヨを現出させ、舞の起源を歌う『記』の(A)の一首目も、また(C)の「とこよにもがも」の歌も、「御歌」とする『記』は、こうしたトコヨならではのクシの力を受けた「舞」の危険性に十分意識的であろう。「くしのかみ　とこよにいます　いはたたす　すくなみかみ」の事績、トコヨという異世界の力をすみやかに、あるいは不意に、こちら側の世界に顕現してはまた不意に去るスクナ神の霊威の発動は、次期天皇となる「御子」の「御祖」が歌う「御歌」として歌われ、「答歌」が「御子」の立場で受け止めるのでなければ、狂気や乱舞に結びつく可能性をはらんでいた。言い換えれば、「御子」や「御祖」の力の源にはクシの威力が抱え込まれていたということでもあろう。

6　王の誕生とクシの力

最後に、応神記の文脈の中に「酒楽之歌」二首を位置づけておきたい。応神天皇は、「御子」のとき(A)と、天皇になってからのススコリの酒（前掲の「御歌」「すすこりが　かみしみきに……」）、国主等が大贄献上の際に今に至るまで詠ずる歌（前掲「かしのふに　よくすをつくり……」）と、三種類の酒製造の歌に関わっている。いずれも歌表現の様式としては古橋信孝の言う「生産叙事」の形を持つ。それぞれ、御祖（母）が酒造りを司り、無事の帰還の際に献上する「待酒」、朝鮮半島渡来の酒造法をもって造るススコリの酒、国主が大贄献上の際に吉野の樫林で作り宮中に献上してくる酒、三種類の酒が宮廷に整備されたことを語っていよう。

古来の酒は縄文期から八世紀までの間に、果実の自然醱酵酒、唾液の糖化作用を利用したのちに自然酵母による醱酵を待つ口嚙み酒、「糵《かむだち》」を用いて醱酵させる酒、と展開してきた。「糵」は漢字の意義としては、「麴」がカビの意であるのに対して、発芽した穀物、いわゆる「もやし」に相当するが、「もやし」は古代日本では食されていない。八世紀の文献に見える「糵」は蒸した穀物に生えるカビであるカムダチであろうという。[28]『和名抄』は「麹」を「加无太知」とし、カムダチは『箋注和名抄』などによってカビが発生する意のカビタチ（黴発）であろうとされている。古代においては植物の芽ぶきや穂はカビであり、「黴も同じ語であろう」（『時代別』）と考えられるので、「糵」と「麹」の漢字の区別は認識されなかったかもしれない。ともあれ、クシとたたえられる酒は、吉野の国主らが山から献上した酒とは異なった、国主らの酒よりは新式の酒造方法による酒ということではなかったかと思われる。カムダチを用いる造酒は、唾液による穀物の糖化の後は外界の自然酵母の働きにまかせる口嚙み酒と比べると、すみやかに醱酵が進む。トコヨのクシの司（スクナ神）の酒はカムダチを用いる酒であったろうか。

　いずれにせよ、トコヨにいますクシの司、スクナ神の酒造りと、その酒を受ける人の側の歌舞を歌う『記』の「酒楽之歌」は、ただの宮廷の勧酒歌、謝酒歌ではあるまい。「御歌」を歌った御祖・息長帯日売は遠征中の朝鮮半島で出産しそうになり、「御裳腰」に「石」を巻くことで「御腹」を鎮め、筑紫国に戻ってから御子を生んだ。御子は戦いの武器たる「鞆《とも》」のスティグマを腕に刻まれて誕生したのでオホトモワケと名づけられる。建内宿禰とともに近江、若狭、敦賀を経て「禊」をし、敦賀のイザサワケ神と名を替えホムダワケとなったのち、(A)の場面でようやく帰還し、出生後初の大和入りを果たそうとしているところである。その御子に御祖から「待酒」と「御歌」が献じられる。スクナ神は水平方向、とくに海の彼方から到来する神であったから、新羅から帰還した息長帯日売命の待酒は、遠征先の「国」からもたらされた酒ということにもなる。「帰神」場面で神が「西方有国。金・銀為本、目之炎耀、種々珍宝、多在其国。吾、帰賜其国」とした「国」は、海の向こうにある光輝を発する国であり、遠征によってすみやかに「種々珍宝」をもたらした点で、神話的発想の中でトコヨに重ねて見られる要素があろう。

また、禊をし、神と名を替えて新たな名を獲得し、大和に入ってこの酒を飲むことは、御子にとってのイニシエーションの完了という側面が考えられる。(A)のあと、神の予告（「坐腹平国也」）どおり御祖の胎内で出兵を体験した御子の遠征は終了し、即位へと向かうことになるが、居駒永幸は(A)の二首には異常出生の皇太子がホムダワケとして再誕し、いよいよ応神天皇として即位へという応神天皇誕生の「叙事」が託されていると指摘する。(29) 御子の再誕に、すみやかな変容力たるクシの酒はふさわしい。スクナ神の有する、すみやかな変身の力たるクシの霊力は新たな王が誕生するイニシエーション、生まれ直しにも寄与しているのである。

（1）猪股ときわ『古代宮廷の知と遊戯』森話社、二〇一〇。
（2）「所作」とは何かについては、本書Ⅱ―1。
（3）山口佳紀・神野志隆光校注・訳、新編日本古典文学全集『古事記』頭注、小学館、一九九七。
（4）猪股、注2に同じ。
（5）居駒永幸『古代の歌と叙事文芸史』笠間書院、二〇〇三。
（6）土橋寛『古代歌謡全注釈　古事記編』角川書店、一九七二、益田勝実『記紀歌謡』筑摩書房、一九七二も同様。
（7）益田勝実、注6に同じ。
（8）古橋信孝『古代和歌の発生――歌の呪性と様式』東京大学出版会、一九八八。
（9）益田勝実、注6に同じ。
（10）土橋寛、注6に同じ。
（11）西郷信綱『古事記注釈』六、ちくま学芸文庫、二〇〇六。
（12）西郷信綱、注11に同じ。

(13) 多田一臣「こひ」『古代語を読む』桜楓社、一九八八。
(14) 多田一臣、注13に同じ。
(15) 山折哲雄『日本人の霊魂観——鎮魂と禁欲の精神史』河出書房新社、一九七六。ただし、山折哲雄は「ものに託ふ」状態の解除は「霊機能の面からとらえれば、侵入霊の放出または駆除」であり、駆除の後には「外来霊の侵入によって沈黙せしめられていた固有の霊がふたたび元にもどるのである」としており、「鬼に託ふ」とき、外来霊の侵入によって、身体の主の霊が沈黙させられているととっているようである。ただ、万葉歌に見たように、人のタマが身体を出入りする遊離魂の発想や、クルという語の示す動作からすれば、沈黙よりも人としての霊の放出ととらえられないか。卜者や大后などは、特有のワザによっていわば正気のまま霊をたぐり寄せるということだと本章では考えた。
(16) 藤井貞和『うた　ゆくりなく夏姿するきみは去り』書肆山田、二〇一一、同『言問う薬玉』砂子屋書房、一九八五にも。
(17) 土橋寛、注6に同じ。
(18) 吉井巖「スクナヒコナノ神——神統譜から締め出された神」『万葉』六八、一九六八・七。スクナ神は特定の氏族の神となることはなく、古いトコヨ神の性格は民間信仰（「常民的発想」）として残り続けたとする。なお、森陽香「石立たす司——スクナミカミと常世の酒と」（『上代文学』九七、二〇〇六・一一）は、吉井論および阪下圭八が同年に「大汝、少彦名二神の「国作り」は土着伝承の中に確固とした位置をもつ」（「少彦名神についての覚書」『歴史学研究』三三五、一九六八）とするのをふまえ、『新撰姓氏録』左京皇別に「坂田酒人真人　息長真人同祖」とあるのに注目し、大化前の造酒の職に携わった「息長氏系の酒造り」らが酒造りの際に祭った神がスクナ神であったとする。本章ではあくまでの『記』の語るトコヨ神としてのスクナ神を中心に考察した。
(19) 松村武雄『日本神話の研究』三、培風館、一九五五。
(20) 保坂達雄「たつ」『古代語誌——古代語を読むⅡ』桜楓社、一九八九。
(21) 大林太良『日本神話の起源』角川新書、一九六一。
(22) 大久間喜一郎・居駒永幸編『日本書紀「歌」全注釈』（新里博樹執筆箇所）笠間書院、二〇〇八。
(23) 西郷信綱、注11に同じ。
(24) 土橋寛、注6に同じ。

(25)古橋信孝、注8に同じ。
(26)棚木恵子「スクナヒコナの実相」(『早稲田国文』五八、一九七六)の整理による。
(27)下出積與「皇極朝における農民層と宗教運動」『史学雑誌』六七―九、一九五八・九、同『道教と日本人』講談社、一九六五など。
(28)『大日本古文書』の八世紀史料には「麹」も「糵」も使用されているが、「糵」が圧倒的に多い。十世紀の『延喜式』「造酒司」では「糵」を用いている。なお、日本の古代の酒造りの歴史については、坂口謹一郎『日本の酒』岩波新書、一九六四、坂口謹一郎監修・加藤辨三郎編『日本の酒の歴史――酒造りの歩みと研究』研成社、一九七七、窪寺紘一『酒の民俗文化誌』世界聖典刊行会、一九九八、一島英治『万葉集にみる酒の文化――酒・鳥獣・魚介』裳華書房、一九九三などによる。
(29)『日本書紀「歌」全注釈』(居駒永幸執筆箇所)笠間書院、二〇〇八。

3 「歌ふ」のは誰か　『古事記』と『日本書紀』の歌人称

1　歌う天皇・歌わぬ天皇

『古事記』『日本書紀』の歌謡の中に、いわゆる自称敬語や、三人称的に歌い始めて途中から一人称になる人称の転換が出現することは知られている。たとえば『記』の「神語」において、ヤチホコ神が歌ったと説話文にあるにもかかわらず「やちほこの　かみのみことは」と神について三人称的に歌い出し、「わがたたせれば」と自らの行為に尊敬語がついたり、途中から「わが」と神の一人称に変わったりする、という現象である。『記』『紀』の説話文の中では、通常は自称敬語も人称の転換も起こらないことから、歌の言葉に固有の様式によるもの、と指摘されている[1]。近年では、歌の中に現れる尊敬語は、その動作が神のものであることを明確にする「歌謡の語法」としてあり、自称敬語の有無にかかわらず歌表現における「われ」という語じたいが「表現主体と客体とを未分化のまま包摂して、ただ歌謡の言葉としてある」とする見方も出されている[2]。

本書では歌の言葉が『記』『紀』、ことに『記』の中で説話文とは異質な言語として提示されていることに注目してきた。人称転換や自称敬語とされるものは、歌の言葉と説話文とに質的な差があることを、『記』や『紀』自身が印づけ、歌の言葉に特有の言い回しであることをテキスト自身が認識しているのだととらえることができるであろう。それは、古代において、歌と同様に特殊な言語であった夢告や託宣場面での言葉に通じるあり方でもある。「こは天照大神の御心そ」（仲哀記）と、神が自らの「こころ」に尊敬の「み」をつける託宣の言葉は「神の言葉とみなしうるように装」う、「呪言」の様式と考えることができる。(3) 病や突然の死の原因は、卜者など人の側の問いかけに応答してくる特定の神の「御心」にあるとされた。「わが御心」「何々神の御心」という託宣の言葉は、事を起こした神の意向を示すのみならず、神の名乗りであり、神の顕現そのものであった。(4)『記』や『紀』は説話の中に、説話文とは異質な言葉の世界を導き入れ、説話の進行の中に説話文とは異次元の世界や存在そのものを顕現させてゆく。説話の展開の中で自称敬語や人称の転換が起こる歌表現を口にする登場人物は、いわば変成した言語の状態を体験しているのである。(5)

ただし、『記』と『紀』では歌との向き合い方が異なっていると思われる。『記』は「序文」によれば七一二年の成立で、『紀』は七二〇年の成立である。ほぼ同時期に成立した二書で歌のとらえ方が異なることの一端を、本章ではとくに「やすみしし　わがおほきみ」の句を誰が口にしたと説話文が説いているかという点に注目して探ってみたい。

「やすみしし　わがおほきみ」はオホキミをほめる句であるが、『記』では雄略天皇自身がこの句を含む歌を二回、口にする。ところが、『紀』では雄略も他の天皇も「やすみしし　わがおほきみ」と歌うことはない。オホキミぼめの句を自ら口にする『記』の雄略は、その歌を口にすることで変成した言語状態を体現し、託宣の言葉がそうであるように、歌う自らを「やすみしし　わがおほきみ」として顕現させる天皇として描かれているのではなかったか。対して、『紀』においてはこの句をいかなる天皇も口にしないのは、「やすみしし　わがおほきみ」の句はあくまでも臣下から天皇へ向けられるという判断が働いていると思われる。『紀』の天皇は、「やすみしし　わがおほきみ」と臣下から歌われることで天皇と成り、『記』の天皇は自ら歌うことで天皇と成る。「やす

みしし　わがおほきみ」と天皇が歌うか、歌わないかは、歌なるもののとらえ方の相違に留まらず、『記』『紀』両書における天皇というものの描き方の相違とも結びついているであろう。

2　人称の転換と自称敬語──『記』

まず、『記』『紀』の歌における人称転換や自称敬語の出現のあり方を概括しておきたい。人称転換や自称敬語といった語は、それらが起こることじたいを歌の言葉の固有性と見る研究成果からすると不適切ではあるが、ここでは歌の言葉らしさを析出するために仮に用いることにする。

(1)『記』歌の人称転換・自称敬語（括弧内は『紀』との対比）

①ヤチホコ神の「神語」（『記』2、『紀』なし）

此八千矛神、将婚高志国之沼河比売幸行之時、到其沼河比売之家、歌曰、

やちほこの　かみのみことは　やしまくに　つままきかねて　とほとほし　こしのくにに　さかしめをありときかして　くはしめをありときこして……をとめのなすやいたどを　おそぶらひ　わがたたせればひこづらひ　わがたたせれば……うれたくもなくなるとりか　このとりもうちやめこせね　いしたふやあまはせづかひ　ことの　かたりごとも　こをば

①は、継体紀に類歌（紀96、97）がある。唱和されたとされる勾大兄皇子《まがりのおほえのみこ》、春日皇女《かすがのひめみこ》の歌の双方に一回、「われいりまし」「わがみせば」と自称敬語が登場するが、人称転換はない。

②応神記の蟹の歌（記42、『紀』なし）

故、献大御饗之時、其女矢河枝比売命令取大御酒盞而、献。於是、天皇、任令取其大御酒盞而、御歌曰、

このかにや　いづくのかに　ももづたふ　つぬがのかに　よこさらふ　いづくにいたる　いちぢしま　み
しまにとき　みほどりの　かづきいきづき　しなだゆふ　ささなみぢを　すくすくと　わがいませばや
こはたのみちに　あはしし　をとめ……かもがと　わがみしこら　かくもがと　あがみしこに　うたたけ
だに　むかひをるかも　いそひをるかも

如此御合、生御子、宇遅能和紀郎子也。

②の冒頭は目前の蟹にまつわる問答で始まり、「わがいませばや」で蟹の一人称（自称敬語つき）に変わると見ることができる。説話文には矢河枝比売《やかはえひめ》に盞《さかづき》を取らせ、天皇にささげさせたまま天皇が歌ったとある。天皇は歌の中で蟹という異類に変成していることになろう。末尾に至って、「わがみしこら」「あがみしこに」とヒメと向き合っているのは、天皇自身であろうから、「つぬが」の蟹として道を行く「われ」から天皇でもある「われ」へと主体じたいが変換していると見られる。

③軽太子の歌（記85、『紀』70に類歌）

故、其軽太子者、流於伊余湯也。亦、将流之時、歌曰……此三歌者、天田振也。又、歌曰、

おほきみを　しまにはぶらば　ふなあまり　いがへりこむぞ　わがたたみゆめ　ことをこそ　たたみとい
はめ　わがつまはゆめ

此歌者、夷振之片下也。

③の説話文は配流されるときに軽太子《かるのおほみこ》が歌ったとしているので、軽太子は配流のことを「おほきみを　しまにはぶらば」と三人称的に歌い出し、末尾「わがたたみゆめ」「わがつまはゆめ」で一人称になっている。軽大娘《かるのおほいらつめ》皇女《のひめみこ》を流したとする『紀』では、軽太子が「おほきみをしまにはぶり……」（紀70）と歌うとき、「おほきみ」は皇女のことを指すことになり、人称転換は起こらない。

④雄略の吉野童女の舞の歌（記95、『紀』なし）

後、更亦、幸行吉野之時、留其童女之所遇於其処、立大御呉床而、坐其御呉床、弾御琴、令為舞其嬢子。爾、因其嬢子之好舞、作御歌。其歌曰、

あぐらゐの　かみのみてもち　ひくことに　まひするをみな　とこよにもがも

④の説話文の「坐其御呉床、弾御琴」は歌の「あぐらゐの　かみのみてもち　ひくことに」に対応しており、この歌の作者である天皇は自身の手を「みて」と呼び、自らを「かみ」と称する。

⑤雄略の「あきづしま」の歌（記96、『紀』75に類歌）

即、幸阿岐豆野而、御猟之時、天皇、坐御呉床。爾、蝈、咋御腕、即蜻蛉、来、咋其蝈而飛。於是、作御歌。其歌曰、

みえしのの　をむろがたけに　ししふすと　たれそ　おほまへにまをす　やすみしし　わがおほきみの

ししまつと　あぐらにいまし　しろたへの　そできそなふ　たこむらに　あむかきつき　そのあむを　あきづはやぐひ　かくのごと　なにおはむと　そらみつ　やまとのくにを　あきづしまとふ

故、自其時、号其野謂阿岐豆野也。

⑤は天皇が「作歌」したとするが、天皇のことを「おほまへ」「やすみしし　わがおほきみ」とほめ、天皇の動作を「いまし」と敬意を持って歌う。後述するように、末尾の「かくのごと……あきづしまとふ」は天皇の一人称的発話となっていると思われる。紀75も天皇の歌だが、ただし、群臣の代わりに天皇が歌を賦した、と説明するので、人称の転換は起こっていないと考えられる。

⑥雄略がシシと遊ぶ歌（記97、『紀』の類歌は歌い手が異なる）

……故、天皇、畏其宇多岐、登坐榛上。爾、歌曰、

やすみしし　わがおほきみの　あそばしし　ししの　やみししの　うたき　かしこみ　わがにげのぼりし　ありをの　はりのきのえだ

⑥の雄略天皇は榛に登って歌ったが、歌は「やすみしし　わがおほきみの」と三人称的に始まり、「あそばし」と行為を尊敬する。後半、「わがにげのぼりし」という木登りのところでは尊敬語はつかず、一人称的になる。『紀』にも類同歌が見えるが、舎人の歌った歌と説かれており、人称転換は起こっていない。この事例についても後述する。

⑦雄略に白した三重婇《みへのうねめ》の歌（記99、『紀』なし）

又、天皇、坐長谷之百枝槻下、為豊楽之時、伊勢国之三重婇、指挙大御盞以献。爾……其婇、白天皇曰、莫殺吾身。有応白事、即歌曰、

まきむくの　ひしろのみやは　あさひの　ひでるみや……しづえの　えのうらばは　ありきぬの　みへのこが　ささがせる　みづたまうきに　うきしあぶら　おちなづさひ　みなこをろこをろに　こしも　あやにかしこし　たかひかる　ひのみこ　ことのかたりごとも　こをば

⑦は三重婇が歌ったのに、歌の中で「ありきぬの　みへのこが　ささがせる」と三人称的になり、かつ説話文では「指挙大御盞以献」とする敬意のない動作に、「ささがせる」と敬意を付す。「こしも　あやにかしこし」と盞《さかづき》に葉が落ちた出来事を評するのは三重婇自身である「われ」であろうから、歌の途中、説話中で起こった出来事の核心部にさしかかって三人称から一人称へと転換が起こる。

以上、『記』において歌の中で人称の転換が起こる歌（①②⑦）を『紀』は採用しておらず、『記』と類同歌の場合は人称の転換を地の文の叙述によって解除しようとしていることがうかがえる（③⑤⑥）。②④⑤⑥は天皇自身の歌に人称転換や自称敬語が付く事例になるが、『紀』はその歌を載せないか、説話文によって天皇以外の者が歌ったことにしている。『紀』は人称の転換や自称敬語といった歌の言葉に特有の現象を止揚する傾向があることがうかがえる。なお、④⑤⑥が雄略の歌であることに注目しておきたい。

歌の中で、あるいは歌うことで、人称が変化したり自身の行動に対して神の行為を語るように敬意を持って口にしたりするあり方を、歌の言葉に特有な人称のあり方として、本章では「歌人称」と考えてみたい。では『紀』は歌に特有な人称（歌人称）じたいを認めていないのであろうか。

3　人称の転換と自称敬語――『紀』

次に『紀』の歌の人称転換と自称敬語を概観したい。

(2)『紀』の歌の人称の転換と自称敬語

⑧継体紀の唱和歌（紀96、97）

勾大兄皇子、親聘春日皇女……乃口唱曰、

やしまくに　つままきかねて　はるひの　かすがのくにに　くはしめをありとききて　よろしめをありとききて　まきさく　ひのいたとを　おしひらき　われいりまし　あととり　つまどりして　まくらとりつまどりして　いもがてを　われにまかしめ　わがてをば　いもにまかしめ　まさきづら　たたきあざはり　ししくしろ　うまいねしとに　にはつとり　かけはなくなり　のつとり　きぎしはとよむ　はしけくも　いまだいはずて　あけにけりわぎも

妃和唱曰、

こもりくの……みもろがうへに　のぼりたち　わがみせば　つのさはふ　いはれのいけの　みなしたふうをを　うへにでてなげく　やすみしし　わがおほきみの　おばせる　ささらのみおびの　むすびたれたれやしひとも　うへにでてなげく

⑨推古紀唱和歌二首目（紀103）

二十年春正月辛巳朔丁亥（七日）、置酒宴群卿。是日、大臣、上寿歌曰、

やすみしし　わがおほきみの　かくります　あまのやそかげ　いでたたす　みそらをみれば　よろづよに　かくしもがも　ちよにも　かくしもがも　かしこみて　つかへまつらむ　うたづきまつる

天皇、和曰、

まそがよ　そがのこらは　うまならば　ひむかのこま　たちならば　くれのまさひ　うべしかも　そがのこらを　おほきみの　つかはすらしき

『紀』では皇族の歌⑧（勾大兄皇子「われいりまし」、春日皇女歌「わがみせば」）に自称敬語、推古天皇の歌⑨は末尾に「おほきみの　つかはすらしき」と自称敬語が見える。とはいえ、天皇の「和」歌は、冒頭から「そがのこら」をほめる立場で末尾まで一貫しており、天皇の歌の中では、人称の転換は起こらない。自称敬語はこの二例のみであり、やはり『紀』が人称の転換や自称敬語を避ける傾向は顕著であろう（⑧⑨については後述）。とはいえ、『紀』も歌には歌に固有な歌人称がありうることを、認めてはいるようである。次のように、説話の登場人物が歌の中で自身を名乗り、自身の行為に敬意を表す事例は、歌の言葉ではこうした言い回しがあると認識するゆえであろう。

⑩仁徳紀、播磨速待の歌（紀45）

十六年秋七月戊寅朔、天皇、以宮人桑田玖賀媛、示近習舎人等曰……即歌曰、

みなそこふ　おみのをとめを　たれやしなはむ

於是、播磨国造祖速待、独進之歌曰、

みかしほ　はりまはやまち　いはくだす　かしこくとも　あれやしなはむ

即日、以玖賀媛賜速待。

⑪雄略紀、吉備臣尾代の歌（紀82）

尾代乃立弓執末而歌曰、

みちにあふや　をしろのこ　あめにこそ　きこえずあらめ　くにには　きこえてな

唱訖自斬数人。

⑫武烈紀、影媛の歌（紀94）

（鮪臣が乃楽山で殺されたのを見て）驚惶失所、悲涙盈目。遂作歌曰、

いすのかみ　ふるをすぎて　こもまくら　たかはしすぎ……なきそほちゆくも　かげひめあはれ

⑬欽明紀、大葉子の歌（紀100）

（調吉士伊企儺が新羅で捕らえられて死に、その子も死ぬ）其妻大葉子、亦並見禽。愴然而歌曰、

からくにの　きのへにたちて　おほばこは　ひれふらすも　やまとへむきて

或有和曰、

からくにの　きのへにたたし　おほばこは　ひれふらすみゆ　なにはへむきて

『紀』においても、登場人物は歌によって自らを第三者のように称して歴史的出来事や出来事にまつわる心情

を叙する。⑩の播磨国造速待は「たれやしなはむ」という天皇の歌に対して一人進み出て「みかしほ　はりまはやまち……あれやしなはむ」と歌で応じ、名乗ったゆえにこそ女を賜ったのであろう。前掲の鉄野論（注2）は歌の中の「われ」は歌い手をあたかも神に等しいような立場に押し上げるとしたが、速待は「あれやしなはむ」と歌うことで「おみのをとめ」を養う能力を有する「みかしほ　はりまはやまち」である「われ」と成るのだと考えられる。同様、⑪の吉備臣尾代は「みちにあふや　をしろのこ……」と「唱」歌することでこそ「自斬数人」できたであろう。「われ」の語はないが、歌い手である尾代は「をしろのこ」と歌うことで、歌う対象たる、「みち」で「あふ」（戦う）「をしろ」と「未分化」な存在、歌の中の現在の主人公その人と成ることができるのだろう。⑫の「かげひめ」も、⑬の「おほばこ」も基本的には同様に考えることができる。「かげひめ」や「おほばこ」を歌う歌が、「かげひめ」や「おほばこ」こそが歌った歌でありうるのは、歌うという行為が歌い手と歌う対象との区分のない人称の世界を喚起するととらえられたからであろう。説話の展開の中で登場人物たちが歌い、歌人称の世界を体現することは、登場人物たちを、説話を記す現在からすれば異質な時空を体現する存在と化すことで、説話の展開にも寄与する。

『紀』の⑩～⑬の歌は、あるいは、人称転換を含む歌表現じたいを歌の「一つの方法」として打ち出していった「伝承者」の存在が想定される「宮廷的歌謡」であった、と考えられるかもしれない(6)。歌人称を宮廷歌謡の「方法」として用いているとは、これら伝来している宮廷歌謡を歌うことで、「はりまはやまち」「をしろのこ」「かげひめ」「おほばこ」らをめぐる過去の出来事の世界を、歌う現在に呼び起こし、歌うことで歌い手自身が当時の「はりまはやまち」らであるかのように装うことができるということが意識化されているということであろう。三人称的に歌うことは、第三者的に説き、語る三人称ではなく、当事者に近づく方法としての歌人称なのである。登場人物の立場やその物語・説話世界の一員と成って歌う歌人称のあり方は、『万葉集』の七夕歌や巻十六の伝説歌にも連なってゆく方法であろう。にもかかわらず、『紀』の天皇が「やすみしし　わがおほきみ」と一切歌わないのはなぜかという点に、あらためて注目される。

4　臣下がささげる「やすみしし　わがおほきみ」——『紀』

「やすみしし」はすべて「わがおほきみ」に接続し、『万葉集』の二七例（「八隅知之」「安見知之」「安美知之」）でもすべて「わが（わご）おほきみ」と続く。「やすみしし　わがおほきみ」は『記』『紀』の歌から万葉歌（人麻呂作歌等）を通じてオホキミをほめる成句となっている。

万葉歌の「やすみしし　わがおほきみ」は、人麻呂作歌（万四五、一九九、二三九、二六一）およびこれを「踏襲」したと考えられる置始東人歌（万二〇四）以外すべて天皇に対して用いられており、「人麻呂の場合は天武天皇の皇子とそれに準ずる後の文武天皇に限って、拡大解釈をして応用したものと思われ、人麻呂の天武皇統に対する尊崇の念に発する」と指摘される。(7) 天皇に向けた讃仰の定型句であるゆえに、たたえる対象を特定の皇統に位置づけたり、皇子を天武と一体化する働きを担うことができるのである。

『紀』の四首は仁徳（紀63）、雄略（紀76）、勾大兄皇子（紀97）、推古（紀102）と、仁徳以降の三人の天皇と一人の皇子に向けられている。雄略紀の舎人の歌（紀76）以外、天皇が歌って武内宿禰が「答歌」する（紀63）、勾大兄皇子が「口唱」し、その妃が「和唱」する（紀97）、大臣（蘇我馬子）が「上寿歌」し、天皇が「和」す（紀102）というように、天皇や皇子と彼らに仕える者との唱和の場面にあることに注目される。

第一例、仁徳紀の五十年三月の雁卵生《かりらんしょう》説話では、天皇が歌で、

たまきはる　うちのあそ　なこそは　よのとほひと　なこそは　くにのながひと　あきづしま　やまとのくにに　かりこむと　なはきかすや

と問うと、武内宿禰が、

やすみしし　わがおほきみは　うべなうべな　われをとはすな　あきづしま　やまとのくにに　かりこむと　われはきかず

と「答歌」する。天皇が臣下を長寿者としてほめ、天皇のほめことばを受けた臣下がその長寿の者でも聞いたことがないと答える。臣下がただの臣下ではなく「たまきはる　うちのあそ」であればこそ、雁卵生という事象が前代未聞のことであり、ほかでもない「わがおほきみ」の治世に限って現れた瑞祥であることを示すことができるのである。

「たまきはる　うちのあそ」は、もう一例（紀28、神功紀）も武内宿禰に向けられており、『紀』における武内宿禰に固有のほめ詞であったと考えられよう。武内宿禰は『紀』では景行から仁徳まで五代の天皇に仕え、三百歳の長寿ということになっている。卓抜した臣下にして臣下なるものの先例である武内宿禰＝「たまきはる　うちのあそ」こそがオホキミに向けて発することのできる句が『紀』の「やすみしし　わがおほきみ」であったのではないか。

第四例、推古紀の歌（紀102、前掲⑨）は「（推古）二十年春正月」の「辛巳（七日）」、「群卿」に「置酒」して「宴」した日に、大臣（蘇我馬子）が「上寿歌曰」した。「上寿」は「天子従封禅還、坐明堂、群臣更上寿」（『史記』孝武本紀)、「黄鵠下建章宮太液池中。公卿上寿」(『漢書』昭帝紀)など、天子に対して臣下が祝辞を述べる意である。はじめて冠位を定め、法を制定した推古朝にあって、正月七日に儀式を設定し、「大臣である蘇我馬子が天皇に仕える臣下を代表して、天皇と宮廷の永遠を願う歌」を「上寿」として奉ることは「それまでの天皇と豪族の関係から、一歩すすんで近代化」したさまの描写であり、「推古紀はこの歌で、新しい天皇賛歌・宮廷寿歌を示すことで、社会・政治のシステムも新たなものに変わりつつあることを印象づけようとした」とされる(8)。

さらには、蘇我馬子が「やすみしし　わがおほきみ」の句を歌うとき、卓抜した臣下の先例としての武内宿禰が仁徳天皇をオホキミとしてほめた行為をも、ふまえているのではないか。武内宿禰の歌が仁徳を「やすみしし　わがおほきみ」と成した行為を受け継ぎつつ、正月七日の「置酒」という新たな宮廷儀礼の場にも適応できる「上寿」歌として歌ったことを、説話文は示していると考えられる。

『紀』の天皇主催の「宴」は「天皇から臣下等に飲食物や衣類が与えられ、それによって君臣の紐帯を確認し、天皇との共食はそれを一層深めるもの」だったとされる(9)。だが「共食」とともに、歌のやりとりが両者の関係を成り立たせていよう。臣下が「やすみししわがおほきみ」と歌い、天皇が臣下をほめて唱和することで、はじめて天皇は臣下にとってのオホキミと成ることができる。武内宿禰に始まる優れた臣下の歌こそが天皇を「やすみしし　わがおほきみ」たる天皇たらしめるのである。

推古が女帝であったことも見逃せない点である。たとえ女帝であっても、臣下たる蘇我馬子から「やすみしし　わがおほきみの　かくります　あまのやそかげ　いでたたす　みそらをみれば……」とたたえられ、「まそがよ　そがのこらは　うまならば……」と「和」すとき、理想的な臣下が理想的な皇帝をことほぐ、男どうしの君臣和楽の場に立つ天皇(男)に等しい者と成ることができる。末尾に「おほきみ」とともに現れる自称敬語「おほきみの　つかはすらしき」は、「やすみしし　わおほきみ」の句をささげられた天皇が、その句を受けとめて歌うことで、女帝でありつつ歌人称としては「おほきみ」たりえたことを示すだろう。先にこの歌の中では人称の転換が起こっていない、としたが、天皇は「和曰」という行為を行った時点で、歌人称へ、武内宿禰をほめることができるオホキミの世界へと移行したと考えることができる。

　唯一天皇に向けられたものでないのは、「やすみしし　わがおほきみ」の第三例にあたる紀97歌（前掲⑧に同じ）である。勾大兄皇子は、歴史的に王朝が交代したとされる継体天皇の皇子、後の安閑《あんかん》天皇。妃は仁賢《にんけん》天皇の皇女で、応神・仁徳朝の血を引く最後の皇女である。万葉歌、人麻呂作の安騎野に宿る時の歌（万四五）においては、軽皇子（後の文武）について「やすみしし　わがおほきみ（八隅知之　吾大王）」と「まさに天皇として歌っているとしか思われない歌い出し方」をすることにより、軽皇子を天武皇統を引き継ぐ存在とみなした、と指摘される[10]。旧王朝の娘たる春日皇女によって歌われる紀97の「やすみしし　わがおほきみ」にも、ちょうど人麻呂作歌のように、勾大兄皇子を、「やすみしし　わがおほきみ」と武内宿禰にたたえられた仁徳天皇を受け継ぐべき皇子とみなす働きが与えられているであろう。

　春日皇女と勾大兄皇子とが「神語」に見られる語を用いた歌を交わすことは、この婚姻が聖なる婚姻であることを演出し、旧王朝が新王朝へ確実に引き継がれたことを示すともいう[11]。しかし、この婚姻には皇子も皇女も生まれておらず、旧皇統が引き継がれたといえるであろうか。勾大兄と春日皇女とは、妻問いの問答をしたようでありながら、あたかも理想的な天皇と臣下（男）であるかのように歌のやりとりを収めているのではないか。たしかに、「親聘春日皇女」や、皇子の歌の中の「やしまくに　つままきかねて……まきさく　ひのいたとを　おしひらき　われいりまし……はしけくも　いまだいはずて　あけにけりわぎも」などからはこの場面がツマドヒに行ったものの、一夜、伴寝はできず、歌の唱和によって翌日の伴寝が約束されるというヤチホコ神の「神語」に類似の場面であったことを示し、「聖なる婚姻」であることの「演出」は認められる。一方、月夜に「清談」

して一夜を明かしたという「清談」については「魏・晋のころに流行し、竹林の七賢はその代表者。安閑天皇が春日皇女を妻問うた時の会話を表す語としては、不適切であり、特に歌の内容とはひどくちぐはぐである」[12]との指摘がある。ツマドヒには留まらない要素がこの歌のやりとりにはあろう。勾大兄に向かって「やすみしし　わがおほきみ」と歌うとき、歌い手たる旧皇統の女（春日皇女）は、超越的に優れた臣下であるかのように、勾大兄と向き合う。皇女は優れた臣下が歌のやり取りを通じて天皇を「やすみしし　わがおほきみ」と成すようにして、勾大兄皇子の即位に寄与するのである。

『紀』が現在に伝来している宮廷歌謡を年月日を明記した宮廷史上のある一時点に位置づけるとき、「やすみしし　わがおほきみ」は基本的にオホキミに仕え、奉仕する理想的な男性臣下の側からオホキミをほめたたえる句としてあり、正月七日に男性臣下が「上寿」するという新たな宮廷儀礼にも対応可能な宮廷歌謡の言葉としてあると考えられる。「やすみしし　わがおほきみ」は君臣和楽の理想を実現する句としてある。その意味で、「やすみしし　わがおほきみ」は『紀』の説話文にとって、万葉の人麻呂作歌の場合とかなり近い質をもった、天皇ぼめの定型句とみなされていよう。「やすみしし　わがおほきみ」が天皇ぼめの定型句とみなされているとき、「やすみしし　わがおほきみ」と歌う歌い手自身が歌うことによってオホキミに成る、ということは起こらない。歌い手は、オホキミをたたえる臣下の側に留まったままである。これは天皇が臣下に向かって「たまきはるうちのあそ」「まそがよそがのこら」と歌うとき、臣下は「な」であって最後まで、歌い手である「われ」と重なることはない、ということと対応し合っている。歌がほめる／歌でほめられるという関係は、こと天皇と臣下との関係に関しては、境界が曖昧になったり、両者が重なったりすることはない。歌い手が歌いかける対象と一体化するということも起こらない。『紀』の歌にも、歌に特有の人称はあるのだが、歌うさなかに歌い手に変成が生じることは極力避けられている。第二例、雄略紀の舎人の歌う「やすみしし　わがおほきみ」については雄略記と対比して後述したい。

5　天皇が歌う「やすみしし　わがおほきみ」――『記』

『記』では、「やすみしし　わがおほきみ」の句は倭建命の「御歌」に対する美夜受比売《みやずひめ》の答歌（記28、景行記）に見える他は雄略記にのみ、すなわち雄略天皇を示す三首（記96、97、103）に限って用いられている。『記』の中での倭建命像、雄略天皇像と強く結びついた句としてありそうである。しかも、うち二首（記96、97）について、説話文は、雄略自身が作ったり、歌ったりしたとする。天皇が自らを「やすみしし　わがおほきみ」と歌うことは、万葉歌にはなく、『紀』の歌謡とも異なったあり方である。『記』の雄略は「やすみしし　わがおほきみ」と自ら歌い、また他者からもたたえられる天皇として描かれているということではないだろうか。

倭建命の「御歌曰」に対して「答御歌曰」した尾張国の美夜受比売の歌（記28）や、春日の袁杼比売《をどひめ》が「献大御酒」した時、雄略天皇が「歌曰」し、袁杼比売が「献歌」した歌（記103）の「やすみしし　わがほほきみ」については、『紀』と同様、歌いかける相手を天皇や天皇に連なる皇子としてたたえる句としてあったろうか。ただ、『記』では「やすみしし　わがおほきみ」と天皇や皇子をたたえるのは臣下（男）ではなく、女たちである。

記28歌は、西征と東征を終え尾張まで「還来」し、美夜受比売のもとに「入坐」した倭建命に向けられている。倭建命に「献大御食」し、「捧大御酒盞」する美夜受比売が、「たかひかる　ひのみこ　やすみしし　わがおほきみ……」と歌う。「たかひかる　ひのみこ」は『記』では仁徳天皇条の雁卵生説話で建内宿禰が仁徳に向けた歌（記72）にある他、雄略天皇への三重婇の歌（⑦記99）、同じ「豊楽」の場における雄略の大后が歌った歌（記100）に見える。「やすみしし　わがおほきみ」も「たかひかる　ひのみこ」も、「ともに大王と呼ばれるのに相応しい天皇をたたえる」のに用いられ、二つの句を唯一併せ持つ記28は、倭建命が「卓抜した天皇にも比すべき存在であることを浮かび上がらせる」(13)といえるだろう。西と東、大八島国の統治を確立した時点でこの歌を尾張国の女から捧げられることによって、『記』の説話文では「天皇」と呼ばれない倭建命は、歌の中でだけ、後の仁徳や雄略といった天皇と等しい「おほきみ」たりうる。換言すれば、倭建命は変成した言語の状態となった尾張国の美夜受比売の歌の中でのみ「やすみしし　わがおほきみ」たりえたのであって、この「おほきみ」は説話文中に登場する「天皇」とは、重なることはなかったのである。

雄略記の展開の中で、袁杼比売が歌う記103歌は、雄略自身が自らを「やすみしし……」と称する二つの歌を経た後の、長谷の百枝槻《ももえつき》の下での新嘗の「豊楽」の場面で歌われる。「豊楽」の場では伊勢国の三重婇の歌、大后（若日下部王《わかくさかべのみこ》、仁徳と日向諸県君牛諸《ひむかのもろあがたのきみうしもろ》の女との間の皇女）と天皇の歌の三首（「天語歌」）の次に位置している。春日の袁杼比売が「献大御酒」すると天皇は「みなそそく　おみのをとめ……」（記102）と盞をささげるヲトメをほめ、袁杼比売が「献歌」して「やすみしし　わがおほきみの……」（記103）と歌う。

『記』では「天皇主催のトヨノアカリを「豊明」「豊楽」と書き、天皇以外の人が催すウタゲを「楽」と書き分け」て区別しようとしており、『紀』が両者ともに「宴」と書くのと異なる。(14)また『記』のトヨノアカリは「天皇を言寿ぐ、あるいは服属を誓う公的な場」として描かれるともいう。(15)記103は、まさにそうした公的なハレの場で歌われており、春日という土地の名を負う袁杼比売は、歌うことを通じて天皇と出身地とを結びつける働きを担うと考えられる。『紀』とは異なって、尾張や春日といった土地の女の声こそが「やすみしし　わがおほきみ」の句にふさわしいと、『記』はみなしているのである。自ら「やすみしし　わがおほきみ」と歌った雄略は、さらに雄略記の末尾に春日の袁杼比売の献上する「やすみしし　わがおほきみ」を受けとり、歌のやりとりを通して「おみのをとめ」との関係を切り結ぶことで、偉大な大王（オホキミ）たりえた。

では、歌いかけられた天皇を偉大な大王と成す働きを持つ句を、その天皇自らが口にするとはどういうことであったろうか。

6　「為朕」に「賦」す——『紀』の蜻蛉野の歌

⑤の事例、『記』の雄略天皇は吉野の阿岐豆《あきづ》野における「御獦《みかり》」で「御呉床《みあぐら》」に「坐」し、自らを「おほまへ」「やすみしし　わがおほきみ」と歌う歌を作る。一方、『紀』の蜻蛉《あきづ》野の地名起源説話の歌では『記』と同様、雄略を「おほまへ」「わがおほきみ」と三人称的に歌い出すが「やすみしし」の語はなく、途中から「ししまつと　わがいませば　さゐまつと　わがたたせば……」と自称敬語のついた一人称に変化する。類同歌であり、いずれも雄略の歌った歌である。紀75については人称の転換や自称敬語があるように見えるが、後述する理由によって①～⑮の内に含めなかった。ここであらためて、両者を対比してみたい。

(A)即、幸阿岐豆野而、御獦之時、天皇、坐御呉床。爾、蝄、咋御腕、即蜻蛉、来、咋其蝄而飛。於是、作御歌。
其歌曰、
(a)みえしのの　をむろがたけに　ししふすと
たれそ　おほまへにまをす
(b)やすみしし　わがおほきみの
(c)ししまつと　あぐらにいまし
しろたへの　そできそなふ

(d)たこむらに　あむかきつき
そのあむを　あきづはやぐひ
(e)かくのごと　なにおはむと
そらみつ　やまとのくにを　あきづしまとふ　（記96）

故、自其時、号其野謂阿岐豆野也。（雄略記）

(B)秋八月辛卯朔戊申、行幸吉野宮。庚戌、幸于河上小野。命虞人駈獣、欲躬射而待、虻疾飛来……天皇嘉厥有心、詔群臣曰、為朕讃蜻蛉歌賦之。群臣莫能敢賦者。天皇乃口号曰、

(a)やまとの　をむらのたけに　ししふすと
たれかこのこと　おほまへにまをす
(b)おほきみは　そこをきかして
(c)たままきの　あごらにたたし
しつまきの　あごらにたたし
ししまつと　わがいませば
さゐまつと　わがたたせば
(d)たくぶらに　あむかきつきつ
そのあむを　あきづはやくひ
(e)はふむしも　おほきみにまつらふ

ながかたは　おかむ　あきづしま　やまと　（紀75、一本注は略）

因讃蜻蛉、名此地為蜻蛉野。（雄略紀）

(B)の『紀』の歌はたたえるべき相手を、祝詞において神に対して用いられる「おほまえ」と呼び、その相手を「おほきみ」と呼びかえ、「わがいませば／わがたたせば」とたたえられる人物の一人称・自称敬語となり、「はふむし」のオホキミへの服従を述べる部分でふたたび「おほきみ」と三人称的になり、結びは「ながかたは　おかむ」と、奉仕・服従する「はふむし」に向かって「な」と二人称的に呼びかける。「な」と虫に呼びかけ、「あきづしま　やまと」と名づけるのはオホキミであろう。とすれば、末尾の「ながかたは　おかむ　あきづしま　やまと」に至って、自称敬語のつかないオホキミ自身の発話であるかのような物言いとなっていることになる。人称は基本的に三人称から一人称へと変換してゆき、ヤチホコ神の「神語」の一首目（記2）の末尾に「このとりも　うちやめこせね　いしたふや　あまはせづかひ」と神自身の発話がせり出してくることとの類似が認められる。このように「複数の視点が統一されないまま放置される」のは「叙述が口誦的構想力に規定されている」ため[16]とも、「視点の交替自在性」は「宮廷社会の歌い手（語り手）によって形成されていったことの反映」[17]とも指摘されるところである。また、「一人称と二、三人称が交錯しつつも、天皇＝我、蜻蛉＝汝で示される関係性は、両者の対話性を強め、親和的関係を強める効果」があり、「天皇とそれに奉仕・服従する蜻蛉という支配・服従関係の確認と共に、奉仕する者への親和・賞賛を、人称転換という手法で表現」しているともされる。[18]紀75は歌謡に固有な「語法」（注2、鉄野論）に富んだ事例とみなされてきたといってよいだろう。『紀』の説話文が天皇の歌の自称敬語や人称の転換を避ける中にあって、例外的な事例なのであろうか。

対して、(A)の記96歌は「古代歌謡の基本形式とは全く無関係」で、「『古事記』の歌のほうが、より新しい統一的な様式といえよう[19]」、「天皇自身の御歌としながら第三者的表現に終始」して「人称転換がない」ゆえに「重々しさが幾分軽く感じられる」、「前後の叙述を含めて『紀』と比べると整理されたごとき印象がある[20]」などとされてきた。

今、どちらが新しいのかという点は置く。本章が問題としたいのは、『記』と『紀』の説話文が両歌をどうとらえているかである。

(B)の『紀』の説話文は、この歌を天皇が「口号」したとする。「口号」は『記』や『懐風藻』にはないが、『紀』では当歌の他、紀119〜121（斉明天皇が紀温湯に幸したとき、皇孫建王を憶って「口号」）、紀123（中大兄皇子が、斉明天皇の柩に従って行き、ある所に泊まったとき、天皇を哀慕して「口号」）と見える。唐代に行われた詩題で、梁の簡文帝の「仰和衛尉新渝候巡城口号詩」（『藝文類聚』二八、人部、遊覧）に始まるとされ、「文字に書かず、心に思い浮かぶまま吟ずること」であり、『紀』でも「狩猟や船旅という行幸での歌に用いら」れた[21]。すなわち、(B)の雄略天皇は、吉野宮から行幸した河上の小野で、中国の皇帝が遊覧先などで行う振る舞いとして、「歌謡の語法」に富んだ歌を「群臣」に向かって口にするのであった。

さらに注目したいのは、(B)の説話文には「詔群臣曰、為朕讃蜻蛉歌賦之。群臣莫能敢賦者」とあって、天皇は自身の歌としてこの歌を「口号」したのではない点である[22]。「群臣」に「蜻蛉を讃めて歌賦せよ」と詔したが、だれも「歌賦」できなかったゆえに、天皇自ら「口号」した。雄略はあくまでも「群臣」の代わりに歌を賦したことになる。自在な人称転換を起こし、雄略を「おほまへ」「おほきみ」と呼び、「きかして／たたし」とその行為を尊び、「わがたたせば／わがいませば」といったいわゆる自称敬語をもってこの場へのオホキミの出現をたたえる歌表現は、「群臣」の側の、「為朕」（天皇のため）の歌表現としてあることを、『紀』の説話文は明確にしている。『紀』にとって、自称敬語と現在の我々が呼ぶ語法は、歌い手が歌の中の人物や神の行為をほめたたえつつ歌う際に特有の人称、いわば歌人称としてあった。しかし『紀』の天皇は基本的には歌人称の世界を体現することはない。それは、『紀』にとって、歌人称の表現世界はあくまでも対象をほめる言葉としてあったからではないか。腕にかみ付いた虻を素早く食べた蜻蛉の行動を「はふむしも　おほきみにまつらふ」事績としてほめるのも、あくまでも天皇のために蜻蛉をほめる言葉なのである。

雄略天皇が群臣たちのための「口号」歌を歌うことで、天皇に仕える群臣らが天皇のために「わがいませば……わがたたせば」と歌い、あたかも天皇自身が発するように「ながかたは　おかむ　あきづしま　やまと」と歌う歌人称の世界を保証することにもなろう。雄略は群臣が歌うべきほめ歌の見本を示したというわけである。群臣が歌えば、歌に特有の人称転換が歌い手に起こる。しかしそれは『紀』にとって、歌い手である「われ」が歌の中の「われ＝天皇」と完全に重なることではなく、歌い手である「われ」の天皇に対する讃仰の現れである。口号する雄略天皇は歌人称に転換することなく、一貫して群臣の立場に立っているだけである。また、歌わずとも雄略天皇は雄略天皇であって、歌うさなかに天皇である「われ」の立場を忘れることはないのだろう。「賦」すという作歌行為も「口号」も『記』には登場しない。「口号」し、「賦」すという歌に関する行為を説くのは、『紀』にとって「歌」は漢籍における「歌」と同質の言語表現であるはずだからと考えられる。

7　天皇が「御歌」を「作」る――『記』

一方、(A)の『記』の歌の場合、天皇が「作御歌其歌曰」とあって、天皇はこの「御歌」の作り手であるにもかかわらず、歌は「みえしのの　をむろがたけに　ししふすと　たれぞ　おほまへにまをす」と三人称的に始まる。

歌詞については先に述べたように「人称転換がない」「第三者的表現に終始」しているとされるのだが、説話文から漢字一字一音の書記方法で記される歌の言葉へと移行したとき、人称の転換がすでに起こっていることに注目される。天皇は歌う行為によって歌人称の世界へ、変成した言語状態へと移行するのである。

また、(A)(a)の「たれそ」という問いかけは「まをす」が受けていったん終始する。(B)(a)の「たれか……まをす」と同様であるが、『紀』では(B)(b)「おほきみは　そこをきかして」と、(B)(a)を受ける語「そこ」があるために叙述はスムーズに流れてゆくのに対して、『記』の(A)(b)は「やすみしし　わがおほきみの」とオホキミぼめの句で始まるために、(A)(a)と(b)との間に飛躍があるように感じられる。讃美すべき対象を神のように「おほまへ」と呼ぶ(A)(a)の歌い手の立場と「やすみしし　わがおほきみ」とオホキミを「わがおほきみ」と呼ぶ(A)(b)の歌い手の立場とは同一であろうか。

「おほまへ」は「本来神や天皇の前の庭を指し、直接神や天皇を示すのを憚ることで強い敬意を示す。『祝詞』に「天照大御神の大前に白さく」(祈年祭)。天皇の場合従臣が言葉を取り持つので、直接的にはそこに申し上げる」[23]。「わが」とオホキミを呼ぶ場合より対象との間に距離があり、対象を、触れがたい神に等しい存在としている。(A)(a)と(b)とでは、声の出所が、大きく相違するといってよいだろう。応神記の42歌（前掲②）は「このかにや　いづくのかに」と問いかけることで「ももづたふ　つぬがのかに」という蟹の名乗りを喚び起す。三浦佑之が指摘するように、この問いかけは「答えを要求するものというよりも、叙事を展開させるためのきっかけとして発せられることば」であり、「叙事を展開させてゆく表現の一つのスタイル」と考えられる。[24] 同様に、(A)(a)の「たれそ……まをす」も、(A)(b)の「やすみしし　わがおほきみ」を喚起するためにこそあろう。

さらに、末尾の(A)(e)の部分で「かくのごと」と、(A)(b)〜(c)ないし(e)までの歌の中の出来事を受け、「あきづしま　やまと」の名の起こりとする「なにおはむ」の「む」の主体は誰であろう。「なにおふ」という表現は万葉歌には「名に負ふ……」(1三五など)、「名を……と負ふ」(6九六三など)、「負へる……の名」(5八七一など)、「……と名に負へる」(17四〇一一など)とあって、「その地の命名起源を語ることにより、その地名を通して命名にまつわる人物の永遠性を祝福するという意識がうかがえる」[25]。しかし、記96では「おはむ」となっている。歌の中の今、この地を命名することを意思することができるのは、「やすみしし　わがおほきみ」にほかなるまい。歌の核心部に至って、歌声は「かくのごと　なにおはむ」というオホキミ自身の名づけの声となるのである。

(B)の歌にはあった「はふむしも　おほきみにまつらふ」がないことによって、名づけにまつわる虫の行為をオホキミへの奉仕に一義化していない点にも注意される。オホキミはあくまでも手にかみついた「あむ」を素早く食うという「あきづ」の振る舞いをほめている。この土地の虫「あきづ」が、同じくこの土地の別種の虫である「あむ」を食らう。その行動を通じて、「あきづ」はオホキミの身体との関係を取り結ぶ。オホキミと吉野の生きもの「あきづ」とが接触し合った出来事じたいが「あきづしま」という地名起源となっているのである。

ほめたたえる対象を「おほまへ」と呼ぶ位置から、対象を「わがおほきみ」と呼ぶ位置へと一気に近づき、吉野でオホキミの「たこむら」に起こった地名が起源する神話的出来事を現在形で展開し、末尾はオホキミ自身の声とオホキミをたたえる者の声とが重なる形で歌い収める。記96歌も決して三人称的な立場で一貫し、終始しているわけではない。歌の世界は歌の展開に従って変換してゆく人称＝歌人称の世界である。その世界では「あきづ」が活躍して「あむ」退治を行い、オホキミとの交感を深める。

(A)の説話文は、こうした歌人称の世界を「御歌」と尊び、雄略天皇自身こそが「作」した歌とするのである。(B)の雄略天皇が歌を群臣のかわりに「口号」したのに対して、(A)では「作御歌」と、「御歌」を「作」る。『記』で歌を「作」ったとする全五例中すべてが「御歌」であり、その行為者はスサノヲ(記1)、雄略(記95、

96、98）、顕宗《けんぞう》（記110）となっている。歌を「作」る行為は特定の神や天皇の行動として説かれているといってよいだろう。記1歌は『記』にはじめて歌が登場した事例であり、『記』は歌なるものはスサノヲという神の「作」に起源するとしている[26]。

顕宗天皇は歌や詠と関わりが深い。王子のころ、歌垣に立って志毘臣と歌で闘ったエピソードがあるが、そもそも袁祁命《をけのみこと》が天皇として天下を治めることになったのは「為詠」によってであった。兄の意祁命《おけのみこと》とともに「焼火少子」として針間《はりま》国の志自牟《しじむ》の新室楽にあって、兄の次に舞う際、「……伊耶本和気天皇之御子　市辺之押歯王之　奴末」（記104）と「為詠」して名乗ったのは袁祁命である。兄の意祁命の「汝命不顕名者、更非臨天下之君。是、既為汝命之功」という言葉によれば、袁祁命は「天皇」の「末」であることを自らの「為詠」という行為によって明らかにしたことで「天皇」となることができた。「御歌」を「作」るという行為は、『記』の中では他の「作」する行為、国作りや宮作りなどと同様、特殊な威力ある存在のみがなしうる事績の一つとしてあり、歌の力を発動することのできる神や天皇こそが行えるものだったと考えられる。

その「作御歌」を三回行うのが雄略天皇であり、記96を含む二回が同じ吉野行幸の折での出来事である。「作御歌」は雄略の行った事績の中に大きな位置をしめると思われる。「作御歌」の一回目は前掲④にあたる。再度引いておこう。

後、更亦、幸行吉野之時、留其童女之所遇於其処、立大御呉床而、坐其御呉床、弾御琴、令為舞其嬢子。爾、因其嬢子之好舞、作御歌。其歌曰、
あぐらゐの　かみのみてもち　ひくことに　まひするをみな　とこよにもがも　（記95）
即、幸阿岐豆野而、御獦之時、天皇、坐御呉床……

⒜の直前、説話文には天皇が「大御呉床」に「立」ち、「弾御琴」とあるが、歌では「あぐらゐ」にいるのは「かみ」であり、「かみのみて」が琴を弾く。雄略天皇は「作御歌」することでまさに「かみ」に変容する。続いて、同じく「御呉床」に「坐」して記96歌を「作」るとき、雄略はすでに「おほまへ」と呼ばれうる存在である。しかし、「作」る最中にあって、雄略は神をたたえる側と神の側の両者が重なる声、複数の声が重なりつつ神話的世界を生起する歌人称に立つ。そうした特殊な歌言葉の世界こそ「御歌」と呼ばれる言葉であり、特定の天皇と神とがなしうる「作」という創造だったのである。

8　起源の世界を生起する

雄略記は⒜に続いて葛城登山の説話⒞となり、記97歌（前掲⑥）も、天皇が自ら「やすみしし　わがおほきみの」と歌い始める。雄略紀の類歌、紀76も「やすみしし　わがおほきみの」と始まるが、先に述べたように『紀』の歌は天皇の歌ではない。

⒞又、一時、天皇、登幸葛城之山上。爾、大猪、出。即天皇以鳴鏑射其猪之時、其猪、怒而、宇多岐依来。故、天皇、畏其宇多岐、登坐榛上。爾、歌曰、

やすみしし　わがおほきみの　あそばしし　ししの　やみししの　うたき　かしこみ　わがにげのぼりし　ありをの　はりのきのえだ　（記97）

(D)五年春二月、天皇、校猟于葛城山……俄而見逐嗔猪、従草中暴出逐人。猟徒、縁樹大懼。天皇詔舎人曰……舎人、性懦弱、縁樹失色。五情無主。嗔猪直来欲噬　天皇。天皇用弓刺止、挙脚踏殺。於是田罷、欲斬舎人。舎人臨刑、而作歌曰、

やすみしし　わがおほきみの　あそばしし　ししの　うたきかしこみ　わがにげのぼりし　ありをのうへの　はりがえだ　あせを　（紀76）

皇后聞悲、興感止之……

記紀の歌詞の相違は、『記』では「やみししの」があるが、『紀』はそれを欠き、『紀』には「うへの」「あせを」がある点のみである。しかし、『記』の説話文は雄略天皇自身が歌ったとしており、『紀』では天皇に仕える舎人が「作」って歌ったことになっている。『紀』で「作歌」するのは雄略（紀80）、影媛（紀94）、蘇我蝦夷（紀106）、時人（紀112）、斉明天皇（紀116〜118）であり、作歌する主体の限定は見られず、『記』の「作御歌」のような意義を特に持たせてはいないことが確認される。

(C)の記97歌については本書I―3で論じた。歌は、天皇が大猪に鳴鏑《かぶら》を射かけ、大猪がウタキと化し、ウタキを畏れた天皇が逃げて榛に登るという説話文の出来事を、「やすみしし　わがおほきみ」がシシと「あそ」んだ起源の出来事として叙事する。歌い手の雄略天皇は歌うことでシシと遊び、ハリノキに逃げ登り、シシの側との「適切な距離」をはじめて見いだしたオホキミと成るのであった。『記』の雄略の木登りは単なる逃走ではなく異界と距離をとる神話的な逃走であり、本章における「歌人称」で考えるなら、説話文中の天皇は歌が始まったとたんに説話文とは異質な主体、歌人称の世界に入ることでこそ起源のオホキミと成る、と考えられよう。

「やすみしし」について、宣長はヤス・ミシ・シとして「安」「見し」（「見る」の敬語）、「し」（「為」の連用形）

とし（『古事記伝』）、武田祐吉『全講』は最後のシを助動詞「き」の連体形とし、新編日本古典文学全集頭注は「し」は「き」の連体形だが、過去の意ではなく、継続を表す古い用法」とする。定説はないが、語の構成として最後の「し」は助動詞ないし助辞と見ることができるのではないか。本章では助辞の「し」「き」が上代文献の中に表れるとき、藤井貞和の言うところの「起源譚の断片」であることを示す「起源の言語態としての「し」」と考える。[27]藤井によれば、「神話的過去、歴史的過去を「き」は特定する。見てきたように語るという点で、目撃性のつよい助動辞であると注意されてきた。その通りでも、過去を時制としてつよく付加する語であるために、その目撃性が生じるのである」。[28]歌という特異な言語の中に登場する場合、現在とは別次元の過去に起こった神話的起源の出来事を、歌う現在に喚起する「指標」として働く。

説話文とのつながりの中で雄略天皇が自ら「やすみしし　わがおほきみ」と歌うことについては、託宣場面において「我が御心」と名乗る神の示現の仕方と通じる力がある、[29]雄略天皇が「やすみしし　わがおほきみ」であることの「立場表明」となっているとも指摘される。[30]いずれも、歌人称を有する言語表現の、古代における力、ことに『記』における働きを指摘していると思われる。『記』の歌の歌人称の世界は、人の身体に別の霊的存在が重なり合う託宣の状態に近い。とはいえ、雄略天皇は神懸かりして託宣したわけでも、ただ詔を発して自らの立場を宣言したわけでもなく、「やすみしし　わがおほきみ」と自ら歌うことで歌う対象と二重化し、この句に込められた神話的出来事の世界をくぐり抜ける天皇である。『記』にとって、雄略天皇という天皇は、変成した言語状態を担う王であった。『記』の歌を歌い、作る天皇はⅠ―4で述べたように蟹という異類に成り、異類婚の叙事を歌って、婚する相手たる異なる類いの存在の側に立つこともある。吾が彼に、人が人ならざる類に、狩る側が狩られる側に出会い、接近し、ときに成り変わる歌人称の世界は特定の天皇こそが作り、担うのである。

一方、舎人が歌ったとする『紀』の歌でも、「やすみしし　わがおほきみの　あそばしし　ししの」は、舎人が雄略天皇を、はじめて天下を統治し、シシと遊んだ起源の天皇として歌う。「うたきかしこみ　わがにげのぼりし─ありをのうへの　はりがえだ」は、歌の中では神話的過去にオホキミに仕えた「われ」が、シシを畏れ逃げ登った出来事である。しかし、説話文は「わがにげのぼりし」の過去を、ついさきほど、雄略天皇の治世に舎人が行った行為としてしまう。舎人は猪から自分の命を救ってくれた榛の木をほめるが、木に逃げ登る行為の意味は『記』とは決定的に異なっている。説話文によれば、猪から逃げた舎人は「舎人、性懦弱、縁樹失色。五情無主」である。「猟徒」であるにもかかわらず、手負いとなって嗔《いか》り猪と化した猪をこわがる「懦弱」な「性」や「五情無主」ゆえの行動である。「嗔猪」が天皇を喰らおうとしても何もしなかった、ということでもある。ゆえに天皇に斬り殺されそうになったのである。説話文でも歌の中でも、猪はただの狩猟対象であり、木登りはただ暴走する野獣から遁走する臆病さの現れにすぎない。

今にも処刑されそうになった舎人が紀76歌を歌うと、皇后は聞いて悲しみ、刑は取りやめになるので（「聞悲、興感止之」）、舎人の歌も、説話の中の現在に働きかける力を持たされてはいる。舎人は歌うことで天皇をほめ、自身を起源の時のオホキミにこそ仕える特別な舎人と化すことができたのかもしれない。とはいえ、『記』のように榛の木に登って木の上で猪を目前にして歌うのではなく、刑を目前にしての歌であり、歌の役割は皇后に「悲」の心を起こすことにある。歌い手＝舎人＝「われ」はオホキミをたたえる位置に終始とどまったままである。

9　蜻蛉・大猪・女

『記』の雄略は吉野の野で蜻蛉の働きと接して起源の時のオホキミと重なり、ついで葛城山の上で大猪と遊び、ハリノキの枝に登って再度起源の時のオホキミと成り、最後には「やすみしし　わがおほきみ」を捧げられるが、雄略記の中で繰り返し歌われる「やすみしし　わがおほきみ」は、単なる反復ではあるまい。雄略天皇は、この句を歌うたびに、吉野、葛城という具体的な土地と向き合い、その具体的な土地に対する「やすみしし　わがおほきみ」と成らなければならなかった。吉野や葛城、春日といった土地と「おほきみ」との関係は一回の、一つの位相で切り結ばれて完了するのではなく、多数の関係の重層の中にあることを「やすみしし　わがおほきみ」の反復は表しているだろう。

金井清一は、雄略記の「引田部赤猪子への求婚と再会」（東）、「吉野の童女との交歓と蜻蛉の奉仕」（西）、「葛城山への二度の行幸」（南）、「丸邇臣の女、袁杼比売への求婚」（北）は、雄略を「天武・持統の王権の始祖的大王」とみなす『記』が、「ヤマトの東西南北の順に、その境域における呪力を持った勢力の克服を平和的にあるいは対立的に実現する説話として述べ」ており、末尾の「長谷の百枝槻の豊楽」はヤマトの東西南北の四周を確定した「雄略大王の実質的即位儀礼」であったとしている。(31) また、駒木敏は『記』の雄略を「歌う天皇」とし、歌う行為によってこそ「雄略「治天下」のコスモロジーの確定」を為してゆくと指摘する。(32) 西、南の領有に関わって、雄略自身が「やすみしし　わがおほきみ」と歌う行為があり、東西南北の支配空間の確立部分に袁杼比売から献じられる「やすみしし　わがおほきみ」があるということを鑑みても、雄略記の説話配置は全体として、金井や駒木の指摘するような「四周」の境域の確立や「「治天下」のコスモロジー」の形成を意図しており、その要には「歌う天皇」たる雄略自身の歌があると見ることは可能であろう。

しかし、オホキミたる雄略が歌で向き合う対象は、そうした王権の論理が向き合う対象とは異質である。『紀』の「やすみしし　わがおほきみ」が男性臣下からすでに「天皇」である君主に捧げられる詞章であったのとは異なり、『記』の「やすみしし　わがおほきみ」は、男性臣下や、人の世の統治にのみ関わるわけではない。「やすみしし　わがおほきみ」とは、『記』にとって吉野の野の蜻蛉や、葛城山の大猪といった固有名のある野や山の土地の霊威に満ちた存在者たちと接触し、交感し、それら異類とこそ、しかるべき関係を作った者にほかならない。「やすみしし　わがおほきみ」を雄略に献じる春日の袁杼比売という土地の女も、吉野の蜻蛉や葛城山の大猪に類する存在としてあるのではないかと思われるが、この点に関しては本書Ⅲ―1であらためて考察することとしたい。

（1）土橋寛『古代歌謡論』三一書房、一九六〇。
（2）鉄野昌弘「「神語」をめぐって」『萬葉集研究』二六、塙書房、二〇〇四。
（3）古橋信孝『万葉集を読みなおす』ＮＨＫブックス、一九八五。
（4）猪股ときわ「歌の「こころ」」『歌の王と風流の宮』森話社、二〇〇〇。
（5）本書Ⅰ―3。
（6）駒木敏「『記』『紀』の物語歌の方法」『和歌の生成と機構』和泉書院、一九九九。
（7）橋本達雄「やすみしし我が大君考」『万葉集の時空』笠間書院、二〇〇〇。
（8）『日本書紀「歌」全注釈』（松田信彦執筆箇所）笠間書院、二〇〇八。
（9）中川ゆかり「髪長ヒメの立つ場――「豊明」と、後宮での「宴」と」『国学院雑誌』一一二―一一、二〇一一・一一。
（10）橋本達雄、注7に同じ。
（11）北村進「勾大兄妻問い歌謡（紀九六番歌謡）私考」『古代和歌の享受』おうふう、二〇〇五。
（12）土橋寛『古代歌謡全注釈　日本書紀編』角川書店、一九七六。
（13）新編日本古典文学全集『古事記』頭注。

(14)中川ゆかり、注9に同じ。
(15)青木周平「雄略記・三重婇女物語の形成」『古事記研究――歌と神話の文学的表現』おうふう、一九九四。
(16)品田悦一「人麻呂作品歌集旋頭歌における叙述の位相」『万葉』一四九、一九九四・二。
(17)駒木敏、注6に同じ。
(18)青木周平「雄略天皇」『古代文学の歌と説話』若草書房、二〇〇〇。
(19)土橋寛『古代歌謡全注釈　古事記編』角川書店、一九七二。
(20)『日本書紀「歌」全注釈』、注8に同じ。
(21)『日本書紀「歌」全注釈』、注8に同じ。
(22)『万葉集』巻一六に二例、巻一八に一例、巻二〇に一例のうち、天皇の「口号」は「行幸於山村歌之時歌」(20四二九三)であるが、元正天皇が「諸王卿」らに向かって「和歌」を「賦」して「奏」すように詔して「口号」し、舎人親王が応詔歌を「和」し奉っている。
(23)『日本書紀「歌」全注釈』、注8に同じ。
(24)三浦佑之「語りとしてのウタ」『古代叙事伝承の研究』勉誠社、一九九二。三浦はさらに、このスタイルはアイヌのカムイ・ユカラにも通じる「一人称自叙の様式」であるとする。三人称的に始まって一人称になるという人称の転換も、三浦論によれば「古代口承表現」ならではの「自叙の様式」ということになろう。なお、本書I―4も参照。
(25)青木周平「雄略天皇」、注18に同じ。
(26)猪股ときわ「スサノヲの「歌」作りと「宮」作り」『古代宮廷の知と遊戯』森話社、二〇一〇。
(27)藤井貞和『文法的詩学』笠間書院、二〇一二。
(28)藤井貞和『文法的詩学その動態』笠間書院、二〇一五。
(29)荻原千鶴「古事記の雄略天皇像」『日本古代の神話と文学』塙書房、一九九八。
(30)青木周平「雄略天皇」、注18に同じ。
(31)金井清一「古事記、雄略天皇段の構想――そらみつヤマトの王者形成の物語」『論集上代文学』三一、笠間書院、二〇〇九。
(32)駒木敏「歌謡と起源説話――雄略記の場合」『人文学』一四七、同志社大学、一九八九・三。

Ⅲ 地の域と叙事の力

人草・椿・石槌・葦原

1　草木と人と『古事記』の神話的思考

1　「葦原中国」に生まれ、死ぬ

『古事記』のイザナキは黄泉国《よもつくに》の雷神や黄泉軍に追われ、「黄泉ひら坂」に至り桃の実で迎え撃つ。追っ手らは皆坂を逃げ帰る。このときイザナキが桃の実に告げた言葉の中で、人は「うつしき青人草」と呼ばれる。

(A)爾、伊耶那岐命、告桃子、汝如助吾、於葦原中国所有、宇都志伎〔此四字以音〕青人草之、落苦瀬而患惚時、可助、告、賜名号意富加牟豆美命〔自意至美以音〕。
(爾くして、伊耶那岐命、桃子《もものみ》に告《の》らさく、「汝、吾を助けしが如く、葦原中国に所有《あらゆ》る、うつしき青人草の、苦しき瀬に落ちて患《うれ》へ惚《なや》む時に、助くべし」と、告らし、名を賜ひて意富加牟豆美命《おほかむづみのみこと》と号《なづ》けき)

(A)は、『記』にはじめて「葦原中国」の呼称が登場するくだりでもある。黄泉国とこちら側の世界との境い目において、背後の「黄泉国」に対してこちら側の世界が「葦原中国」、葦の生い茂る、中心の「国」として定位する。「葦」は『記』冒頭の「葦牙《あしかび》の如く萌《も》え騰《あが》れる物に因りて成りし神」、ウマシアシカビヒコヂノ神がそうであるように、冬には枯れ果てたように見えても、春には再び新たに芽吹くという意味での生命力にあふれた植物である。回帰する生命エネルギーに満ちあふれた「国」に生きる「うつし」（現実）の側のものどもは、単なる「人」ではなく「青人草」なのであった。三浦佑之は、神々の世界である「高天原」や死者の行く世界である「黄泉国」に対して、「われわれ人の住む世界は、冬に枯れても春にはまた若芽が芽吹く、回帰的な生命サイクルをもつ葦に覆われた、葦の生命力に満ちた原と考えられ」て「葦原中国」と称され、「そこに棲息する「人」」は、「青々とした人である草」と考えられたと指摘するが、そのとおりであろう[1]。

三浦は、「青人草」という語について、「草のような人」であるなら「青草人」のはずであるとして、「人のような草」や「草のような人」といった比喩表現と見るべきではなく、「人」と「草」とを「同格」とする表現であると指摘している。「青人草」の語からは、「人はまさに「草」そのもの」ととらえる「古層の神話的世界」が『記』に抱え込まれていることがうかがえるという。

三浦論をふまえたうえで、人が草であり、草が人であるというふうに人と草木とを置換可能な関係でとらえる思考が、『記』の中にどのように働いているのか、さらに掘り下げて考えてみたい。人と草とを同類ととらえる思考、日常的な思惟では別々のたぐいに属するものどうし、異類どうしを互いに対称的な関係にあるとする神話的思考は、あるいは『記』の中に異物のようにしてあるのかもしれない。

まず注意されるのは、「青人草」ないし「人草」という語が、神々の発話の中にのみ登場している点である。「青人草」はイザナキの「汝、吾を助けしが如く、葦原中国に所有る、うつしき青人草の、苦しき瀬に落ちて患へ惚む時に、助くべし」という言葉の中にある。この言葉はイザナキの戻ってきた一つの世界に名を与え、そこに生きる人を「青々とした人である草」とみなしているが、同時に、その回帰的生命力に満ちた存在が「苦しき瀬に落ち」「患へ惚む」ものでもあることをも語っている。「病」の語はイザナミの火の神出産のくだりにすでに見えているが、(A)では神の病いではなく「青人草」の病いが『記』の中に導入される。イザナキの言葉が人と草とを「同格」と化すとき、人も草も青々と茂る生命力を持つと同時に、その同じ生命なるものが病にかかるものでもあることが明らかになる。ここに人の病いが、救済方法（治療方法）と同時に起源したのである。

(A)に続いて、イザナキとイザナミは千引石をはさんで向こう側とこちら側で「事戸」をわたし、生命というもののあり方がさらに決定的なものにされることになる。ここでも人は、「人草」と呼ばれる。

(B)爾、千引石引塞其黄泉比良坂、其石置中、各対立而、度事戸之時、伊耶那美命言、愛我那勢命、為如此者、汝国之人草、一日絞殺千頭。爾、伊耶那岐命詔、愛我那邇妹命、汝為然者、吾一日立千五百産屋。是以、一日必千人死、一日必千五百人生也。故、号其伊耶那美神命謂黄泉津大神。

（爾くして、千引《ちびき》の石《いは》を其の黄泉ひら坂に引き塞ぎ、其の石を中に置き、各《おのおの》対《む》き立ちて、事戸《ことど》を度す時に、伊耶那美命の言ひしく、「愛《うつく》しき我がなせの命、如此《かく》為《せ》ば、汝が国の人草を、一日に千頭《ちかしら》絞《くび》り殺さむ」といひき。爾くして、伊耶那岐命の詔ひしく、「愛しき我がなに妹《も》の命、汝《なむち》然《しか》為《せ》ば、吾一日に千五百《ちいほ》の産屋《うぶや》を立てむ」とのりたまひき。是を以て、一日に必ず千人《ちたり》死に、一日に必ず千五百人《ちいほたり》生るるぞ。故、其の伊耶那美神命を号けて黄泉津大神と謂ふ）

千引石が黄泉国と葦原中国を分断し、「うつし」の世界と死者たちの世界とは境を接しながらも、往来不能となる。同時に、「一日に必ず千人死に、一日に必ず千五百人生る」という、人の死と生のサイクルそのものが起源する。三浦も指摘するように、千人を殺すと言うイザナミの発話の中の「人草」は生命力の旺盛さをたたえる「青」の語を欠いている。「青」をもってたたえられない「人草」は、簡単にくびり殺すことのできる生きものであったのである。イザナミの予告する一日に千人の殺人に対抗するイザナキの千五百の産屋は、死を数的に凌駕して誕生してくる命の力を表しており、「青人草」の「青」と対応してもいよう。イザナキとイザナミの口から、人の病い、続いて死、死と対峙するべき誕生が語られてゆくさなかにおいて、病いにかかり、死に、生まれることを不可避とする存在が「人である草（「人草」）」であった。

「人草」を『記』の歌の中の「わかくさ」「なつくさ」「ぬえくさ」、万葉語の「春草」「月草」などと並べてみると、「人草」とは、人を「草」の中の一種である「人」という種と化す語とも考えられる。神の言葉が人を「草」なるものの一種とするとき、人は青々とした生命力を獲得し、誕生することができる。しかし、青々とした草が生える葦原も、いったんは枯れ果てる。「人草」は簡単にその生命を失ってしまう存在でもあるのであった。人も草も、病にかかり、死ぬことじたいを避けることはできないということであろう。「青人草」の「青」に込められたイザナキによる祝福も、病いや死じたいを無にし、生に一元化することはできないのである。しかし、「青」を冠した「青人草」というイザナキの言葉は、人を植物である草と無媒介に結び、人と草とを連続の相に置くことで、より強い生の力を人に付与しようとしている。生と死が「国」を分かち、両者の境が生じ、今、往来不可能な絶対的な断絶が生じる。不可避の死の恐ろしい威力が、ここに起源する。まさにそのときにおいて、イザナキ神の「草」と「人」とを生の方向性において結びつける言葉が、絶対的な生死の間の断絶と病いや死の恐ろしい威力を、かろうじて緩和してくれるのである。

とはいえ「人」と「草」とは、現実的にはあまりにもかけ離れている生きものではないだろうか。人も草の一種にすぎないことは、イザナミが「汝が国の人草を、一日に千頭絞り殺さむ」と言えば、人は草のように簡単に絞り殺されてしまう、ということでもあった。「人草」と、動物である人と植物である草とを無媒介に一気に結びつける言葉は、一方のイザナミの言葉の中では、不可避の死を定期的に一定数この世界にもたらす恐ろしい呪縛として働いてしまう。生者の「国」と死者の「国」とが断絶しつつ隣接したものとして同時に存在するように、

「青人草」という語の祝福の力は正反対の「人草」の呪いの力と隣接してこそありえるもの、両者は不可分なものだということであろう。

2 「詛言」の準備としての「青人草」

『記』には「青人草」の事例がもう一例、中巻の応神天皇条末尾に付された、イヅシヲトメノ神をアキヤマノシタヒヲトコとハルヤマノカスミヲトコという兄弟神が争う神話の中に見いだせる。兄神は、おまえがもしイヅシヲトメを得ることができたら衣服と酒、山河の産物を用意しようと弟にもちかけて賭けをし、負けるが、償いをしなかった。弟神がそれを母神になげき訴えると、母神は兄を恨み、弟に「詛《とご》ひ」の方法を教える。

(C)爾、愁白其母之時、御祖答曰、我御世之事、能許曽〈此二字以音〉神習。又、宇都志岐青人草習乎、不償其物。恨其兄子、乃取其伊豆志河之河島一節竹而、作八目之荒籠、取其河石、合塩而、裹其竹葉、令詛、如此竹葉青、如此竹葉萎而、青萎。又、如此塩之盈乾而、盈乾。又如此石之沈而、沈臥、如此令詛、置於烟上。是以、其兄、八年之間、干萎病枯。故、其兄、患泣、請其御祖者、即令返其詛戸。於是、其身、如本以、安平也。〈此者神宇礼豆玖之言本者也。〉

（爾くして、其の母に愁へ白しし時に、御祖《みおや》の答へて曰ひしく、「我が御世の事は、能《よ》くこそ神を習はめ。又、うつしき青人草を習へか、其の物を償《つくの》はぬ」といひき。其の兄の子を恨みて、乃ち其の伊豆志《いづし》河の河島の一節竹《ひとよだけ》を取りて、八目《やめ》の荒籠《あらこ》を作り、其の河の石を取り、塩に合へて、其の竹の葉に裹《つつ》みて、詛はしむらく、「此の竹の葉の青むが如く、此の竹の葉の萎《しな》ゆるが如く、青み萎えよ。又、此の塩の盈《み》ちるが如く、盈ち乾《ひ》よ。又、此の石の沈むが如く、沈み臥せ」と、如此詛はしめて、烟《けぶり》の上に置きき。是を以て、其の兄、八年《やとせ》の間、干萎《ひしな》え病み枯《やか》れたり。故、其の兄、患へ泣きて、其の御祖に請《まを》せば、即ち其の詛戸《とごひと》を返さしめき。是に其の身、本の如くして、安く平らけし。（此は神うれづくの言の本ぞ）

母神が弟神に、賭けた物を償わない兄は、神としてなすべき行動にのっとるのではなく、あたかも現実の人のなすべき行動にのっとったかのようだと答えるのに際して、「うつしき人を習へか……」ではなく、「うつしき青人草を習へか、其の物を償はぬ」とある。この答えの言葉の中の「青人草」は、後に続く「詛ひ」に、竹の葉が「青み萎え」ることが見えることと連動しているように思われる。「詛ひ」が、竹葉の青々と茂ったり、しおれたりする現象と兄の身体の状態とを同一化しようとすることの準備として、兄神を神ならぬ「うつしき青人草」と同じような行為者と規定する必要があったのではないだろうか。

呪詛には具体的な物体が必要である。伊豆志河の河島に生育する「一節竹」で作った「八目の荒籠」に、その竹の葉。竹葉には伊豆志河の石を塩で合えたものを包む。これを荒籠の中に入れたのであろう。竹葉を入れた荒籠を「烟」（竈のけむり）の上に置くことによって葉は萎み、塩は乾く。いずれも求婚の相手であるイヅシヲトメノ神の所在地に根ざした植物や石であることには、今やイヅシヲトメを獲得した弟神を援助する働きが期待されていよう。「一節竹」の竹葉は、塩（潮）や石と接しているからこそ、潮と同じく盈ち乾もし、石と同じく沈み臥す、という論法と見られる。兄は「青人草」であり、同じ草である竹葉と同調し合うだろう。これら竹、竹の葉、石、塩の状態の変化と兄の身体の変化とを一気に結びつけ、同定してしまうのが「詛ひ」の言葉の働きである。

西郷信綱はこの「詛ひ」が三つの文から成り、冒頭の一文「此の竹の葉の青むが如く、此の竹の葉の萎ゆるが如く、青み萎えよ」から「此の塩の盈ち乾るが如く、盈ち乾よ」に至って呪詛の詞章としての「集約化が一歩進」み、「此の石の沈むが如く、沈み臥せ」になると「ずばりほとんど吐きすてるように」なるとしたうえで、「真に意味があるのは「萎ゆ」と「乾」とである」としている。(2) 確かに、呪詛の言葉としてだんだん強いものの言いになってゆく構成がとられていよう。ただ、呪術の中心には、植物と人との同化があることを押さえておくべきかと思われる。呪詛がもたらした結果から見て、効力として期待されているのは、兄神が「干萎え」ること、「病み枯れ」ることであるが、「干萎ゆ」も「病み枯る」も、植物の様態を表す言葉でもある。植物を用い、植物と人とのライフサイクルの近さを最大限に利用する呪詛であり、「此の竹の葉の青むが如く、此の竹の葉の萎ゆるが如く」と、「青む」ことと「萎ゆ」こととの双方が持ち出されて「詛ひ」の言葉が始められることにこそ呪詛にとっての「意味」があろう。

兄神は「青人草」を模倣しているという言葉による規定によって、すでに「青人草」に近づいているゆえに、同類の「竹青葉」の影響を受けて青くもなり、萎みもする。そのさなかに、さらに竹葉に近づく。一方、竹のほうも、「一節竹」と呼ばれていることに注意したい。竹の「よ（節）」に、人のライフサイクルである「よ（代・世・齢）」が重ねられていると思われる。兄神を植物へ、植物を人へと過程を追って接近させる言葉の働きが、「詛ひ」の実現に大きく作用してゆく中で、最後の「沈み臥す」という瀕死の状態が実現に向かう。こうした竹という植物を呪具の中心に据えた呪詛の出発点に、人と草とを置換可能なものと化す「青人草」の語があったと考えられるのである。

イザナキの言葉にあっては「うつしき」人に対する祝福であり、病気治療の起源に結びつく「青人草」の「青」が、(C)の場合には病気にする力として作用してしまうことになる。しかし、イザナキの言葉の場合も、人が草であり、草が人でありうる位相を前提として、桃という植物が、人に対する治癒力を働かせることができるのではなかったか。イザナミの言葉はそのイザナキの言葉の力をふまえ、反転させて用いているのではないか。人が草の一種であり、人と草とが置換可能であるという神話的位相を開く「青人草」「人草」という語は、人の病いと生死の起源の位相でこそ発せられ、生命力を付与しもすれば、命を奪う呪詛も実現させうる危険な力を持つのであった。『記』は、この両面性を十分に認識しているであろう。

『記』の「草那芸之大刀」を論じる中で、金井清一は「人草」三例（本章のⒶ〜Ⓒ）について触れ、いずれも「神の世界と人の世界とが併存しているという世界構造の中で、神の側から人間を一段低い存在として言う表現」であって、「これは三例に共通する語意のニュアンスである」としている。(3) 三例がともに、神の発話の中にあるという指摘として重要であると思われるが、神から見て人が「一段低い」と言うだけでは十分ではあるまい。本章では「青人草」や「人草」を、神の言葉の中でこそ表せる、「人」を「草」の一種ととらえ、「人」を「草」という類の中に含めてしまう神話的次元を発動させる語と考える。おそらくは「古層」においても、日常的な位相において古代人一般が「人は草である」と考えていたわけではないだろう。「人」と「草」とを無媒介に一致させる「青人草」や「人草」は、植物を用いた呪詛を可能としてしまう特殊な位相において発することのできる言葉であり、同時に、病いとなり、死ぬからこそ回帰すること全体を含めた躍動する生命力の磁場、植物的な生命エネルギーの場を開く言葉として『記』の中に位置していると考えられる。

3　「あをひとくさ」は「蒼生」の翻訳語か

『日本書紀』にはイザナキの黄泉国訪問じたいがなく、「青人草」の語もイザナキ・イザナミに関する条にはないが、別のくだりに「顕見蒼生」が四例、「元元蒼生」が一例あり、「顕見蒼生」には「うつしきあをひとくさ」

の訓注を付す。西郷信綱は『記』の「あをひとくさ」について、『紀』の「顕見蒼生」を引いたうえで「アヲヒトクサは蒼生という漢語の訳語ではないかと思われる。草木の青々として衆いことから比喩的に人民・百姓を蒼生と称したもので、中国では蒼生という語が古くから用いられていた……アヲヒトクサとオホミタカラの差いかんが問題になるが、アヲヒトクサのほうが次元の一つ高い語であったのではないかと思う」とし、また、「政治的・文化的にオホミタカラより次元の一つ上の語を必要とするようになり、蒼生の訳語としてアヲヒトクサという語が登場するに至ったのではなかろうか(4)」としている。『紀』においても『記』の「青人草」と同じ「あをひとくさ」という訓みを与えており、「顕見蒼生」四例のうち三例が神の発話であり、「元元蒼生」の場合は天皇の詔の中にあって天皇から見た「人」を称するという点で、『記』と『紀』の「あをひとくさ」は密接な関わりがありそうである。では、西郷の指摘のように「蒼生」の漢語を翻訳することで「あをひとくさ」の語が見いだされたのであろうか。

漢籍の「蒼生」とほぼ等しい用いられ方をしていると思われるのは、安閑紀の詔に見える「元元蒼生」である。

二年春正月戊申朔壬子、詔曰、間者連年登穀、接境無虞。元元蒼生楽於稼穡、業業黔首免於飢饉。仁風暢乎宇宙、美声塞乎乾坤。内外清通、国家殷富。朕甚欣焉。可大酺五日、為天下之歓。

(二年の春正月の戊申の朔にして壬子に、詔して曰はく、「間者《このごろ》、連年に穀《こくみの》登り、境を接して虞《うれへ》無《な》し。元々なる蒼生、稼穡《かしよく》を楽しび、業々《げふげふ》なる黔首《けんしゆ》、飢饉を免《まぬか》る。仁風宇宙に暢《の》び、美声乾坤を塞ぐ。内外清通して、国家殷富《いんぷ》せり。朕、甚だ欣《よろこ》ぶ。大酺《たいほ》すること五日、天下の歓《くわん》を為すべし」とのたまふ)

(安閑紀)

右には出典が指摘されている。『漢書』元帝紀(永光二年)の「出典による潤色で、出典の内容が飢饉で困っているのを、安閑天皇の御代は豊作であると、良い方の表現にすべて書き改めて」おり、元帝紀では「夏六月詔曰「間者連年不収、四方咸困。元元之民労於耕耘、又亡成功困於饑饉。（夏六月詔して曰く「間者、連年に収らず、四方咸困ず。元々なる民、耕耘に労し、又成功亡からしめ、饑饉に困ず」）とあるのを、「間者、連年に穀登り……虞無し……楽しび……飢饉を免る」としている。(5) さらに、出典の「民」に当たる語が、『紀』では同意の「蒼生」に置き換えられている。漢籍語の「蒼生」は皇帝の庇護と統治下にあって耕作に従事する人民のことで、従来から指摘されるように『尚書』『後漢書』など諸書に散見する。旧大系本『紀』ではこの「元々蒼生」を「おほみたから」と読むのは、『和名抄』および『名義抄』が「人民」を「オホムタカラ」とするゆえであろう。確かに天皇の「仁」があまねく行き渡った「天下」「国家」の中で産業としての「稼穡」を「楽」しむ人たちである「蒼生」は「人民」＝「オホミタカラ」と置き換えうる対象である。にもかかわらず、『紀』が農耕する「民」を「蒼生」と言い換えるのは、『神代紀』の一書に散見する「蒼生」の語のゆえではないか。

『神代紀』一書第十一では、五穀、木材、病気治療の起源をなす神の言葉の中にある「蒼生」を訓注を付して「アヲヒトクサ」と読ませる。

(1) 是時保食神実已死矣。唯有其神之頂、化為牛馬、顱上生粟、眉上生繭、眼中生稗、腹中生稲、陰生麦及大豆・小豆。天熊人悉取持去而奉進之。于時天照大神喜之曰、是物者則顕見蒼生可食而活之也、乃以粟・稗・麦・豆為陸田種子、以稲為水田種子。又因定天邑君。即以其稲種、始殖于天狭田及長田。其秋垂穎八握莫莫然甚快也。又口裏含繭、便得抽糸。自此始有養蚕之道焉。保食神、此云宇気母知能加微。顕見蒼生、此云宇都志枳阿烏比等久佐。

（是の時に保食神《うけもちのかみ》、実に已に死《みまか》れり。唯し其の神の頂《いただき》に牛馬化為《な》り、顱《ひたひ》の上に粟生《な》り、眉《まよ》の上に繭生り、眼の中に稗生り、腹の中に稲生り、陰《ほと》に麦と大豆《まめ》・小豆《あづき》と生りて有り。天熊人《あめのくまひと》悉《ことごと》に取り持ち去《い》にて奉進《たてまつ》る。時に天照大神喜びて曰はく、「是の物は、顕見蒼生の食ひて活くべきものなり」とのたまひ、乃ち粟・稗・麦・豆を以ちて陸田種子《はたけつもののたね》とし、稲を以ちて水田種子《たなつもののたね》としたまふ。又因りて天邑君《あまのむらきみ》を定む。即ち其の稲種を以ちて、始めて天狭田《あまのさだ》と長田《ながた》とに殖《う》う。其の秋の垂穎《たりほ》、八握《やつかほ》に莫莫然《しな》ひて、甚だ快し。又口の裏《うち》に繭《まよ》を含み、便ち糸を抽《ひ》くこと得たり。此より始めて養蚕《こかひ》の道有り。保食神、此には宇気母知能加微と云ふ。顕見蒼生、此には宇都志枳阿烏比等久佐と云ふ）

（神代紀上第五段一書第十一）

(2)乃称之曰、杉及櫲樟、此両樹者可以為浮宝。檜可以為瑞宮之材。柀可以為顕見蒼生奥津棄戸将臥之具。夫須噉八十木種、皆能播生。

（（スサノヲは）乃ち称《たた》へて曰はく、「杉と櫲樟《くす》と、此の両樹は、以ちて浮宝《うきたから》にすべし。檜《ひ》は、以ちて瑞宮《みづみや》の材にすべし。柀《まき》は、以ちて顕見蒼生の奥津棄戸《おきつすたへ》に将《も》ち臥《ふ》さむ具にすべし。夫れ噉《くら》ふべき八十木種《やそこだね》は、皆能く播き生しつ」とのたまふ）

（神代紀上第八段一書第五）

(3)夫大己貴命与少彦名命戮力一心、経営天下、復為顕見蒼生及畜産、則定其療病之方、又為攘鳥獣・昆虫之災異、則定其禁厭之法。是以百姓至今咸蒙恩頼。

（夫れ大己貴命《おほあなむちのみこと》、少彦名命《すくなひこなのみこと》と力を戮《あは》せ心を一にして、天下を経営《つく》り、復顕見蒼生と畜産《けもの》との為《ため》は、其の病を療《をさ》むる方《のり》を定め、又鳥獣・昆虫の災異《わざはひ》を攘《はら》はむが為は、其の禁厭《まじなひ》の法を定めき。是を以ちて、百姓《おほみたから》今に至るまでに咸恩頼《みなめぐみ》を蒙《かがふ》れり）

（神代紀上第八段一書第六）

いずれも神という存在に対して、露わに姿の見える「うつし」の存在であることを意味する「顕見」を冠する。(1)(2)は神の言葉の中にあるゆえであろう。(3)は、「今」に至るまでの病や鳥獣・昆虫の災異を逃れる方法の起源において、オホアナムチとスクナヒコナが「経営」する「天下」に、神に対して「顕見(うつしき)」ものとして生きるものたちを指している。そして(3)はこの「顕見蒼生」を、「今」の側から「百姓」と言い換えてもいる。(1)や(2)において、アマテラスに耕作すべきものを、スサノヲに利用すべき木材の種類を定められるのも、『紀』の「今」の側から見れば「百姓」と言い換え可能な者どもであったろう。

(3)では「顕見蒼生及畜産」と、「顕見蒼生」が「畜産」と並列されている点に注目されよう。人民や百姓が神々から見て「蒼生」であることは、その草に等しい生命力や数の多さに対する賞賛以上に、「畜産」すなわち飼育される産物としての動物に並ぶ意味において、人は「人である草」であったのではないか。野生の動物ではなく飼育される家畜が病いとなり、「鳥獣・昆虫の災異」を受けるのと同じく、神に庇護され生かされる「蒼生」もまた病となり、「鳥獣・昆虫の災異」を受けるのである。

『記』の「青人草」という言葉は人の生死と病を起源付け、草と人とが置換可能な神話的次元を開く言葉であった。対して、『紀』の「蒼生」は同じ「あをひとくさ」であっても、田畑の作物、伐採加工する材木を神から指定され、畜産物と同様に神に生育される生類たちであった。こうした神々に耕作すべき穀物や伐採加工すべき木材を定められる「人」である「蒼生」こそ、先に引いた金井清一が『記』の「青人草」について指摘していた「神の側から人間を一段低い存在として言う表現」と言ってよい。庇護し、統治し、導くべき、か弱い人は、安閑天皇の「詔」の中の天皇の民である「蒼生」とも結びつく。

ただし『記』の「うつしき青人草」という言葉に近い働きをしているように見える事例もある。

⑷一云、磐長姫恥恨而唾泣之曰、顕見蒼生者如木花之俄遷転当衰去矣。此世人短折之縁也。
（一に云はく、磐長姫《いはながひめ》恥ぢ恨みて、唾《つは》き泣きて曰はく、「顕見蒼生は、木の花の如くに、俄《にはか》に遷転《うつろ》ひて衰去《おとろ》へなむ」といふといふ。此、世人の短折《いのちみじか》き縁なり。）
（神代紀下第九段一書第二）

イハナガヒメが「唾き泣き」という振る舞いをしつつ発話したこの言葉によって、「世人」の命が短くなった、という。「世人」を「唾き泣き」という作法を伴った呪術的な言葉の中で「顕見蒼生＝うつしきあをひとくさ」と呼ぶことで、「人」は「草」と化し、「木の花の如くに、俄に遷転ひて衰去へなむ」という事態が言葉どおりに実現し、それはこの世の人なるものの命が短いことの「縁」すなわち起源となる。しかし、『紀』の中には、「人」と「草」とが置換可能であることの、横溢するエネルギーの発動の側面は描かれていない。⑷が神のかけた呪いの言葉として「今」に至るまで効力を持つには、「顕見蒼生」が「此には宇都志枳阿烏比等久佐と云ふ」という訓注を介して、『記』の表していたような「うつしきあをひとくさ」と「ひとくさ」とが対立し拮抗する次元へ、「うつしきあをひとくさ」と「青み萎え」る竹とが連動する次元へと連なってゆくことが不可欠となろう。

『紀』の「蒼生（アヲヒトクサ＝オホミタカラ）」はあくまでも国家成立以降の「人民＝オホミタカラ」を前提として、その営みの始まりとして、神が人を、草と同等の生育すべき対象として語る「アヲヒトクサ」をも包括する。対して、『記』の「あをひとくさ」は「人」なるものの生命の根源である生死と病の根源を追求する神話的思考に根ざし続けている。

『記』の(A)(B)において、イザナキが命じた桃の実という植物が本来日本列島に自生していなかったことや、「黄泉国」の表記が漢籍に由来すること、(C)のイヅシヲトメ求婚譚が朝鮮半島から渡来したアメノヒボコ神話の中にあることに照らせば、「うつしきあをひとくさ」という語は漢籍語や、半島の神話的言説と無関係に生まれたのではない可能性がある。いくつかの文化が接触する中で「葦原中国」という世界認識が生まれ、そこに生きる人の生死や病の根源が探求される中で人を「草」の一種ととらえる次元が導かれ開かれた、と言えるかもしれない。古層の神話的思考はなにもより時間的に古い、閉鎖的な共同体（というものがあれば、だが）の中に働くものではなく、新しい呪い、新しい祝福のワザの現場で掘り起こされ、更新される。ことに病気治療などに携わる巫者などのワザの担い手たちは、より高度な神話的思考に魅入られてゆくものであったろう。「青草の人」のように「の」で「草」と「人」とを結ぶことすらしない「人草」という語は、古代にあってもかなり異様な語ではなかったか。桃の実のような珍しい渡来植物の薬効を知る、薬草の知にたけたメディスンマンのような人々が出会い、見いだした言葉だったのかもしれないと想像する。

なお、漢籍の「蒼生」には、「顕見」を冠する四字熟語のような「顕見蒼生」は今のところ見つけられない。アマテラス、スサノヲ、オホアナムチ神の言葉として「顕見蒼生」を記し、「此には」と訓注をつけた『紀』も、同時代として『記』の世界観と接していたであろう。しかし『紀』は、漢籍の言説世界と直接切り結ぶことが可能な、『記』とは別種の神話的思考を働かせたのではあるまいか。(6)

4　「わかくさの　つま」

『記』の歌の中に「人草」や「青人草」のように、人と草とを一気に結びつけ、ライフサイクルにおいて同定し、回帰的な植物の生命エネルギーの磁場を開く言葉はあるだろうか。歌は神たちの言葉とは異なって、人と草とが全く異質な、かけ離れた生きものであるということを前提としているように思われる。人と草とは容易には重ならないからこそ、人と草との間で、両者の間を取り持つようにして、歌は歌われるのではないか。「青人草」が人を草に、草を人にたとえる言葉ではないのに対して、「ぬえくさの　め」や「わかくさの　つま」は草と人とを「の」という言葉を介してつなごうとする。

(a)やちほこの　かみのみこと　ぬえくさの　めにしあれば　わがこころ　うらすのとりぞ　いまこそば　わどりにあらめ　のちは　などりにあらむを　いのちは　なしせたまひそ　いしたふや　あまはせづかひ　ことのかたりごとも　こをば……（記3）

(b)ぬばたまの　くろきみけしを……むらどりの　わがむれいなば　ひけとりの　わがひけいなば　なかじとは　なはいふとも　やまとの　ひともとすすき　うなかぶし　ながなかさまく　あさあめの　きりにたたむぞ　わかくさの　つまのみこと　ことのかたりごとも　こをば（記4）

(c)やちほこの　かみのみことや　あがおほくにぬし　なこそは　をにいませば　うちみる　しまのさきざきかきみる　いそのさきおちず　わかくさの　つまもたせらめ　あはもよ　めにしあれば　なをきて　をはなし　なをきて　つまはなし　あやかきの　ふはやがしたに　むしぶすま　にこやがしたに……もながにいをしなせ　とよみき　たてまつらせ（記5）

(a)〜(c)は『記』にのみ見えるヤチホコ神の「神語」（記2〜5）のうちの二首目から四首目。(a)は求婚にやってきたヤチホコ神の歌（記2）に応じ、高志国のヌナカハヒメが自分の家の戸の内側から歌った。(b)はヤチホコ神が適后《おほきさき》のスセリビメの嫉妬にこまって出雲国から倭国へ上ろうと装束をととのえ、まさに出発しようとしたときに歌い、(c)は、(b)を受けたスセリビメが大御酒杯《おほみさかづき》をさしあげながら歌った歌である。(a)の「ぬえくさ」のヌエは「萎《な》え」の母音交替した形とされ、前掲(C)の「詛ひ」に「此の竹の葉の青むが如く、此の竹の葉の萎ゆるが如く、青み萎えよ」とあったように草や葉がしなえ、なよなよとすること。(b)(c)の「わかくさ」は春に芽生えたばかりのみずみずしい草。いずれも草の生命力の特性に関わり、その草の特性を「の」を介して女や、一対となるべき異性のパートナーである「つま」と結びつけている。

ただ、「神語」という歌にして語りでもある言葉の中において、「め」や「つま」が必ずしも人の女や人の夫や妻をさす、とは言えないかもしれない。(a)では、「わがこころ　うらすのとりぞ」と、パートナーを求める浦州の鳥と、人の心とは助詞を介在することなくつなげられ、歌い手の心たる「吾が心」＝「浦州の鳥」であるかのようである。「うらすのとり」のウラには心の意もあり、ココロと同意のウラを介在させることで「わがこころ（はウラだからその浦の州にいる）浦州の鳥だ」と、歌い手の心と「浦州の鳥」とを結びつけているのであろう。ところが続いて「いまこそば　わどり（吾鳥）にあらめ（今はわたしの鳥＝わたしのこころ）」、「のちは　などり（汝鳥）にあらむを（後はあなたの鳥＝あなたのこころ）」ともあって、ここでは歌い手のヌナカハヒメの心は鳥と一体と成っていると見ることができる。「ぬえくさの　めにしあれば　わがこころ　うらすのとりぞ　いまこそば　わどりにあらめ　のちは　などりにあらむを」は、「ぬえくさのめ」であることの「こころ」が、浦州にいる鳥と同体であることを「こころ」から「うら（心）」へ、「うら」から「うらす（浦州）」へ、さらに「うらすのとり」へと、同義の異なる語、同音の異義語を梃子のようにして導いてゆく。こうした(a)の歌における鳥の要素はヤチホコ神の歌（記2）を受けるところからきていよう。末尾句の「いしたふや　あまはせづかひ」とは天を馳せる鳥の使いで、(a)の前に位置するヤチホコ神の歌（記2）の末尾にも同句が登場し、「あまはせづかひ」

はヤチホコ神とヌナカハヒメの間を、歌を伝える鳥の使者として行き来している。「いのちは　なしせたまひそ（命は死なせなさらないでください）」とヌナカハヒメが命乞いしているのは、ヤチホコ神の歌（記2）に「このとりも　うちやめこせね」とあった、夜明けを告げる鳥たちのことである。

遠い高志の国まで太刀・襲衣を装ってやってきて、今はヲトメの寝る板戸の外に立って戸を押したり引いたり揺さぶっている状態の2番歌の中のヤチホコ神自身の姿には鳥の要素は認められないが、ヤチホコ神の歌(b)になると、求婚の旅に出発する際の装いが叙事されている。黒、青、茜色の衣装を次々と羽織って「むなみる」という鳥の仕草をし、飛び立つ鳥さながら「はたたぎ（羽ばたき）」をするのである。(b)に見る求婚の旅の装いの過程は、神が鳥に変身する過程でもあろう。とするなら、鳥装束をまとい、鳥のしぐさをしてきた自分が倭国へと群れ去ったならば、というくだりの「むらどりの　わがむれいなば　ひけとりの　わがひけいなば」の「むらどりの　わ」「ひけとりの　わ」とは「群れ鳥のような」「引け鳥のような」ではなく、「群れ鳥である吾」「引け鳥である吾」の意ととるべきであろう。最もすばらしい鳥装の男神は従者たちを引き連れ、渡り鳥としてこの国からあちらの国へと求婚の旅をするのである。「神語」は人型の神の求婚にまつわる歌というより、女神との歌のやりとりを通して鳥に変身し、求婚の旅をする神の「神語」と言える。[7] 鳥の装いをして、つまりは鳥と成ってやってきて、また去ってゆく男神に対して、飛来する鳥を迎える側の(a)「ぬえくさの　め」は、空を行く鳥ではなくて「うらすのとり」だというのであった。

鳥と化して羽ばたき、群れ飛び立とうとする(b)の男神は、自分を見送らざるをえない女の側、正妻のスセリビメに向かって「……なかじとは　なはいふとも　やまとの　ひともとすすき　うなかぶし　ながなかさまく」と歌う。「なはいふとも」「ながなかさまく」の「な」は歌いかけている相手であるスセリビメである。しかし、「うなかぶし」という動作は、朝霧を受け穂首を垂れて立つ植物「山本の一本芒」と、首を垂れて泣いている女とに共通した動作として両者を結びつけており、「ながなかさまく」の「な」は女であり、一本のススキでもあろう。続く「あさあめの　きりにたた（朝天の霧に立）」つは、女が泣くことの嘆きの息ないし涙が霧となって立つの意とされるが、同時に、嘆く女の姿に重なる一本のススキが霧を身に受けてうなだれて立つさまでもあろう。(b)はこの地に残す女に向かって歌いつつ、この地の一本の植物にも向かって歌う形をとってゆく。人と草との関係という視点からいえば、女は末尾まで歌われてようやく一本のススキでもある存在、人であり草でもありうる存在と成り、最後には「わかくさの　つまのみこと」と呼びかけられることになるのだろう。

(b)歌の言葉の展開に沿って考えるならば、「わかくさの」の「の」は、「のような」という比喩の意に限定されない。通常は「……のような」でとられているが、歌の言葉の中には「の」を「……のように」に限定づける条件は何もない。「……の」を比喩と解釈するのは、生あるものとして草と人とは異なる存在だとする日常的な思考にすぎない。「ぬえくさの　め」(a)、「むらどりの　わ」「ひけとりの　わ」(b)とともに、「……であるところの」の意にとることも十分可能であろう。歌の言葉の中の「の」は、鳥や草と人とを媒介し、同じ存在として結びつける。その結びつきが弱くなる、日常的な言語の世界から見れば「ぬえくさの　め」「わかくさの　つま」「むらどりの　わ」などの「の」は実際には異なるのだが似ている、という論理が介在し、「のような」の意となるのである。

(b)を受ける(c)のスセリビメの歌は、飛ぶ鳥である男神を「おほくにぬし（大国主）」という偉大なる国々の主であり、「を（男）」である存在と規定したうえで、そうであればこそ島や磯の崎々を経巡りその地ごとにパートナーを持つ、と歌う。そして大国主たる男神が国ごと、土地ごとに持っているであろう妻を「わかくさのつま」と呼ぶ。草は春の芽吹きの若々しい生命力を持つが、国々を移動する鳥とは対照的に、その土地を移動することなく、生育する土地と深く結びついているのであった。到来する神が見いだす在地の女こそ「わかくさの　つま」、すなわち「わかくさ」である「つま」なのである。
道を行く男から見た植物は、植物の瑞々しい状態を歌うことを介して女に重ねられる。

(d)いざこども　のびるつみに　ひるつみに　わがゆくみちの　かぐはし　はなたちばなは　ほつえは　とりゐがらし　しづえは　ひととりがらし　みつぐりの　なかつえの　ほつもり　あからをとめを　いざささばよらしな
（記43）

応神天皇が太子のオホサザキに日向国のカミナガヒメを与えるときの歌（『紀』にも類同歌がある）。男の側は道を行き、道において花橘と出会う。「わがゆくみちの　かぐはし　はなたちばな」は、まだヲトメそのものではない。が、「ほつもり　あから」という状態、今にも花を開きそうな生命力に溢れた「ほ」（先端）の部分たるつぼみの状態を介して、ヲトメの状態と結びつける。「ほつもり　あから」は花橘であり、ヲトメでもある。見いだした「ほつもり　あから」を、見いだしたものの中で最も力に満ちたものに化すために、「ほつえは……しづえは……みつぐりの　なかつえの」の部分があると考えられる。

中の「ほつもり　あから」の対極にあるのが上下の「からし（枯らし）」た状態である。指摘されてきたように、上はだめ、下もだめ、中こそが、と最後に提示するものを最もほめたたえる歌の様式にのっとる(8)。花を枯らしてしまうのは「ひと（人）」であったり、「鳥（人）」であったり。ヲトメと花橘とを交換可能な存在とみなしてゆく歌の言葉にとって、花＝ヲトメの生命エネルギーを枯らしてしまう存在は「ひと」であれ「鳥」であれ、交換可能なのである。むろん、ヲトメと花橘とは日常的な言語認識の中では容易には結びつかないからこそ、歌の言葉があろう。結びつけるつなぎの部分を、様式をふんで、丁寧に歌うのである。

花橘の生育場所が「のびるつみに　ひるつみに　わがゆくみち（野蒜摘みに蒜摘みに吾が行く道）」という限定を受けているところにも注目したい。植物は「行く」行為をせず、移動しないが、そうであればこそ、根ざしている土地や場所の固有性に強く結びついているると考えられているのではないだろうか。

5　植物的生命力のよってきたるところ

(A)「葦原中国に所有る、うつしき青人草」、(B)「汝が国の人草」と、人が「青人草」「人草」であるのは、黄泉国でも高天原でもない「葦」の生い茂る生命力にあふれた世界、「葦原中国」の生きものであればこそである。歌の中で女と重ねられようとしている植物も、地名や特定の場所とともに歌われることが多い。

(e)やたの　ひともとすげは　こもたず　たちかあれなむ　あたらすがはら
ことをこそ　すげはらといはめ　あたらすがしめ　（記64）

やたの　ひともとすげは　ひとりをりとも
おほきみし　よしときこさば　ひとりをりとも　（記65）

(e)の記64は仁徳天皇がヤタノワカイラツメを恋い、賜い遣った「御歌」、記65はイラツメの「答歌」。この仁徳とヤタノワカイラツメとの歌のやりとりは『紀』（「矢田皇女」）にはない。「ひともとすげ（一本菅）」は「やた（八田）」というイラツメの出身地とおぼしき地に一つの根から一本だけ生えている菅である。普通、菅は一つの根から何本か生えるが、根から生えるひこ生えがない、すなわち「こ（子）」がなく、一本だけ生えている菅である、とする新編日本古典文学全集の頭注に従える。「御歌」は、ひこ生えがないから一本が枯れてしまうとそのまま立ち枯れてしまうだろうとし、一本菅が生える菅原全体を「あたら（惜たら）すがはら」と惜しむ。そのうえで、後半「ことをこそ　すげはらといはめ（言をこそ菅原と言はめ）　あたらすがしめ」で、実は惜しんでいるのは植物の菅ではなくて、同じ「すが」でもすがすがしい女であると、一気にイラツメと菅とを重ねる。

「ことをこそ……」について土橋寛は、「……我が畳ゆめ　言をこそ畳と言はめ　我が妻はゆめ」（記85）や後世の「民謡」の歌詞を引いて「景物を提示した後、陳思へ転換する時の慣用句」であり、歌謡の「転換形式」の一つと指摘している。(9) 菅と女と、重なりようのないものを重ねるとき、歌に特有の様式が発動していることに注意される。歌の言葉の様式が、まったく異質な二者の間に厳然と横たわる境界を飛び越えさせる。加えて、ここではスゲを「原」に結びつけたときの「スガ原」のスガと、女の清らかなことを形容する「清《すが》し」のスガと、同音にして異義の言葉の音が、八田の地の菅と女とを重ねる梃子となっている。歌の様式と言葉の音の共通性とによってはじめて、「こもたず　たちか　あれなむ（子持たず立ちか枯れなむ）」という一本菅ならではの植物の生態が、子を出生しないまま老いて死んでゆくであろうヤタノワカイラツメの生に重なるのである。仮に、一本菅とヤタノワカイラツメとを、歌の言葉ではなく「八田若郎女は八田一本菅の子持たず立ち枯れなむごとく立ち枯れなむ」といった詞章で結びつけてしまったら、(C)の「詛ひ」のようになってしまうだろう。

記64が「やたの　ひともとすげは　こもたず……」と歌いかけたのに応じる記65は、「やたの　ひともとすげは　ひとりをりとも……」と、冒頭から植物の菅に対して「一人」と、人に対するのと同じ呼び方をする。記65の歌い手は、記64を受けるとき、一本菅を歌う歌い手であり、かつ菅でもありうる境域から歌い始めるのである。むろん、「ひともと」の「ヒト」と、「ひとり」の「ヒト」との音が重なるということを媒介として、「ひともとすげ」が「ひとり」と歌いかえられるのであろう。とはいえ、「やたの　ひともとすげ」が菅であり、同時に歌い手自身でもありうる65歌は、あくまでも天皇の「御歌」に対する「答歌」として、「おほきみ」に向かってのみ歌うことの可能な歌と考えられる。

そして、二首を貫いて、ヤタノワカイラツメと一本菅とに共通するのは「八田」という地に「立つ」という点である。外からやってきた「おほきみ」にとっては八田の地の菅は女であり、女は菅であるという位相が、あくまでも歌い合うことを通して導かれようとしているのである。

(f)みもろの　いつかしがもと　【景物の提示】
かしがもと　ゆゆしきかも　かしはらをとめ　【人事の叙述】　（記91）

ひけたの　わかくるすばら　【景物の提示】
わかくへに　ゐねてましもの　おいにけるかも　【人事の叙述】　（記92）

(g)みもろに　つくやたまかき　【景物の提示】
つきあまし　たにかもよらむ　かみのみやひと　【人事の叙述】　（記93）

くさかえの　いりえのはちす　【景物の提示】
はなばちす　みのさかりびと　ともしきろかも　【人事の叙述】　（記94）

『記』にのみ見える雄略天皇とヒケタベノアカヰコにまつわる説話の中の二例（【 】内は土橋寛による）。(f)は説話文によれば「夫《を》に嫁《あ》はずあれ。今喚《め》してむ」という天皇の言葉に従って天皇を待ち続けたアカヰコが八十年の後、天皇のもとに自ら参上したとき、天皇がアカヰコに賜った「御歌」二首。(g)はその「大御歌」に「答へて歌ひて曰く」のアカヰコの歌二首である。

　土橋寛は四首ともにはじめの二句が「景物の提示」、あとの三句が「人事の叙述」という構成の歌であり、いずれも第二句を第三句で繰り返す「尻取式繰り返し」の形とする。(f)の記91と(g)の記94とは、第三句が第二句目をほぼそのまま繰り返す「尻取式繰返しの原初的な形」で、第四句の「説明」（「ゆゆしき」「みのさかり」）を介して人事へと「転換」する。(f)の記92は「わか（若）」だけを繰り返す「同音の繰返し」、(g)の記93は「つき（築き）」を「つき（斎き）」に転換させる「同音異義の繰返し」で、この二首は万葉歌にも見られる「序詞の形式」となっているという。(10)土橋の指摘する明確な様式性は、草木と人との関係という観点からは結びつけがたい、人と人ならざる生きものとを結びつけるために働いていると考えられる。

　そのうえで、(f)の記91では「をとめ」が最終句において「かしはらをとめ（白樫原をとめ）」と呼ばれていることに注目される。「かしはら」は樫の生える原で、ハラは「葦原」「天原」「海原」「河原」など、広大な場所をさす。樫が生えていることが、他の原とこの原とを区別し、この原にとっての固有性であるとき、「かしはらをとめ」は場所の呼び名をもって、他のどの地の女でもない特定のヲトメを呼ぶ語であった。場所の名と人とは、比喩的な関係も、「わかくさの」のような「の（……である）」も介さずに、直接結びつくことができるようである。「かしはらをとめ」は土地と人とを圧縮して結びつける語句であり、この歌は歌いかける女を「かしはらをとめ」と名づけているとも言えよう。「みもろ」の地にある「いつかしがもと」という特定の地点が、霊力の強い場所であるがゆえに近寄りがたい（「忌々しきかも」）と歌って、その樫原が「ゆゆしきかも」であることを共通項（梃子）として、ヲトメと樫原とが一体化し、ヲトメが「かしはらをとめ」と成るのである。

説話文では、美和河のほとりで衣を洗う「童女」は天皇に名を問われてヒケタベノアカヰコと氏族名とともに名乗り、以降一貫して「赤猪子《あかゐこ》」と称されている。ところが、記91の歌の中では、女はある氏族の女ではなく、聖なる樫の木を介してその木が根づく土地そのものであるヲトメたる「かしはらをとめ」と化すのである。そこに生える樹木とそこに生きるヲトメとを、一体のものとして歌いなすことで、天皇はヲトメをほめているにもかかわらず、説話文は歌の後もアカヰコを「かしはらをとめ」とは呼ばない。歌の言葉の開く、女と植物とが一体化するという神話的な磁場は、説話文に対しては異質なものとしてあり続けていると考えられる。

(f)の二首目、記92の「ひけたの　わかくるすばら（引田の若栗栖原）」は、土橋の指摘のように、たしかに万葉歌の序詞と同じく「わか（若）」という言葉を導くだけのようでもある。しかし、『記』の説話文とのつながりでは、「引田」といえばアカヰコの氏族名であると同時に出身地である。その場所の、若々しい生命力に満ちた栗の生える原、とは記91ですでに土地と一体化されたヲトメのこと、と受け止めることが可能である。「わか」の語を介して続く「わかくへに　ゐねてましもの（若くへに率寝てましもの）」とは、若いときにヲトメを率いて共寝をしてしまえばよかった、の意であり、上句と重ねられた歌の言葉としては、「わかくるすばら」そのものを率いて共寝をしてしまえばよかった、の意ともとれる。歌を離れた現実としては、引田の若栗栖原がそのヲトメとの伴寝の地であったろうか。しかし歌は、土地のヲトメと伴寝することは、その土地と伴寝することでもあるかのように歌う。

これに答える(g)の記93では、記91の「みもろの　いつかしがもと」を「みもろに　つくやたまかき」と、大《おほみわ》神社に築いた聖なる境界に歌いかえて受ける。霊力の強い白樫とは神をいつき守る垣であるばかりでなく、聖なる域を他と区別する樹木として土地の人々が認識するものにほかならず、その植物によって神の降臨する場所は神聖な力の場となるのである。「築《つ》く」を「付く」の意に転換することで、樹木が成す垣と御諸の神に仕える宮人であるアカヰコとが重ねられる。(g)の二首目、記94になると、突如、河内国の「くさかえ」が歌われるが、河内の日下は天皇の大后、ワカクサカベノミコの出身地である。若く盛りに咲く蓮花は、豊かな蓮の実のみのりも約束するものであり、「みのさかり（実の盛り）」と続く。これを「身の盛り」に言語音によって転換し、記92の天皇の「老いにけるかも」を受け、老いてしまった自分（アカヰコ）に対していつまでも若々しい「身の盛り人」たる大后を「ともしきろかも」と賞賛するのである。后とアカヰコとが、歌の中では「日下江の入り江の蓮」と「御諸の厳白樫」（御諸の「玉垣」）との関係、若々しく豊かな実をつけるであろう蓮の花と、聖なるものに近いがゆえにゆゆしく、老いた白樫の木との関係として描き出される。

菅、樫や栗や蓮といった草木は、それらが生えている場所とともに歌われるとき、その場所に生きる女と重ねようとされる。草木は、歌の中では特定の場所とともにあることで、他のどの場所の菅や樫や栗や蓮とも異なった固有な草木となろう。一方、説話文にはそれらの地にその植物が生えていることは一切登場しない。八田や御諸や引田や日下江も、特定の植物が茂る霊力にあふれた地として歌の言葉の中ではじめて個別化されるのである。地に生える植物は、それぞれの土地の、地霊の力のエッセンスを幹や枝や葉や花としているということであろう。

歌はなぜ天皇に求婚されるヲトメたちを、土地と、さらには土地の植物と重ねようとするのだろうか。天皇が求婚するヲトメたちには外見的な個別性がほとんどなく、むしろ一様に「其の容姿、甚麗し」「其の形姿、美麗」「麗しき美人」とされるのみである。歌にヲトメを歌うことで、女は場所の名を負い、さらに場所の霊力を一身に担う植物としてはじめて個別化・識別化されることになろう。その土地の名を名指し、その地の草木の生命力をほめることが、他のどの女でもなくその女をほめることであり、さらに歌い手がその女の固有性を獲得することにもつながる。植物と人とが一体化した状態というのは、土地の神話的位相、いわば神話的本質を露わにすることだからであろう。歌の様式性や歌の言葉の同音異義による「転換」の働きじたいには、「詛ひ」にもつながる、強く、恐ろしい力があると言い換えることもできる。だからこそ『記』の説話文は、女と植物とを一体化しようとする歌を「御歌」に位置づける。女の側はあくまでも「御歌」を受けて自らと草木とを同一視する歌を歌う。歌における植物と人（女）との関係には、女を獲得することは女の出身地を獲得することであるという王権にとっての神話的論理が凝縮してもいるのである。

『記』の中には、草木と人とに関する神話的思考が発動し、草木と人とが置換可能な位相を開こうとするポイントのようなものが抱え込まれているように思われる。その一つが、呪詛や生命の起源に関わるくだりであり、また、歌が歌われるときであることを見てきた。歌は説話の流れの中に位置するが、説話文とは別種の神話的位相をも露わにする。

草木と人との関係から『記』歌謡を見るとき、女ではなく、椿の葉の「広」く「照」ることからオホキミやヒノミコをほめる歌を見いだせる。歌における椿とオホキミとの関係については、次の章で論じたい。

（1）三浦佑之『神話と歴史叙述』若草書房、一九九八、同『古事記講義』文芸春秋、二〇〇三など。
（2）西郷信綱『古事記注釈』五、ちくま学芸文庫、二〇〇六。
（3）金井清一「古事記におけるスサノヲの立ち位置」『論集上代文学』三四、二〇一二。
（4）西郷信綱『古事記注釈』一、ちくま学芸文庫、二〇〇五。
（5）新編日本古典文学全集『日本書紀』頭注。
（6）『紀』の神話的思考について論じたものに、山田純「「鷦鷯」という名の天皇——鳥名と易姓革命」『日本文学』五七—二、二〇〇八がある。

（7）本書Ⅰ―2参照のこと。
（8）土橋寛『古代歌謡注釈　古事記編』角川書店、一九七二。
（9）注8に同じ。
（10）注8に同じ。

2　椿はオホキミ・オホキミは椿

歌う女神としてのイハノヒメ

1　イハノヒメは歌う

『古事記』の仁徳天皇の大后イハノヒメノ命は豊楽《とよのあかり》のために木の国へ御綱柏《みつながしは》を採りに行くが、天皇が八田若郎《やたのわかいら》女《つめ》と婚したと聞き、難波の高津宮へは入らずに堀江を遡る。

於是、大后、大恨怒、載其御船之御綱柏者、悉投棄於海。故、号其地謂御津前也。即不入坐宮而、引避其御船、泝於堀江、随河而上幸山代。此時、歌曰、

つぎねふや　やましろがはを　かはのぼり　わがのぼれば　かはのへに　おひだてる　さしぶを　さしぶ
のき　しがしたに　おひだてる　はびろ　ゆつまつばき　しがはなの　てりいまし　しがはの　ひろりい
ますは　おほきみろかも　（記57）

即、自山代廻、到坐那良山口、歌曰、

つぎねふや　やましろがはを　みやのぼり　わがのぼれば　あをによし　ならをすぎ　をだて　やまとを

すぎ　わがみがほしくには　かつらぎ　たかみや　わぎへのあたり　（記58）

如此歌而還、暫入坐筒木韓人、名奴理能美之家也。

河を遡りながら歌ったという一首目は、難波の宮から遠ざかりつつも歌で天皇への賛美が変わらぬことを示し、奈良山口での二首目は、出身地の葛城をほめ、望郷の思いを鎮める。二首によって大后には「天皇を受け入れる気持ちが心底にある」[1]ことが描かれる。通説ではおよそ以上のようにとらえられていよう。

とはいえ、歌は『記』の中で歌い手の思いを表す機能のみを担うわけではあるまい。漢字一字で一つの言語音を表す方法で書き記された歌は、『記』の中に説話文の言説とは異質な文字列としてある。文脈の中に、歌うという行為をともなった歌の言葉の開く、別の次元が呼び込まれているのだとすれば[2]、あらためて、二首の思い（賛意）を導く叙事の部分に注目されよう。

二首の表現はともに、道行きの果てに見いだしたものを最高のものとしてほめる、「巡行叙事」の様式[3]にのっとっていると考えられる。古橋信孝による「巡行叙事」とは、神が各地を巡行する途上で見いだした対象を、起源の時に神が見いだした、最高にすばらしいものとしてほめる歌の様式である。道を行く表現様式は、歌をささえ、歌にほめる力を与える。見いだされたものが何であれ、様式としては「神に見いだされたもの」であることにおいて意味がある。

ただし『記』の中で登場人物たちが歌うとき、彼らは「歌ふ」という特殊な言語行動をとっていると考えられる。古代の「歌ふ」は、「舞ふ」という身体の動作とともにあったらしいことは、『記』の「酒楽歌」（記39、40）の「御歌」と「答歌」との対応関係からもうかがえた。「酒楽歌」二首によれば、神が「くるほし」「もとほす」状態、すなわち神がタマ（霊）を引っ張り、人の身体をくるくると廻らせ、人ならざるものの動きをさせていることを、人の側から見ると「うたふ」「まふ」であった。(4)『記』の歌い手としての登場人物たちも、歌うことでそうした異常な心身の状態にあり、歌の中で、説話文の語る出来事とは異なるもう一つの出来事を体験するのではないだろうか。イハノヒメが「つぎねふや……」と歌うとき、説話文の中に、また、歌い手となったイハノヒメに何が起こっているのだろうか。

本章では、歌う行為や歌の言葉を『記』の中に異質な言語的次元を導く言説として読む試みとして、(5)仁徳天皇の大后たるイハノヒメの二首（記57、58）、およびこの二首と密接に関係すると思われる仁徳天皇の「やましろ」関係の歌を再考する。

2　オホキミの生命

イハノヒメの歌の一首目、後半は椿とオホキミとを重ねてオホキミをほめていると思われる。同様に、椿とヒノミコを重ねる「大后」の歌に雄略天皇条の「天語歌」があろう。

又、天皇、坐長谷之百枝槻下、為豊楽之時……爾、大后、歌。其歌曰、

やまとの　このたけちに　こだかる　いちのつかさ　にひなへやに　おひだてる　はびろ　ゆつまつば
き　そがはの　ひろりいまし　そのはなの　てりいます　たかひかる　ひのみこに　とよみき　たてまつ
らせ　ことの　かたりごとも　こをば　（記100）

土橋寛によればイハノヒメの記57も、雄略の大后の記100も、花や葉（「景物に関する叙述」）を、オホキミやヒ

ノミコ（「人事に関する叙述」）へと、両者に共通する「てり」「ひろり」という叙述を「掛詞」として「転換」する。掛詞による転換は、「如く」や「なす」が類似の関係で景物と人事とをつなぐ「譬喩的関係」をつくるのに対して、景物と人事とを「融即的」な関係、「生命的連繫」の関係で「内面的に繫」ぎ、「コトバで繫ぐことによって、それを実在化」する表現であるという。(6) 樹木と人という異質なものどうしが、植物的な生のエネルギーにおいて交感し合うという次元を、「掛詞」という歌の言葉のしくみが開くことの指摘と思われる。

居駒永幸は土橋説をふまえ、「ゆつまつばき」とオホキミやヒノミコとをつないでいるのは「神の寄り憑く樹木の生命力・呪力を「大君」の姿に幻想するという古代的な思考法」であるとし、その根底には「木は大君である」とする、人間が木に抱く「〈同類共感〉」があるとする。(7) 異類どうしである人と樹木とが、あるいては「同類」であると「共感」されるという神話的思考(8)が、歌表現の中にうかがえるというのである。ただし、それは単に「古代的な思考法」であるのではなく、古代においても、歌表現こそが生起させるものと考えられる。また登場人物は、説話文の中で歌うことで神話的な思考の働く磁場に立つのではないだろうか。

記57も記100も、常緑の椿の葉の広びろとしているところや、赤い花の照り映えに発現する旺盛な生命力と、オホキミやヒノミコの生命とを歌うことによって結びつけ、椿と人とを両者の生命エネルギーにおいて同一化しようとしている。そうであるのなら、神話的思考が働く表現としては、「しがはなの」「しがはの」（記57）や「そがはの」「そのはなの」（記100）の「の」は、比喩表現の「のように」ではなく、主格を表す「の」と見るべきであろう。

葉が「ひろりいまし」、花が「てりいます」と、まずは生い立つ「ゆつまつばき」が河辺に「います」こと、尊い存在者そのものであることを歌う。そして、椿が「います（存在していらっしゃる）」ことを、「……います」は　おほきみろかも」（記57）、「……います　たかひかる　ひのみこ」（記100）と、下の句への続きにおいて一挙に人であるオオキミやヒノミコと重ねる。ここに「ひろりいます」「てりいます」が植物の状態も人の状態も包括的に名ざしうるという事態が、生起しているのである。

説話文には、山代の地の河辺にも、宴を行う場にも、椿の木が立っていることは一切語られない。「ひろりいまし」「てりいます」椿と、オオキミやヒノミコとが合一し、「生命的連繫」（前掲、土橋）において両者が融合した存在者が生い立つありさまは、仮にそれが説話文の言説世界に屹立するとしたら、あまりにも異様な光景であろう。説話文の言説世界では椿は椿であり、人は人であり、両者が混融することはありえない。しかし、説話中にあって歌の言葉を体験しつつある者にとっては、植物と王たるべき人とは融合しうるのである。説話文の言葉の世界と歌の時空とは次元の異なるものであったことが、あらためて確認される。

歌われてきた果てに椿はオオキミであり、オオキミは椿であるという両者が融け合う次元が開かれるのだと考えられる。その歌の前半部については、記57と記100では異なっている。

記100の歌は、「やまとの　このたけちに　こだかる　いちのつかさ」と、雄略が新嘗の豊楽を行っている長谷の地を、大和という長谷より広域をさしうる地名をもってきて、かつ、大和の小高い、市の開かれる場に歌い成す。宴の場を市に見立てる意義については、雄略の「色ごのみ」の大王像と結びつける論がある。(9) 100番歌は物と女が交換される場であり、かつ男女の出会いの場でもある市に立ち、(10) 市を占有する王として、雄略をほめたたえるのである。

大王的な存在と椿とを重ねる行為自体は、イハノヒメの歌が『記』の中では先行しており、雄略の大后による記100は仁徳の大后による記57のオオキミぼめをふまえるものと考えられる。雄略の大后・若日下部王は仁徳の皇女（母は髪長比売）でもあった。また仁徳も、吉野の国主の歌（記47）や建内宿禰の歌（記72）においてはヒノミコ、タカヒカルヒノミコと歌われている。記100は雄略を、単に市の占有者たる王と歌い成すのみならず、タカヒカルヒノミコでもある者として、「天照大御神の子孫という神話的な称え名[11]」でもってたたえ、仁徳のようなヒノミコたるものの系譜の中に連ねようとするのである。それは雄略を仁徳と同じように地に根ざす、椿の植物的生命力と一体化したオホキミ＝椿と化すことでもあった。

一方、記57の椿は、山代河をさかのぼる途上で見いだされる。前述したように、巡行の途上で見いだしたものを最高にほめる「巡行叙事」の様式にのっとるが、様式はここでは椿＝オホキミという神話的思考の場を切り開く力として働いていよう。椿と人との間の区別を取り払い、両者を合一するのは、土橋が「掛詞」とした「てり」「ひろり」だけではない。前半の「巡行叙事」は、歌い手を神話的世界の方へと導く重要な働きをしているだろう。注目されるのは、巡行を歌うのがイハノヒメという女である点である。『記』の説話文や歌の中で巡行の途上すばらしい異性に出会い、相手をほめたたえ、求婚するのは、イハノヒメ以外は、天孫ニニギノミコトをはじめとして、初代神武、また応神、仁徳、雄略といった「色好み[12]」の大王たちではなかったか。

3　土地を巡行する

たとえば応神は木旗村の道衢で麗美な嬢子に出会い、丸邇之比布礼能意富美《わにのひふれのおほみ》の娘・宮主矢河枝比売《みやぬしやかはえひめ》という名を聞き出し、結婚の約束をする。翌日、女の父の家で大御饗を奉った際には「このかにや　いづくのかに……」（記42）の「御歌」を歌うが、歌の中でも「……しなだゆふ　ささなみぢを　すくすくと　わがいませばや　こはたのみちに　あはししをとめ……」と、ヲトメとの出会いが起こり、歌の直後に「御合」（結婚）と出産がかたられる。説話文は女については木幡の「道衢《ちまた》」にいたこと、「宮主」であること、「美麗」であることを示すのみだが、歌の中で今はじめて出会ったヲトメは後ろ姿、歯並み、特別な染料で描いた眉と、叙事されてゆく。その姿は蟹男（神）と一対となるべき蟹女（神）とも、木幡の衢での祭祀を司る女性祭主の出で立ちであるとも指摘されている(13)。いずれにしろ、歌の中で見いだされた女は他のどの美しい女とも異なる唯一の、神話的次元における異様な姿と化して立ち現れるのである。

また同じく応神が召した髪長《かみなが》比売《ひめ》についても、説話文では「其顔容麗美」の噂を「聞」くのみで、出会いは語られない。髪長比売を太子大雀《おほさざき》に賜う豊明《とよのあかり》の場で、髪長比売に「大御酒柏《おほみきのかしは》」をとらせて歌った天皇の「御歌」には、「巡行叙事」が見える。

いざこども　のびるつみに　ひるつみに　わがゆくみちの　かぐはし　はなたちばなは　ほつえは　とりゐ
がらし　しづえは　ひととりがらし　みつぐりの　なかつえの　ほつもり　あからをとめを　いざささば
よらしな　（記43）

前半は、「巡行叙事」の途上で見いだしたものとして花橘をほめ、後半は前章でも見たように、その花橘の中でも、上下はだめで中をとるという様式にのっとって中つ枝を最もすばらしいものとする。そして中つ枝の「ほつもり　あから」という状態が「をとめ」へと結びつけられる。

末尾句「いざささば　よらしな」のイザササバについては、誘う意の「イザス」の未然形に尊敬の意の「ス」のついたもの（相磯貞三『記紀歌謡全註解』、新編日本古典文学全集など）という説もあるが、誘う意の「イザ」に頭髪などに挿す意の「挿す（刺す）」の未然形がつき、「さあ挿すがいいだろう」の意とする（武田祐吉『記紀歌謡全講』、土橋寛『古代歌謡全注釈』）のがよいと思われる。ただし、「さす」は髪に「挿す」意に限定されるわけではあるまい。記57で椿とオホキミとの融合したいわばハイブリッドな存在が実現したように、この歌においても花橘とヲトメとは「ほつもり　あから」という両者の生命のあり方においてこそ合一し、続く「いざささば」の「さす」は、花橘の中つ枝を髪などに挿すことと、ヲトメを「刺す」こととが二重化していよう。杭など棒状のものを「刺す」ことは、記44の「みずたまる　よさみのいけの　ゐぐひうちが　さしけるしらに……」にもあるように、女を占有する意ともなる。

　巡行する神の目が見る「ほつもり　あからをとめを　いざささば　よらしな」とは、ヲトメと花橘とが存在において重なり、花橘は花橘でありつつ「あからをとめ」であり、ヲトメはヲトメでありつつ花橘でもある事態の生起であった。「さす」は、この神話的思考の発動する場では、言葉の意味が分化し限定化する以前の状態にあり、「挿す」でも「刺す」でもありうるのである。髪長比売はこの歌によって、巡行する神の位置にある王に「みち」で見いだされた「「あから」の花橘の枝である「をとめ」」という固有な存在者と成ることができる。

　歌い手が行く道の地名は、歌には登場しないが、説話文と対応させれば「日向国」であろうか。説話文では天皇は女の土地まで出向いていない。しかし、歌の中の天皇はヲトメの土地まで巡行し、その土地に根ざし立つ植物＝ヲトメを獲得する神そのままに振る舞うのである。「ほ」の部分に赤々（明々）と照り映える生命力が集約した花橘の枝を、神（王）の身が挿す（刺す）ことで、神（王）の身体にもその命の力が与えられ、神（王）は花橘＝ヲトメを通して土地の霊力をも身につける。その神（王）の位置が、最後に「いざ……よらしな」と太子に譲り渡されることになるのだが、花橘＝ヲトメの占有が土地の力の最も凝縮した部分を占有する、という「色ごのみ」の王の神話的論理が、歌の中にこそ存分に表されていることがうかがえる。[14] 歌の中の巡行は、説話文の天皇の行動とは齟齬をきたしているとも言えようが、『記』は応神天皇の歌の中での行動を説話文とは次元が異なるものとして、異なるままに抱え込んでいるのである。

　こうした巡行する王ないし神の位置に、記57を歌うイハノヒメは立つ。女が巡行するというのは異例であるが、それは、他の天皇の妻たち、髪長比売や矢河枝比売たちと同じく各地の豪族の娘の一人にすぎないイハノヒメが、歌を歌うことで一つの土地のみを名に負う他の女たちとは異なる「巡行する女神」の位相を身に帯びることではなかったか。

4 「大恨怒」の力

説話文の語る、「嫉妬」し、「怒」し、「大忿」する大后像は、歌うことで巡行する神と成るイハノヒメと対応していると考えられる。

「故、天皇所使之妾者、不得臨宮中。言立者、足母阿賀迦邇嫉妬」とあるイハノヒメの嫉妬は、個人的な感情ではなく、他氏から差し出される天皇の妾たちを排除する力としてであろう。[15]「嫉妬」するのは他には八千矛神の嫡后・須勢理毘売《すせりびめ》だけであることから、「嫉妬」は『記』においては神のものであり、他氏の女や皇女と婚する天皇に向けられたイハノヒメの「大忿」や「大恨怒」も、神にも等しい威力の発現であったと指摘される。[16]確かに「大忿」するのは、他には伊耶那岐《いざなき》命、息長帯日売《おきながたらしひめ》が「帰神」した神、雄略天皇に限られている。荒ぶる神たる須佐之男を神ヤラヒし、仲哀天皇に死をもたらし、即座に百官に矢をつがえさせるなど、「大忿」する者は即座に、相手を死や異世界へと追いやるエネルギーの爆発・暴発を生起することができるのである。

「怒」の事例には、神の他に「猪」が含まれているが、「怒」する猪とは山の神[17]ないし精霊が動物の姿をとった（猪の衣をまとった）ものであろう。なかでも注目されるのは、雄略天皇条において、葛城山に登った雄略が鳴鏑矢で射た「大猪」が「怒」して、うなりながら近づき（「怒而、宇多岐依来」）、天皇は猪の「宇多岐」を畏れ木に登ったという事例である。天皇が歌った歌には「やすみしし　わがおほきみの　あそばしし　ししの　やみしし

の　うたき　かしこみ……」（記97）とある。本書I―3でも述べたように、葛城山に属する偉大なる動物が手負いとなり、矢を放った者に向けて発した「怒」の力は、「うたく」状態をよりつかせるのであった。「病」んだことで、猪としての身体の外に、こちら側が畏れを抱き「かしこむ」しかない強力なエネルギーが放出されてしまったのである。「うたき」は通常「うなりながら」などと訳されるが、畏るべき「怒」のエネルギーの放出をしている状態と解される。

藤井貞和は、この「うたく」を含む「うたた」「うただのし」「うたかき」など、「うた」を冠する語をたどり、「うた」が「集団的にであろうと、個人的にであろうと、ふと何かにとり憑かれ、われがわれであらぬような非理性的な気持ちになる状態」に冠せられる語であったとし、歌なるものはそうした「非言語的」な「うた状態」から発生してきたであろうと論じる[18]。葛城山の「大猪」も、「われがわれであらぬ」ような状態になっている、猪でありながら猪でない状態と化したと言えよう。「怒」を発動する者が猪であれ、天皇であれ、「怒」はそうした身体の外観上の相違を取り払い、容易には統御のきかない力の発現する磁場を開くのである。

雄略天皇を畏れさせた「大猪」と同じ土地・葛城を出身地とするイハノヒメの「大恨怒」も、「うた状態」に連なるものであったとおぼしい。それは御綱柏を「悉投棄於海《ことごとくうみになげう》」つという宮中の祭祀権の放棄を引き起こし[19]、さらに二首の歌を「歌ふ」という振る舞いを引き起こす。葛城山の「大猪」は「うたき」と化したが、葛城出身の大后は歌う。歌う行為の動力源が、向かう相手の即座の死や、世界からの追放、我を忘れた野生の殺戮衝動など、生命を奪う力の源に等しかったことがうかがえる。そうでありつつ、またそうであればこそ、歌は、言葉の様式によって統御し難いエネルギーを統御して神が巡行する動力に変換し、歌いかける相手に生命力を付与する方向へと大きく反転するのであろう。

イハノヒメの二首目（記58）の「巡行叙事」では、奈良、大和と土地の名が列挙されてゆく。再度歌を引用する。

つぎねふや　やましろがはを　みやのぼり　わがのぼれば　あをによし　ならをすぎ　をだて　やまとをすぎ　わがみがほしくには　かつらぎ　たかみや　わぎへのあたり
（記58）

「みやのぼり」は宮へ上る意で、末尾に歌われる葛城の高宮をめざして、の意と考えられる。「つぎねふや　やましろがは」を遡り、「あをによし　なら」を過ぎ、「をだて　やまと」を過ぎと、ほめ言葉を冠して土地の名をあげてゆくのは、「巡行叙事」としては、それぞれの地を、神が見いだした土地としてたたえ、神の掌握する土地と化すことであった。歌でほめることが、領有し、占有し、奪い取ることでもあるのは、歌うことが生命の力を与えもし、奪いもするような生命力の根源を解き放つ行為であったゆえであろう。

歌の末尾に至って、各地の中でも最も「み（見）」るべき土地として葛城が賞賛される。葛城高宮を、見いだした国ではなく「みがほしくに」と歌い、「わぎへのあたり」と歌い結び、結局は歌う女神は葛城ではなく「つぎねふや　やましろ」の各地を選んだのである。少なくとも、「如此歌而還、暫入坐筒木韓人、名奴理能美之家也」とする説話文は、そう歌を受け止めていると思われる。奴理能美の筒木の家は後に「やましろの　つつきのみや」（記62）と歌われている。葛城が「わぎへ」である神は、山代を起点として「わぎへ」を目的地としながら、大和、奈良を巡りつつ歌の力で手中にし、起点の山代を「みや」の場所と定めた。山代は、すでに一首目の歌（記57）によってオホキミ＝椿の立つ地とされている。葛城出身のイハノヒメは天皇への「怒」の力を歌によって広い地域を巡る力に変換し、各地を掌握・領有し、山代というオホキミの地を選んだのである。

5　畑作する「やましろめ」

仁徳天皇がイハノヒメの二首の歌を聞いたとは語られていない。が、天皇に向けられた怒りの力の発現として二首がある以上、歌の影響を受け、歌を歌わずにいられないと思われる。

やましろに　いしけ　とりやま　いしけいしけ　あがはしづまに　いしきあはむかも　（記59）

大后が山代から上って行ったと「聞」いた天皇の「御歌」。舎人の鳥山に向かって「やましろに　いしけ」、山代へ追いつけと歌い始めるが、後半「あがはしづまに　いしきあはむかも」は、追いついて直接会おうと「はしづま」に向かって歌っているとおぼしい。説話文に「使舎人、名謂鳥山人、送御歌曰」とあり、鳥山を介して大后に送られた歌と位置づけられている。記59じたいの中でも、使者「とりやま」が「いしけ」と命じられ、命を受けて「あがはしづまに　いしきあはむかも」という天皇のメッセージを伝えるという出来事が起こっているのだと考えられる。続いて、丸邇臣口子《わにのおみくちこ》を派遣して歌った「みもろの　そのたかきなる　おほゐこがはら　おほゐこが　はらにある　きもむかふ　こころをだにか　あひおもはずあらむ」（記60）には山代の地が登場しないかに見えるが、「やましろ」の歌が続く中にあって、「みもろ」も三輪山に限らず山代の地にある小高い「御室」（神のいます聖なる家）であろうか。「又歌曰」と、歌は続く。

つぎねふ　やましろめの　こくはもち　うちしおほね　ねじろの　しろただむき　まかずけばこそ　しらず

ともいはめ　（記61）

「つぎねふ……うちしおほね」までは、古橋信孝の言う「生産叙事」にあたる。神がはじめて収穫した大根作りを語り（生産叙事）、その起源の時の大根と同じものとすることで、女の腕を最も美しいとほめる。歌の中に起源の時という異次元が実現するのである。今、山代の筒木宮にこもる大后に向けてこの歌が歌われるとき、大后は「つぎねふ　やましろめ」と成るのだろう。58歌で山代を巡行する女神と成った大后は、記61ではまさに起源の時の山代の女神「やましろめ」として歌われる。[20] イハノヒメは山代の地で木鍬を用い、大根作りという畑作をする女神ないし女性族長的な始祖と化す。「やましろ」の地名は「開木代」（『万葉』一二八六・一三六二）と戯書することから、「薪や用材を伐採するための場所」（『時代別国語大辞典』）とされる。金属製の道具ではなく「こくは（木鍬）」で「うつ」という動作からしても、水田稲作以前の、山地の焼畑農耕を彷彿とさせる叙事である。「やましろめ」は大根作りを「やましろ」に開始した、仁徳天皇から見れば異なる類の生業を創始した女性始祖神、『記』の用いる語で言えば「御祖」ないし「御祖命」であろう。57歌の歌い手が女神の立場から仁徳を山代の地のオホキミ＝椿として見いだしたのに呼応し、女神と一対となるべき男の側から大后をほめるのである。

大后に仕える口日売《くちひめ》が兄の受難を訴える歌（「やましろの　つつきのみやに　ものもうす……」記62）をはさみ、天皇が難波の大宮からやってきて、山代の筒木の奴理能美《ぬりのみ》の家に入ると、奴理能美は大后に蚕を献上し、天皇は大后のいらっしゃる「殿戸」に「御立」し、歌う。

つぎねふ　やましろめの　こくはもち　うちしおほね　さわさわに　ながいへせこそ　うちわたす　やがはえなす　きいりまゐくれ　（記63）

「殿戸」は歌を歌うべき場であり、日常的な次元とは異なる次元を開くことが可能な「歌のトポス」である。(21)
後半の「さわさわに　ながいへせこそ　うちわたす　やがはえなす　きいりまゐくれ（あなたが「さわさわに」おっしゃるからこそ八桑枝のように伴をひきつれ来入り、参上する）」とは、妻問いの求愛にほかならない。イハノヒメから応じる歌はないが、天皇はすでに奴理能美の家には入っており（「入坐奴理能美之家時」「きいり」）、あとは「殿戸」の内側に入るだけである。この歌をもって和解が果たされたのであろう。

前半は記61と同じ「生産叙事」。山代の大后は起源の時の「やましろめ」である。「さわさわ」は、収穫される大根の葉ずれの音をいう擬声語とするのが一般的である。ただ、もう一例、『記』上巻、火鑽《ひきり》の詞章の中に「……栲縄之千尋縄打莚、為釣海人之、口大之尾翼鱸、佐和佐和邇控依騰而、打竹之登遠々登遠々邇、献天之真魚咋也」に「さわさわ」があり、こちらは「多くの魚が、ざわざわと音を立てて引き上げられるさま」（新編日本古典文学全集頭注）である。サワサワのサワが動詞化した語がサワクであるが、サワクは「足引之　山毛野毛　御猟人　得物矢手挟　散動而有所見（さわきてありみゆ／さわきたりみゆ）」（『万葉』九二七）のように、「通常、音を主にして用いられる語であるが、同時にざわざわしながら入り乱れた状態も喚起する」（『時代別国語大辞典』）という。歌や特殊な詞章の中にあるサワサワは、擬態とも擬音ともつかない、耳と目との双方に感じ取られる、音と状態とが未分化な様態であろう。(22) 起源の大根作りの叙事の中にある「さわさわに」も、多くの大根がざわざわと音を立てて掘り起こされるさま、つまりは実り豊かな収穫のことと考えることができる。

「ながいへせこそ」へのつながりでは、ザワザワとああもこうも言う、となり、説話文にある三態に変化する奇しい虫についての事細かな奏上「……一度為匐虫、一度為殻、一度為飛鳥、有変三色之奇虫。看行此虫而、入坐耳。更無異心」を指すだろう。奴理能美が「養」っていて大后に献上した蚕は、歌によって、ここ山代の地で

「やましろめ」たる大后こそが耕作し収穫した豊かな作物とみなされてもいるのである。大后に追いつき、「きいりまゐ」きた天皇は、記57で大后が歌ったとおりの山代の地に「てりいまし」「ひろりいます」オホキミとして、殿の中の蚕と「やましろめ」＝イハノヒメとを手中に収めることになるのであった。

6　イハノヒメとは誰か

大后の山代彷徨は、説話としては大和に対して辺境の地をさまよう異境訪問型であると指摘される。[23] また大脇由紀子は『記』の大国主、神武天皇の「物語」において「異郷的な土地」とされた「木国」を通過し、山代に向かうという大后の軌跡に「異郷訪問型成功者型の話素」がうかがえ、その「〈呪宝取得〉」の要素が「三種の虫」たる蚕であり、蚕を山代で取得することで、大后は「はじめて「聖帝の大后」と成り得た」という。[24]「養蚕」は古代中国の皇后の仕事として、皇帝の「農耕」と並ぶ重要な仕事である。[25]「やましろ」関連の歌の後、次に『記』に登場する大后は各氏の女たちを掌握し、「礼」にのっとる言動をしており、[26] 歌を含むイハノヒメ説話を、「聖帝」仁徳にふさわしい大后と成る成長物語として読むことは可能であろう。中巻の初代大后、伊須気余理比売は「神御子」であったが、下巻冒頭の大后は歌うことで、女神（御祖）に等しい「大后」たりうる者と成った。説話文の言説とは異質であるゆえに、歌は大后成長譚にも寄与するだろう。

しかし、歌の仁徳とイハノヒメは、儒教的な理想の「聖帝」とその「大后」という像の中に融解しきれない異貌を放つ。[27] 大后の歌二首、および大后の歌に応じるかのようにして歌われた天皇の「やましろ」関係の歌からは、夫への怒りによって彷徨しつつ領域を拡大してオホキミの土地を発見し、そこで新たな土地と収穫物を手中にする強力な女神（御祖）と、その女神を追い、山代までやってきて女神を宥める男神の像が浮かぶ。この男神は別の歌々の中ではヒノミコであり、偉大なる鳥のサザキでもある者である。(28)彼は妻を追いかけ、山代の女神としてほめる歌を歌い、ふたたび大后を獲得することで、ヒノミコの天上性や鳥の王という側面に加え、椿という樹木の持つ植物的な生命エネルギーを帯び、山代の地の主たるオホキミでもある者、と成ろう。

ここで類似する関係として想起されるのは、上巻、神々の世界における国つ神の娘・石長比売《いはながひめ》と天孫との関係である。天降った邇々芸能命《ににぎのみこと》に国神・大山津見《おほやまつみ》から差し出された姉妹のうち、邇々芸は妹の木花之佐久夜毘売《このはなのさくやびめ》のみを受理して一宿婚をし、姉の石長比売を送り返す。神代のことであるが「今」に至るまで「天皇命之御命、不長」とあって、天皇なるものの寿命の起源譚となっている。呉哲男によれば、天つ神の側はここで国つ神からの贈与の一部を「死」をかけて返すことで、国つ神との間の「対称性」を止揚し、地上における王としての超越性を獲得したのである。(29)

ところが、下巻冒頭のヒノミコたる仁徳は、石長比売と同じく「イハ」の名を持つ葛城の女にして、歌で巡行することで葛城という一地域を越える女神とも成った大后を得る。仁徳が巡行するのではなく、イハノヒメが巡行することで山代という「山」の領域が獲得されるのである。「やましろめ」であるイハノヒメを大后として得ることは、爾々芸が手放してしまったもの「使石長比売者、天神御子之命、雖雪零風吹、恒如石而、常堅不動坐」と、偉大なる山の神・大山津見が言ったところの石の如く常堅で不動な大地から汲み出される「命」の獲得にほかなるまい。

仁徳天皇条末尾の雁卵生記事が、天皇の皇統の長久を歌で約束するのは、女神イハノヒメの獲得と呼応しよう。仁徳に「たまきはる　うちのあそ　なこそは　よのながひと……」(記71)とたたえられる建内宿禰は、イハノヒメの祖父にあたる。建内宿禰は仁徳から御琴を給わって、おそらくは神がかりした口によって「ながみこや　つひにしらむと　かりはこむらし」(記73)と、ヒノミコの子孫の末永い繁栄を確約するのである。

仁徳が皇統の長久を得ることも、天皇家の歴史を語る『記』の論理に矛盾するものではない。しかし、仁徳がイハノヒメに歌で山代の椿としてたたえられ、その歌に促されるようにしてイハノヒメを「やましろめ」と歌うというやりとりは、「やま」の側が、天つ神の子孫との「非対称」な関係を「対称的」な関係へと引き戻す、揺り戻しの力になっている。(30) それは『記』の説話文の論理を超え、歌を歌い合うことが『記』の中の出来事として起こってゆくことが引き起こしてしまう事態にほかなるまい。

(1) 新編日本古典文学全集『古事記』頭注。
(2) 本書Ⅰ―2、Ⅱ―2。
(3) 古橋信孝『古代和歌の発生』東京大学出版会、一九八八。
(4) 本書Ⅰ―2。
(5) 本書Ⅰ―2、Ⅱ―2。
(6) 土橋寛『古代歌謡全注釈　古事記編』角川書店、一九七二。
(7) 居駒永幸「表現としての樹木崇拝」『古代の歌と叙事文芸史』笠間書院、二〇〇三。
(8) 「神話的思考」は、中沢新一『カイエソバージュ』一～五、講談社選書メチエ、二〇〇二～二〇〇四による。
(9) 山﨑かおり「「天語歌」の表現」『国学院雑誌』一一二―一一、二〇一一・一一。
(10) 西郷信綱『古代の声』朝日新聞社、一九八五、猪股ときわ『歌の王と風流の宮』森話社、二〇〇〇。
(11) 居駒永幸「天語歌の〈詔り言〉と雄略天皇」、注7に同じ。
(12) 折口信夫『折口信夫全集』一四、中公文庫、一九七六。
(13) 蟹女とするのは三浦佑之（『古代叙事伝承の研究』勉誠社、一九九二）、女性祭主とするのは居駒永幸（『文学』一三―一、二〇一二・一）。なお本書Ⅰ―4も参照のこと。
(14) 本書Ⅲ―1。

（15）吉井巌「石之比売皇后の物語」『天皇の系譜と神話』二、塙書房、一九七六、青木周平「記紀における歌謡と説話」『古事記研究——歌と神話の文学的表現』おうふう、一九九四など。
（16）「嫉妬」について、青木周平は「呪的威力を感じさせる表現」（注15に同じ）とし、川上順子は大后の「嫉妬」には「足もあががに」という「動作が伴って」いるとする（「『古事記』のなかの大后像」『古事記と女性祭祀伝承』高科書店、一九九五）。「怒」について、荻原千鶴は「外部にむけての攻撃的行動」に「瞬間的に直結して」おり、内憤を表す「怨」とは異なり、「怒りは神の心の発現であることが多い」とする。（「『古事記』の雄略天皇像——『日本書紀』を対照に」『日本古代の神話と文学』塙書房、一九九八）。
（17）荻原千鶴、注16に同じ。
（18）藤井貞和『言問う薬玉』砂子屋書房、一九八五、同『うた　ゆくりなく夏姿するきみは去り』書肆山田、二〇一一。
（19）川上順子、注16に同じ。
（20）村上桃子は、山代を行くイハノヒメの歌を「山代地方の支配の確認」とし、天皇の歌う「つぎねふ　やましろめの……」の二首はイハノヒメを「山代の女性として新たに讃える表現」であり、イハノヒメはこの歌によって「山代女として再生を果たし、仁徳に迎えられる」とする。本章と重なるところがある見解と思われるが、「やましろめ」を古代における歴史的な「要衝」の地の女性としている点が異なる。村上桃子「石之日売　志都歌」『古事記の構想と神話的主題』塙書房、二〇一三。
（21）本書Ⅰ—2。
（22）同様の語に「さやさや」がある。「さやさや」については、猪股ときわ「琴の言葉」『古代宮廷の知と遊戯』森話社、二〇一〇。
（23）中西進『河内王家の伝承　古事記をよむ4』角川書店、一九八六。
（24）大脇由紀子「仁徳石之日売命物語の構想」『古事記・日本書紀論及』おうふう、二〇〇三。
（25）青木周平、注15に同じ。
（26）吉井巖、注15に同じ。また、神野志隆光『古事記の世界観』吉川弘文館、一九八六。
（27）内藤英人（「イワノヒメの嫉妬と歌謡」『歌謡の時空』和泉書院、二〇〇四）が「地の文」と「歌謡」とは「指向するイワノヒメ像」が異なるとするのは本章と重なるが、歌は「イワノヒメの多様な人間味あふれる姿」を描くとする点は異なる。

（28）本書Ⅰ―2。

（29）呉哲男「古事記の神話と対称性原理」『文学』一三―一、二〇一二・一。

（30）呉哲男（注29に同じ）は、『記』上巻が付与した王家の超越性が、下巻において「対称性原理に回帰」すると論じる。本章は『記』が「トートロジカルなテキスト」であるという呉の指摘に示唆を受けている。

3　重なり合う歌声　神武記歌謡の行為遂行性

1　歌の叙事と行為遂行性

『古事記』が抱え込んだ歌表現には、神話的叙事の断片や、神話的叙事の凝縮した句（いわゆる枕詞など）が織り込まれている。歌はそれじたいが語りでもあること、叙事が担うマジカルな力が歌表現を「支え」ていること、神話的な内容は地の文ではなく歌じたいが語る場合があることなどが指摘されてきた。

古橋信孝は折口信夫の発生論を批判的に継承・転回させ、古代歌謡に見られる叙事の様式を「巡行叙事」「生産叙事」と名づけ、歌表現の分析方法として提示した。[1] 古橋は、古代には、現在を成り立たせる「根拠」を「共同体の外に疎外してそこからもたらされたと語る神謡」が、「神のことばらしい装い」を持ってあったと想定する。「神謡」は歌うことで「神の世＝始源の世界＝根源の世界を現出するものだった」。この「神謡」が断片化し、「生産叙事」「巡行叙事」として歌表現に組み込まれることで、歌う対象を「神のもの、つまり最高にすばらしいもの」とする様式となる。たとえば次の歌には「生産叙事」の様式が見られるという。

つぎねふ　やましろめの　こくはもち　うちしおほね　ねじろの　しろただむき　まかずけばこそ　しらず

ともいはめ　　　　　　　　　　　　　　　　　　　　　　　　　（記61）

（つぎねふ　山代女の　木鍬持ち　打ちし大根　根白の　白腕　枕かずけばこそ　知らずとも言はめ）

「つぎねふ……打ちし大根」は、始祖（神女）「山代女」による大根の生産過程の叙事「生産叙事」である。「神授の通りに木鍬で作った大根だから、最高に丸やかで柔らかそうで白く美しい。その美しさが女の腕のいわゆる比喩となる」。記61歌のモチーフは相手の女をほめることにあるが、「生産叙事」の様式は歌う現在と始源とを重層することでモチーフに力を与え、歌を歌として支え、成り立たせているのである。

古橋が「神謡」の断片化を想定するに際してふまえるのは、たとえば奄美の民間巫者ユタのバシャナガレである。バシャナガレは芭蕉布の生産過程を叙事する長い呪謡であるが、バシャナガレの断片は呪詞に用いられ、恋歌にも転用される。古橋と同時期に藤井貞和も、次々に報告されつつあった南島古謡に注目して、日本古代に歌と語りの「未分化」な状態があったことを指摘し、文学の発生に叙事の問題を見据えている(2)。藤井は最近の「言語態」の研究においても、「起源譚の断片化」を抱えた古代歌謡の「二重的性格」や、神話的起源を語る「起源の言語態としての〈し〉」について次のように論じる(3)。たとえば、八千矛神の「神語」について。

ぬばたまの　くろきみけしを　まつぶさに　とりよそひ　おきつとり　むなみるとき……やまがたに　まきしあたねつき　そめきがしるに　しめころもを　まつぶさに　とりよそひ　おきつとり　むなみるとき　はたたぎも　こしよろし……

（ぬばたまの　黒き御衣を　ま具さに　取り装ひ　沖つ鳥　胸見る時……山方に　蒔きし　あたね搗き　染め木が汁に　染め衣を　ま具さに　取り装ひ　沖つ鳥　胸見る時　はたたぎも　是し宜し……）　　　　　（記4）

琉球文学の古代や口承からの知見は、歌謡のある種が起源譚を構成していることをわれわれに示してきた。それを応用するならば、「やまがたに、まき〈し〉あたねつき、ソメキがしるに、しメコロモを」は起源譚なのである。あたねという植物を用いて、赤か藍かで衣を染めたというのは、だれがどう生産したかという、起源の物語であったと思う。生産を語るということは、起源を想起することでもある。起源を想起して、その生産の次第を詠みこむことで、起源の衣裳と現在めのまえの衣裳とがかさなり合う。……歌謡のなかであるから、起源譚の全体を詠み込むのでなく、一部分のハイライトを詠み込めばよい。枕詞がインデクスになりうる理由はじつに起源譚の断片化、その最も凝縮された一句、一語であるからと考えられないか。

いわゆる枕詞をインデクス＝生命指標としたのは折口信夫である。背後に分厚い詞の世界があり、見出し語（枕詞）はその世界を喚起するということであろうが、藤井はインデクスが呼び起こすのは「起源譚」という具体的な言葉の世界にほかならないとする。歌は「起源譚」の断片を「語る」ことで、起源を今ここに喚起し、眼前の衣裳と起源の衣裳とを重ねるのである。まさに「生命」ある「指標」ということができるだろう。藤井は前掲の「つぎねふ　やましろめの」の歌（記61）については、次のように述べる。

大根の起源譚と、いま眼前の白い女の二の腕とを二重にして見せる。そういう、抒情的技巧と見るのでよいとしても、なお、歌謡の持ち伝えられるべき、基本にその起源譚的性格があり、古代歌謡のいわば存在理由はこれでなければならない。

歌の「起源譚的性格」、すなわち表現の仕組みとしての「起源と現在との二重的性格」は、単に「技巧」であるのみならず、「古代歌謡の存在理由」にほかならないとは、古橋が「生産叙事」や「巡幸叙事」が歌を「支え」る、とするのに通底していよう。

歌が人の心や情をこそ表し担う、というとらえ方は現在も根強い。対して、両氏は「起源」の「凝縮」「断片」――決して「あらすじ」ではない叙事する詞章――にこそ歌の「存在理由」「根拠」「支える力」があったとするのである。叙事は歌表現の喩の部分を担うが、喩表現は歌う現在に起源を呼び起こし、歌う行為は眼前の事象と起源とを重ね、歌の場に現在と起源が二重化したもう一つの出来事を起こしてゆく力を持つのである。歌はまさに行為遂行的な言葉であったといってよいだろう。(4)

では、叙事に支えられた歌が『記』の説話文の中にあることを、どう考えることができるだろうか。

2 『古事記』の中で

現在と起源とを重ねる歌表現は、『記』の中に漢字の「音」を用いるという書記方法で織り込まれている。説話文とは異質な言語であることが明示されているといってよい。歌という異質な言葉は、説話文の中の今この場に、説話文とは異次元の出来事を生起し、説話文の出来事を別次元の出来事と切り結ぶ働きを担うのではないだろうか。

古橋信孝は、『記』の歌謡は「謡じたいのもっている表現の構造自体はそのまま」で、「大和朝廷の神話・歴史に位置づけ直したもの」としている。(5)同様のことは『日本書紀』の歌謡についてもいえよう。いや、「歴史に位置づけ直」しているとは、『紀』の場合にこそ当てはまると思われる。『紀』は後述するように歌の歌い手を明確に提示している点が『記』と大きく異なる。(6)『紀』にとって歌は常に特定の誰かの発声した言語としてあり、歌い手が自分の行為に敬語を用いるといった現象がなるべく起きないよう調整していると考えられる。歌い手が特定できない場合は「時人」が歌ったとしたり、「童謡」としたりして、それぞれの歌を特定の「歴史」と特定の歌い手に「位置づけ」ようとしている。一方、『記』の場合、歌い手が三人称的に自らの行為について歌ったり、自らの行為に敬語をつけたりする人称上の不合理がたびたび起こり、歌い手が明確でない場合もある。むろん不合理とは、『紀』の歌から見て、また、現代の私たちから見てのことであるが、そういう場面にこそ、歌はこういう場で歌われるはずだ、この時空にこそ歌が歌われるべきだという『記』ならではの歌のとらえかたがうかがえると思われる。

『紀』のように、歌は基本的には誰か特定の主体が単声で歌うものとする視点が、八世紀に存在しえた。にもかかわらず、あえてそうではないあり方を、意識的にか無意識的にか、選ぶ『記』は、歌う行為や歌表現を説話文で語られる世界とは異質な世界、古橋の言う「神の世＝始源の世界＝根源の世界を現出する」言葉や行為としてとらえているのではないか。換言すれば、『記』は歌が叙事するという現象を、単に事を叙しているのではなく、歌表現が生起する今に生き生きと事を起こしてゆくこと（行為遂行してゆくこと）ととらえているのではないだろうか。

「つぎねふ　やましろめの……」の歌（記61）は、次のような場面で歌われる。木国に行幸していた仁徳の大后イハノヒメは嫉妬と怒りによって天皇の居る難波宮に帰らず、河を遡って山代へと巡幸。さらに（実家、葛城へ向かうべく）那良の山口まで行くものの引き返し、山代の筒木にある韓人ヌリノミの家に入る。これを「聞」いた仁徳天皇が使者を介して大后に歌（記61）を贈る（以上、説話文概要）。こうした説話文の中において、「つぎねふ　やましろめの　こくはもち　うちしおほね……」は、単に大后の白腕をほめるのではなく、山代にいる大后イハノヒメを「木の鍬で大根を打つ」という畑作の起源を担う「やましろめ」に重ねる働きをも持つと考えられるだろう。

前章で述べたように、大后は山代への行幸の過程で「巡行叙事」を含む歌を歌ってもいる。「つぎねふや　やましろがはを　かはのぼり　わがのぼれば……」（記57）、「つぎねふや　やましろがはを　みやのぼり　わがのぼれば……」（記58）は「巡行叙事」の様式にのっとっているが、この歌によって大后の行幸自体が「女神が巡行して山代の地を見いだす」という神話的行為と二重化する。説話文ではイハノヒメは「嫉妬」深く、強力な「怒」りを発する葛城氏の娘であるが、歌い手のイハノヒメは山代をはじめて見いだした女神と重なるのである。説話文が描く「天皇」と対になるべき「大后」は儒教的・古代中国的な理想の「大后」である。歌うイハノヒメは歌う行為によって巡行する女神と成る。両者は互いに相容れないはずの文脈とつながっている。しかし、『記』の中で歌が歌われることで、異質な大后像が異質なまま、二重化するのである。ただし、説話文に語られる「嫉妬」し、「怒」るイハノヒメの行動は、古代においては人の側の感情というよりは、神や巫女の特殊な威力の発動とされており、歌う女神としてのイハノヒメ像と通底してはいる。

天皇は記57、58の歌表現の世界を受けて、イハノヒメを、山代という土地ではじめて「木の鍬を用い大根作りをする女神」とみなして歌うのである。「つぎねふ　やましろめの……」の歌は、説話文が決して語らない、女神が木の鍬を持って大根を打つ、という起源の畑作業を『記』の中に呼び起こす。起源の畑作を担う女神の腕は、彼女自身が作った大根と同じく真っ白で、その腕をこそ天皇は抱いたことになろう。天皇と山代の畑作の女神との結婚は、始祖ニニギが国神に返したイハナガヒメの「イハ」の要素との、あらためての結婚と見ることができる。呉哲男の指摘するように[7]、上巻はイハナガヒメを拒否することで、天つ神と国つ神とが対称的な関係を切り結ぶことを回避して超越性（非対称性）を獲得したのだとすると、仁徳天皇がイハノヒメに向かって「つぎねふや　やましろめの……」と歌うことは対称性への揺り戻しを起こしてしまうのである。

歌表現として、叙事部分が喩と化していないということではない。喩の働きを、パフォーマティヴな働きとして、すなわち、『記』の中に異次元の出来事を喚起して、説話文の出来事と重層させる働きとしてとらえたいのである。「フルコト」の書を自称する『古事記』は、説話文の中にさらにフルコトの凝縮した言語表現を抱えてこそ、成り立っていたのではないか。凝縮し、圧縮したフルコトがときに『記』の王権神話の論理にはそぐわない音声を奏でたとしても。

以上のような観点から、次に『記』中巻の人の世において、はじめて歌うという行為や歌が出現する場面を考えたい。饗宴と戦闘（殺戮）にまつわる、神武記の歌である。

3　八咫烏と鳴鏑

神武が即位する前の戦記において、九州地方を出て海の道を行くあいだに歌は一切ない。熊野に上陸し、吉野を経て、いわゆる大和入りしようという直前になって歌が登場する。歌うという行為や歌が、どのようなときと場においてこそ必然であったかを探るために、いささか遠回りのようだが歌の登場以前から辿ろう。

(1)カムヤマトイハレビコは、兄イツセとともに日向の高千穂宮を出発し、筑紫、豊国の宇佐、竺紫《つくし》の岡田、阿岐、吉備、播磨と「海道《うみぢ》」を移動する。「土人《くにひと》」ウサツヒコ・ウサツヒメは大御饗を献る。速吸門《はやすひのと》で出会った「亀甲」に乗って釣りをしながら「打羽挙来人《うちはふりくるひと》」とは問答し、「国神《くにつかみ》」であることと「仕へ奉らむ」の答えを得て、海道を案内させ、サヲネツヒコと名づける。浪速津（大阪湾）を経て上陸しようとするが、兄イツセは待ち受けたトミビコの矢に当たって日下《くさか》の楯津《たてつ》で死ぬ。

(2)日に向かって戦うのはよくないと、大きく紀伊半島を迂回、熊野村で上陸したとたん、大きな熊が出現。イハレビコも御軍《みいくさ》もヲエする（毒気に当たって意識もうろうとなる）。タケミカヅチが葦原中国を平定した「横《た》刀《ち》」が天から下され、受け取る。以降、イハレビコは会話文を含む説話文中において「天神御子《あまつかみみこ》」と称される。「其の熊野山の荒ぶる神」は「自ら皆切仆《みなきりたふ》」される。

(3)天神御子はここより「奥方《おくつかた》」にすぐに入り行幸してはいけない、荒ぶる神が非常に多い、今、天から八咫《やあた》烏《がらす》を遣そう、そうすればその八咫烏が引導するだろう、その立つ後ろから行幸せよ、という教えさとしのまにまに八咫烏の後ろから行幸し、吉野の河尻で「作筌有取魚人《えをつくりてうをとれるひと》」、泉から出て来た「生尾人《をおひたるひと》」に出会い、名を問い、それぞれ国神のニヘモツノコ、国神のヰヒカとの答えを得る。

(4)（吉野の）山に入ると、「生尾人」が岩を押し分けて出てくるのに会う。名を問い、国神のイハオシワクノコとの答えを得る。イハオシワクノコは天神御子が行幸すると「聞」いて参向したと言う。

(5)その地を「踏穿《ふみうかち》」、宇陀《うだ》に越えると、宇陀にエウカシ・オトウカシの「二人」がいる。先ず八咫烏を遣し、「今、天神御子、幸行《いでましぬ》。汝等、仕奉乎《つかへまつらむや》」と問うと、エウカシは「鳴鏑《かぶら》」で使いを「待射返」す。

カムヤマトイハレビコが海の道を行く限り戦闘はなく、言葉のやりとりで国神たちを従える。すなわちコトムケることができるが、大阪湾から上陸しようとして兄を失う（1）。迂回して熊野から上陸しようとしても、またしても「大熊」の出現によっていったん倒れる。しかし天から横刀を賜り、イハレビコは「天神御子」としてよみがえる（2）。以降、イハレビコは説話文において即位して「天皇」となるまで「天神御子」と称され続け、吉野の国神たちや、宇陀、・忍坂《おしさか》の「人」どもと向き合うことになる。上巻のコトムケには現れなかった「「マツロハヌ人等」を、神話的な呪力のみならず、武力という別の力によって制圧せねばならない」とき、「天神御子」の呼称は「「神」と同等に対峙し、また「人」に対しては超越的にこれに打ち勝つということを正統化する」のだと指摘される。[8]

しかし、呼称の変化、横刀の授与とともに注目したいのは派遣された、八咫烏の存在である。(3)(4)(5)と山の「奥」へと入ってゆくのに際して、先導する八咫烏は、行く手に出現する者たちにまず「今、天神御子行幸。汝等、仕奉乎」(5)といった問いを発していたとおぼしい。カラスは天が派遣したが、その名に「天つ」を冠していないので「天」の側のものではなく、「国神」とも称されないので「国」の側のものでもない。中空を飛ぶ生きものということであろう。天神、国神のいずれにとっても同類ではないカラスの声によって問わなければ、「奥」の者たちは答えないのである。

「天神御子」という呼称をもたらしたタケミカヅチの横刀は、熊野の荒ぶる神（熊）や、尾が生えていて光る泉や巌の中から出現する国神たち(2)(3)(4)には、確かに、持っているだけで威力を発揮したといえよう。しかし、まず国神たちと声によって接触するのは八咫烏であり、さらに、吉野山の岩を「踏み穿ち」、いわば胎内潜りをして越えた宇陀で出会った「人」(5)に対しては、八咫烏を介在してすら「超越的にこれに打ち勝つ」（前掲）というわけにはいかなかった。エウカシは、八咫烏の問いに「鳴鏑」を返すのである。

「鳴鏑」には殺傷力はない。飛んでいる間だけ特殊な音を立てる音響装置を持った矢である。相手方に向かって中空を飛び、音声を発するという点では、八咫烏の位置に等しいものの、生きものではない。「鳴鏑」はブラジル先住民の「ズニドール（唸り板）[9]」のように風の音声を発する。人の声でも生きものの声でもない音声によってこそコミュニケートする可能性が開かれる存在と向き合うときに、なんとか接触しようとして用いられる装置であろう。

本書Ⅰ―3でも述べたように、『記』において、根の国のスサノヲが野に放った「鳴鏑」を探し当てたのはネズミであった。「鳴鏑」の音を正しく聞き分けたとおぼしいそのネズミは、言葉をしゃべってオホアナムヂに火の回避方法を教える（上巻）。雄略天皇は葛城山に入ったとたん出現した大猪に向かって「鳴鏑」を放つ。「鳴鏑」を放っておいて、雄略は木の上に逃げて歌を歌う（下巻、雄略記）。「鳴鏑」を放つのは戦闘開始を知らせるためと一般に言われるが、「鳴鏑」の音声には言葉をしゃべらぬはずのネズミの耳に働きかけて異類たるネズミをいわば「変成言語状態」にして言葉をしゃべらせたり、山のものである大猪を「怒而、宇多岐依来」（怒って、ウタキなるものが依り来る）という状態にしたりする働きが認められる。

ウタキという語は不明語だが、藤井貞和はウタキを「うた」にまつわる語としてあげている。ウタキが依り来た猪は、藤井の言う「うた状態」(10)に近い状態と化しており、その猪に向かって、天皇は逃げて、ハリノキの上に登るという「適切な距離」をとる振る舞いをしたうえで、歌いかけることができたと考えられる。

雄略が樹上で歌った歌に、「やすみしし　わがおほきみの　あそばしし　ししの……」（記97）とある。天皇が大猪と出会い、「鳴鏑」を放ち、大猪が怒ってウタキが依り来た状態になり、天皇が適切な距離をとる、という過程は、歌の中のオホキミにとっては「あそぶ」ことであったことがわかる。人の声が真似することのできない風の声たる「鳴鏑」の異音は、矢を放つ側にとって世界を異にする異類と、一定期間なんらかの交渉・接触を可能とする場、「あそび」の場を開く働きがあったのである。

エウカシにとって、八咫烏の鳴き声は異界からの言語として聞き取ることができるメッセージである。これに応じて放たれた「鳴鏑」の音は異界から問いかける音声に、対称的に向き合うはずであったろう。吉野山中の国神たちのように即座に「仕え奉ろう」と答えてしまうのではなく、なんらかの接触・交渉（あそび）を行う意思を伝えるのである。だからこそエウカシは八咫烏を待ち、「鳴鏑」で射返したうえで「待ち撃たむと云ひて、軍を聚」める。「天神」である「御子」の「御軍」に等しい装備を揃えた「軍」（軍隊）を用意しようとするのである。しかし、宇陀の地では「軍」は集まらない。本当は「天神」側の「軍」と呼ぶべき戦力と国神ですらない宇陀の「人」の戦力の間には圧倒的な差異があるのであった。そこで相手を「欺陽《いつは》り」、殿を作って内に「押機《おし》」

という罠をしかけ、「待」つ。あたかも動物を捕獲するための罠を仕掛けるように。

狩猟では、「うだの　たかきに　しぎわなはる　わがまつや……」（記9）のように罠を仕掛ける場合も、「……やすみしし　わがおほきみの　ししまつと　あぐらにいまし……」（記96）のように弓矢等を用いてシシを仕留めようとしたらしい場合も、獲物がやってくるのを「待」つことをする。罠を仕掛けようが、飛び道具を用いようが、最後は「待」つことしかできず、狩猟対象の出現はこちら側の意思や計算を超越した向こう側の行動に委ねられるのである。本書Ⅰ―1では、『万葉集』の「乞食詠」に「……梓弓　八たばさみ　ひめかぶら　八たばさみ　宍待と　吾居時に　さ男鹿の　来立嘆く　頓に　吾可死　王に　吾仕む……」（16三八八五）とあるところから、待つ狩人にとって「しし」の出現とは、狩る対象（「しし」）たる牡鹿が自らの意思でやってきて、自分の身体を差し出す、ということであるべきだったことを論じた。狩猟する側は罠や弓矢を用いても、相手に対する圧倒的な優位は獲得できず、動物たちの意思に委ねる部分があるというふうに歌って、人と動物との間にあるべき対称性を、歌う中に喚起しようとするのである。狩猟は世界を異にする生命どうしが接触し、交感し合う、命がけの「あそび」であったといえよう。

「鳴鏑」を放ち、「軍」を集めようとして、それが不可能であれば罠を仕掛けるエウカシは、動物を待ち、騙そうと駆け引きする狩猟と同じ知恵と方法をもって御軍と向き合おうとしている。エウカシにとって、天神御子や御軍は自身と対等な相手である。彼は到来しつつある外部者に対して「あそび」としての戦いを起そうとしているのである。

4　宇陀での饗宴――死者の声は聞こえるか

トミビコとの戦い（1）では、兄のイツセは「楯」で防ぐだけであったから、宇陀での戦いは、天神御子にとってはじめての本格的な地上戦となる。とはいえ、宇陀のエウカシとの戦闘においても、まだ実際には弓矢や刀を用いた殺人は実行していない。天神御子という「超越性」だけでは、「人」を殺し、制圧することはできないし、弓矢や刀といった武器を用いることすらできなかったということであろう。そして「人」を殺戮した後の宴で、『記』中巻でははじめて、歌が登場してくることになる。(5)に続く、いよいよ歌が登場するくだりまでのあらすじを(6)、および(5)から(6)に相当する原文を(A)として引く。

(6)エウカシは仕え奉ると「欺陽」って、「殿」を「作」り、その内に「押機」という罠を張って、「待取」ろうとするが、オトウカシの裏切りにあう。道臣命《みちのおみのみこと》、大久米《おほくめ》の二人は横刀の手上《たなかみ》（柄）を握り、矛をしごき、矢をつがえて、オトウカシを「大殿」の中に追い入れ、オトウカシは己が作った「押機」に打たれて死ぬ。即座に（死骸を）ひき出して斬り散らしたので、そこを宇陀の血原という。オトウカシが献った大饗《おほあへ》はことごとく御軍に賜った。この時に、歌って言うには……　（歌、略）

(A)自其地踏穿、越幸宇陀。故、曰宇陀之穿也。故爾、於宇陀有兄宇迦斯（自宇以下三字以音、下效此也）弟宇迦斯二人。故先遣八咫烏問二人曰、今、天神御子、幸行。汝等、仕奉乎。於是、兄宇迦斯、以鳴鏑、待射返其使。故、其鳴鏑所落之地、謂訶夫羅前也。将待撃、云而、聚軍。然、不得聚軍者、欺陽仕奉而、作大殿、於其殿内作押機待時、弟宇迦斯先参向、拝白、僕兄々宇迦斯、射返天神御子之使、将為待攻而聚軍、不得聚者、作殿、其内張押機、将待取。故、参向顕白。爾、大伴連等之祖道臣命・久米直等之祖大久米命二人、召兄宇迦斯、罵詈云、伊賀（此二字以音）所作仕奉於大殿内者、意礼（此二字以音）先入、明白其将為仕奉之状而、即握横刀之手上、矛由気（此二字以音）矢刺而、追入之時、乃己所作押見打而死。爾、即控出斬散。故、其地、謂宇陀之血原也。
然而、其弟宇迦斯之献大饗者、悉賜其御軍。此時、歌曰、

宇陀能　多加紀爾　志芸和那波留　和賀麻都夜　志芸波佐夜良受　伊須久波斯　久治良佐夜流　古那美賀　那許波佐婆　多知曽婆能　微能那祁久袁　許紀志斐恵泥　宇波那理賀　那許婆佐婆　伊知佐加紀　微能意富祁久袁　許紀陀斐恵泥

亜々音引志夜胡志夜　此者、伊能碁布曽此五字以音。

阿々音引志夜胡志夜　此者、嘲咲者也

故、其弟宇迦斯、此者、宇陀水取等之祖也。

御軍側は横刀、矛、弓矢を持っているが、生きている相手を殺すことには使用していない（エウカシの死骸を斬り散らすのには使ったであろう）。エウカシは弟によって仕掛けを暴露され、「欺陽」りに失敗し、自分の仕掛けで死ぬのである。天神御子と御軍は横刀・矛・弓矢といった自前の武器では生きているエウカシの身体に触れ、身体を破ることはできなかった。宇陀の地においては、宇陀のエウカシの作った仕掛けを使って、ようやくエウカシを倒すことができたのにすぎない。地上の、宇陀の山や原という具体的な土地においては、天の威力も、天の道具類も通用しないのである。

エウカシの身体を切りきざむことで、宇陀の原は、宇陀の地根生いのエウカシの血、宇陀の土地の霊力たる「チ」が溢れた血《チ》を受け、「宇陀の血原」となる。チ（血、乳）は霊力を現す「チ」と重なる語で、「つよい霊力、さらにいえば生命力を現す言葉であ」り、子は母の乳《チ》を吸うことで育つ(11)。ここでは、宇陀のエウカシの血は宇陀の土地と強く結びついていよう。宇陀の原は露わになったエウカシの血を受けて、その霊力をさらに強化する。

その地でとれた食べ物をオトウカシが天神御子に献上し、天神御子が御軍に賜わることで、天神御子や御軍は宇陀のウカシの血（霊力）の洗礼を受けた飲食物を体内に取り込むことになろう。

裏切り者のオトウカシは同じウカシという名をもつエウカシの分身といえる。戦闘で殺した相手の血を、相手自身（オトウカシというエウカシの分身）が差し出すことによって食べ、体内に土地の霊威を取り込むとき、天神御子は天でも海でもない大地の上で「人」と戦うことができる身体をはじめて手に入れるのではないか。こうした論理を、宴での歌は、殺す側・殺される側の声の重なりによって圧縮して取り出し、再演していると思われる。

（其弟宇迦斯之献大饗者、悉賜其御軍。此時、歌曰）
うだの　たかきに　しぎわなはる　わがまつや　しぎはさやらず　いすくはし　くぢらさやる（前段）
こなみが　なこはさば　たちそばの　みのなけくを　こきしひゑね　うはなりが　なこはさば　いちさか
き　みのおほけくを　こきだひゑね（後段）
ええ音引しやごしや　此者、伊能碁布曽
ああ音引しやごしや　此者、嘲咲者也

歌の歌い手は誰か。天神御子が大饗を御軍に賜った、このときに歌って曰く、という説話文の流れから天神御子とするのが通説である。楠木千尋は「ただ一人うたう存在として定位されている彼（天神御子・猪股注）は、うたうことによってその王者性・神聖性が証し立てられているといってもよい」とし[12]、新編日本古典文学全集（以下、新全集）頭注は「弟宇迦斯が服属のしるしとして献上したご馳走は、兵士たちに与えられ、戦勝の宴が張られる。そこで「天つ神御子」が歌う歌は、戦勝の喜びを分かち合い、次の戦いに備えて闘志を高める、哄笑の歌である」としている。一方、歌の主体は「曖昧」とする工藤浩の説(13)もある。

『紀』では、ほぼ同じ歌を、オトウカシが「皇師《みいくさ》」を饗したのを天皇が「軍卒《いくさびと》」に班つときに「御謡《みうたよみ》」したとしており、歌い手が天皇であることを明示している。また、「来米《くめ》歌」という歌曲名と、「今」の「楽府」での奏上方法（「古之遺式」）も記す。「謡」は漢籍においては「童謡」「謡歌」などと同じく楽器を伴わない素歌いであり、内容的には予兆の歌である。(14)『紀』ではこの「謡」を「寓意性を有する歌、あるいは背後に何らかの超越者の存在を看取しての直接的表現を用いない歌の意味」で用いているという。(15)神武紀における「御謡」の場合、「超越者」に相当するのは神武天皇自身ということになるだろうか。漢籍における予兆は天意の現れであるので、「謡」は天の歌わせる歌であったと考えられるが、その「謡」を自ら歌うことで『紀』の神武天皇は天命を受けた、「天」そのものに等しい位置に立つのだと思われる。一方、『記』は「歌曰」の主語の位置に「天皇」を置く場合でも「御」をつけないことがあるので、「其弟宇迦斯之献大饗者、悉賜其御軍。此時、歌曰」は大饗を賜う天神御子が歌った、ということかもしれない。しかし、「此時、歌曰」は大饗を賜わった側、「御軍」たちが歌ったのであってもおかしくない。工藤浩の指摘するように、「曖昧」なまま提示していると見るべきであろう。

説話文が歌い手を特定しないのは、歌の表現に対応してもいる。佐藤和喜は前段の「うだの　たかきに　しぎわなはる　わがまつや……」の「わ」、宇陀で罠を張る「わ」とは、死んだエウカシであり、エウカシの死をエウカシの側から表すと指摘しており、示唆的である。佐藤によれば前半部は「景」＋「心」の歌の様式の「景」にあたる部分であり、「景」は「神」の側を表すのだが、それがこの歌では死者であるエウカシの声の表現となっているという。鴫を待っていたら鴫ではなく思いがけずに鯨がかかった、とはエウカシが自ら仕掛けた罠に自分がかかってしまった無念が歌われているというのである。後半の「心」の部分は、エウカシを討った神武軍の「心」であり、討ったエウカシ（罠にかかった鯨）を食べる「カニバリズム的な歓喜」であり、最後の「ええ……

ああ……」の部分は、死んだエウカシへの敵意と嘲笑が歌われているという。「生者が死者を徹底的に嘲弄し、死者の無念の声を幻聴することが生者の一層の喜びを喚起する時、死者は生者に祟り得ない無力を感じて死者の世界に退くしかない[16]」。(9)番歌は、殺された側と殺した側の声が「景」と「心」として歌の中で呼応し合う、佐藤の言う「多声」の歌ということになろう。しかし、説話文の中にあって、歌はさらに多声化しているのではないだろうか。

歌の前段で、宇陀の高城というテリトリー内で鴫罠を「はり」、獲物を「まつ」ことをする「わ」とは、説話文との対応では佐藤の指摘のように宇陀を本拠地とする者エウカシであろう。鴫ではなく「くぢらさやる」とは、思いがけない大物がかかったと喜ぶ、エウカシの喜びの歌声であってよい。「鴫罠」は鴫がかかるのを予期した仕掛けであるが、罠をかけたあとはただ「待」つことしかできないのだから、常に不確定要素がつきまとう。「鯨」とは、「われ」の側の意図を遥かに超えた、思いがけない良き贈り物である。

後段「こなみが　なこはさば……」は、獲物を「な（肴）」として分配される側（罠をしかけた「わ」の相棒、相手方）の声であろう。ネリー・ナウマンが後段を、前段の「わ」に向けた「特定のやり方で捕獲したものの配分を行え」という「要望」とし、一首全体を「自慢げな話し手が信じられない事件を報告し、つづいてその相手方がそれに応じて嘲笑に満ちた応答をするという掛け合いの歌[17]」と見るのに従える。エウカシの「相手方」といえば、同名の兄弟であるオトウカシである。オトウカシは年長者（「うはなり」＝エウカシ）より、年少者（「こなみ」＝オトウカシ）である自分に分配を多くせよと「要望」するのである。

「ええ……ああ……」のいわゆる、はやしことばの部分では、前段の主体と後段の主体とが一体となって「ええしやごしや　ああしやごしや」という意味不明の歌声を立てている[18]。

歌によって呼び起こされる、すでに死んでいるはずのエウカシの声（歌の前段）、「ええ……ああ……」の声は、兵藤裕己の言う「死者」や「もの」の声、ないし藤井貞和の「亡霊」の声であろう。[19] 饗宴の場に生者の声とともに死者の声が響くのである。

さらに、声の重なりは、エウカシ（死者）とオトウカシ（生者）に留まらない。エウカシを罠によって殺すことを掌握していたのも、オトウカシから受けた大饗を御軍に賜わり、宇陀の飲食物を分配しているのも天神御子だから、前段は天神御子の声とも受け取れるように提示されている。『紀』の説話文はそのように解釈して、この歌の類同歌を「御謡」としていたのであった。一方、歌の主体を明示しない『記』の説話文の中にあっては、前段の歌声は殺されたエウカシの声と、殺した天神御子の声とが重なるものとしてありうる。エウカシにとって思いがけない大きな獲物だった鯨とは、罠を仕掛けた「わ」自身であり、天神御子にとって思いがけない大きな獲物は敵対するエウカシである。前段においてすでに、エウカシの悔恨と天神御子の愚弄という敵味方の声が重なり合う。そして後段、この分配を受けようとしているのはオトウカシであり、御軍でもある。後段は、エウカシの「相手方」たるオトウカシの声でありつつ、天神御子の配下にある御軍の声でもあることになる。

はやしことばの部分は、これらがすべて一緒になって響き合う多重の声である。先に意味不明と述べたが、意味不明というよりは、悔恨や愚弄、喜びの笑いや嘲笑、生者と死者、殺す側と殺される側の声が入り交じり、相反する意味が重なり合う、もはや人の言葉以前の声といってよいだろう。まさに矛と盾と、相反するものどうしが包摂し合う非秩序の音声の、一瞬の生起である。「ああ……」「ええ……」と「音」を「引」き、「しやごしや」と続く、反復され複数化し増幅する超意味の複音声。だからこそ『記』は、書記する現在における注記によって、「ああ」については「此者、伊能碁布曽」、「ええ」については「此者、嘲咲者也」として分節化し、一義化しようとするのだろう。

死者であるエウカシの声が天神御子の声と重なりつつ、事を起こしてゆく。饗宴の場に今、罠猟を行い、獲物を待ち、獲物を狩る過程が立ち現われる。歌う場では、殺す側と殺された側との声がたたみ重なり、殺す側が「天神である御子」でありながら、殺された土地の者の振る舞いをも模倣する。宇陀の地で、宇陀の「ち（血＝霊威）」を体内に取り込んで歌う限り、歌の声は宇陀の地で死んだ宇陀の「人」の声と混声してしまうのである。歌う行為によって宇陀の地の死者と重なり合うことは、説話文の語る宇陀のオトウカシが差し出した食物を体内に摂取する饗宴の意味と通底し、饗宴のさなかに起こる、食べる―食べられる関係の神話的意味を明かしている。

5　忍坂での饗宴――戦闘はいかにして開始できるか

(A)に続くくだりで、天神御子、御軍は、はじめて「刀」を「抜」いて「人」を殺すことになる。しかし、歌の叙事であらかじめ殺す行為を行った後に、歌の中の出来事を模倣するようにして刀をふるう。あらすじを(7)として示し、原文を(B)として引く。

(7)そこから行幸して忍坂の「大室《おほむろ》」に至ったとき、尾のある土雲《つちぐも》ヤソタケルがその「室」にいて「待伊那流《まちいなる》」。天神御子の命で饗をヤソタケルに賜う。そこでヤソタケルにあてて、「八十膳夫《やそかしはて》」を設けて、人ごとに「佩刀」させ、その膳夫等におしえて、歌を聞いたら、いっせいに共に「斬」れという。そこでそのツチグモを「打」つのを明かす歌にいうには（歌略）。こう歌って、「刀」を抜いていっせいに「打殺」した。

(B)自其地幸行、到忍坂大室之時、生尾土雲訓云具毛八十建、在其室、待伊那流此三字以音。故爾、天神御子之命以、饗賜八十建。於是、宛八十建、設八十膳夫、毎人佩刀、誨其膳夫等曰、聞歌之者、一時共斬。故、明将打其土雲之歌曰、

意佐加能　意富牟廬夜爾　比登佐波爾　岐伊理袁理
比登佐波爾　伊理袁理登母
美都美都斯　久米能古賀　久夫都々伊　伊斯都々伊母知　宇知弖斯夜麻牟
美都美都斯　久米能古良賀　久夫都々伊　伊斯都々伊母知　伊麻宇多婆余良斯
如此歌而、抜刀一時打殺也。

宇陀や忍坂に至る前に天神御子の行く手に出現した「尾」ある存在は、「国神」であった。忍坂の土雲も尾の生えた存在だが、「土雲八十建」のタケルの名称は、クマソタケル、ヤマトタケル、イヅモタケルなど人につくので、「土雲」は「人」である。彼らが居たのは「大室」。エウカシが「作」った「大殿」と同じく饗宴のために作られる建物であるようだが、「殿」とは異なる建築物である。

清寧記では、針間国の宰《みこともち》に任じられた山部連小楯が其の「国之人民」のシジムの「新室楽」に「到」る。「盛楽、酒酣」のとき、次第をもって皆舞い、火焼く少子（ヲケ・オケ）が兄、弟の順で舞い、出自を明らかにする「詠」を行う。小楯は驚いて「床」から落ちまろび、「追出其室人等」、二柱の王子を左右の膝上にいませて泣き悲しむ。人民を集め、「作仮宮坐置其仮宮」、早馬の使者を貢上した。「室」の宴は地方の「国之人民」が行うもので、多くの「人」が集まり、中央から派遣されてきた役人がそこに招かれている。皇子を据えるのは「仮宮」とされるので、「宮」が「御・屋」とすれば、「や（屋）」とは別に、「楽」のために新たに作る建築物が「室」と見られる。

景行記の「室」も饗宴用である。ヲウスが「熊曽建之家」に「到」って「見」ると、「其家辺」に「軍、囲三重、作室以居」。「御室楽」をしようと「言動」し、「設備食物」しているので、「其傍」を「遊行」して「楽日」

を「待」つ。「楽日」にのぞみ、ヲウスは童女の髪のように結っていた髪をけずりたれ、姨の衣・裳を着て童女の姿と成り、「交立女人之中、入坐其室内」。クマソタケル兄弟二人はヲウスの変装したヲトメを見て気に入って自分たちの間に座らせ、盛んに「楽」ぶ。「酣」のとき、懐から剣を出し熊曽の衣衿を取って剣を胸から刺し通すと、弟は見畏んで逃げ出す。ここでも、「室」は「家」のあたり（「辺」）に、「家」と呼ばれる建築物とは別に「楽」の空間として新たに作られている。「家」は厳重に警護していて容易に入ることはできないが、「室」は違う。「楽」の日には「女人」どもが「囲」みの中へ、外から「入」って「坐」すことができるのである。「室」はまた、「西方有熊曽建二人。是、不伏無礼人等」（景行天皇）とされた西の国人、クマソタケルたちが作った宴のための建築物である。

(B)の「室」も、忍坂の土雲たちが宴のために作った彼らに特有の建築物であったろう。その「室」で、誰もが中に入ってくることができる開かれた状態にあって、土雲たちは宴のときを「待」つ。土雲ヤソタケルたちの「待」つ行為は、予期せぬ到来者を予定しつつある行動として、先に見た狩猟や戦闘における「待」つと通じる。土雲たちは外から室に入ってくる何者かを待ち受けつつ、「伊那流」のだから、イナルとは室の内側へと入り、内側に座り込んで宴に参加しようとするであろう、土地の者に限らぬ者たちに向けた行為、と考えられる。

イナルは宣長以来、「イ・ナル」の語構成と解され、イはイツ（厳）と同じく霊意を表す（土橋寛『古事記歌謡全注釈』）という。「馬声」を「イ」と訓ませる万葉の戯書「馬声（イ）・蜂音（ブ）・石花（セ）・蜘蛛（クモ）・荒鹿（アルカ）」＝「いぶせくもあるか」（『万葉』二九九一）によって、イは馬の鳴く声の擬声語か、ともされる（新全集、『時代別国語大辞典』など）。どちらか決定しがたいが、馬の鳴き声も霊威ある音声として受け止められて「イ」と聞きなされたかもしれない。いずれにせよ、イナルの語で注目したいのは「ナル」である。ナルは自動詞の「鳴る」。「鳴神之」（『万葉』二六五八など）、「於比曽箭乃《おひそやの》（負ひ征矢の）曽与等奈流《そよとなる》（鳴る）麻涅《まで》」（『万葉』四三九八）、「此床《このとこ》乃《の》比《ひ》師《し》跡《と》鳴《なる》左右《まで》」（『万葉』三二七〇）など、ナルとは自ずから音声を立てること。前述した「鳴鏑」は、カブラと訓むが、同種の矢を「響矢《なりや》」（『万葉』一六七八）ともいうらしい。ナル〈鳴る〉は神、矢、床といった物体を含む存在者たちが、自身のスピリットの発現として、自ずから音を発することであった。鳥や動物など生きものは「鳴る」ではなく、「鳴く」ので、イ・ナルは鳴き声ではない。土雲たちは人や動物の声では模倣できないような異音を発しているのである。

　土雲ヤソタケルらは外部から入ってくる何者かを予測し、待ち受けて、ある音声を立てているが、それは八咫烏のような声ではなく、生きものが発する声のようでもなく、むしろ「鳴鏑」に近い音声だったといえよう。意味はあるが、八咫烏の声のように人語に翻訳することが不能な、言語外音声を立てるのが土雲ヤソタケルという「人」どもであると、彼らが「待」つ室へ入って行った天神御子たちは受け止めているのである。天神御子たちにとって、これまでで最も接触困難な、人語の一切通じぬ「人」が土雲ヤソタケルたちであったといえよう。

　それでも彼らと接触しようとするとき、御子側は相手側に「饗」を「賜」うのであった。宴への訪問者が持参した食べ物を差し出し、贈り物をする。食べ物を示して土雲に接近するという方法は、言葉を必要としない振る舞いにほかなるまい。土雲がその代わりに忍坂の地が産出した飲食物を差し出せば、両者の間に対称的な関係が成立するはずである。「八十建」に対して同じ数量の「八十膳夫」を用意した、という語り口には、見せかけの対称性が込められていると思われる。天神御子と御軍は、(A)において宇陀の地肉を食べ、「うだの　たかきに……」の歌を歌い、この吉野から宇陀にかけての山の身体に変成していると見ることができる。忍坂の土雲ヤソタケルどもにほど近い地の存在、ヤソタケルどもの隣人を装っている、とも考えられる。

　むろん、実は「八十膳夫」は「刀」を持っており、天神御子側に通じる言葉すら持たず「イナル」音声を発するだけのヤソタケルとの間には、宇陀のウカシ兄弟との間に横たわっていた以上に圧倒的な不均衡がある。このままでは、「あそび」としての戦闘は始めることができないというとき、歌うのではなかったか。「イナル」という音声に向き合い、なんらかの接触や働きかけを行うことができるはずである音声が、歌声だったのではないか。

（「聞歌之者、一時共斬」。故、明将打其土雲之歌曰）
おさかの　おほむろやに　ひとさはに　きいりをり　ひとさはに　いりをりとも（前段）
みつみつし　くめのこが　くぶつつい　いしつつい もち　うちてしやまむ
みつみつし　くめのこらが　くぶつつい　いしつつい もち　いまうたばよらし（後段）
（如此歌而、抜刀一時打殺也）

「聞歌之者、一時共斬」と軍に指示しているのは天神御子であろう。歌を「聞」くのは膳夫に変装している軍たちであろう。では、歌を歌ったのは誰であろうか。土雲を「将打」という意思は天神御子のものだから、歌の主体は天神御子とするのが通説である。しかし、「明将打其土雲」は、これから歌われる歌のテーマを説明するものにすぎず、歌の直後の「如此歌而」も、直前の歌の主体を限定してはいない。「歌而」と、歌う行為に引き続いて行った「抜刀一時打殺」、隠していた「刀」を「抜」いたのは御軍たちであり、「如此歌而」の主体も御軍たちのようにも見える。『紀』の類歌では天皇の密命を受けた大伴の祖が歌ったと明記するのに対して、『記』は歌い手も聞き手も一緒になっている状態だと考えたことがある。[20] しかし、やはり『記』は歌声の主を「曖昧」にしたままにしているのではないか。

歌表現の前段「おさかの　おほむろやに　ひとさはに　きいりをり」で、忍坂の「室」を「大室屋」とほめ、多くの「人」が「来」て「入」って「居」る、と叙事できるのは、室を作った側であろう。すなわち、前段は自分たちの宴の空間たる室屋に外からやって来る人々を迎える、忍坂のヤソタケルの声である。歌声は、イナル音声を受け止めて歌の言葉に翻訳することができるかのように振る舞うのである。

ネリー・ナウマンは「室屋は縦穴式居住所、「おほや」は集会所・共同の施設[21]」とするが、前述したように「室」は生活をともにする集団の集会所であるばかりか、見知らぬ他者も入ってくる可能性のある建築物であった。前段末尾、「ひとさはに　きいりをり」を繰り返す「ひとさはに　いりをりとも」になると、「き（来）」がなく、すでに、宴の空間に、他所からやって「来」た「人」は入って座っている。「共同の集会所」たる「室」は今、土地の者であれ、他所から来訪・侵入した者であれ、近しく身体と身体とが接し合う、対称的な関係の場と化す。

「みつみつし　くめのこが」と始まる後段は、その対称的な関係の場から、久米たちを「みつみつし」という起源譚の凝縮した詞章（枕詞）を冠して呼び起こし、その久米たちに「くめのこ」と「同族的な親密性[22]」を持って呼びかける者が登場する。呼びかけられた者たちは起源の久米と成り、歌い手は、久米らとともに頭がまるくなった石の槌で相手を「うつ」。「みつみつし　くめのこ」とは、「くぶつつ・いしつつ」を持って「うつ」動作を行うことができる者たちにほかならない。

「くぶつつ・いしつつ」は弥生時代の槌状ないし棍棒・斧状の石製武器であり、奇襲・接近戦に有利な農耕用の穴掘り棒でもあり、「敵は、石製の頭のついた棍棒の「頭椎」という、本質的に農民の武器で撲殺されるのである[23]」という指摘のとおりであろう。さらにいえば、「うつ」という動作は、記紀歌謡や万葉歌の中で、大根、田、麻、梁、衣手、鐘、鼓、斧、杭を打つ、馬を打つ、霰が打つなどとして見える。「みつみつし　くめのこらが　あはふ」（記11）という表現からすれば、歌が叙事する久米らの暮らしは、弥生時代というより山の斜面を利用して焼畑を行う、縄文と弥生との間にある畑作文化と言うべきかもしれない。畑作業に使う槌は歌の中で武器に転用されるが、相手の「人」を打つことはあくまでも大地を打ち、畑と化す行為と同じ「うつ」行為として、遂行されるのである。

前段の末尾で主・客が隣接した「共有空間」に座ったとたん、「みつみつし　くめのこら」の声が響くところに注目される。主・客の入り交じった中からこの声を受け止めることのできる者が「みつみつし　くめ」と成って立ち上がり、棍棒で打つ。「その戦法は奇襲であって、驚いた敵を事情を悟られるまえに打ち殺してしまう」[24]のであるが、後段の開始とともに起こる歌の叙事の急転によってこそ、近しい者どうしの中に敵と味方とが分立するのである。ちなみに、『紀』では饗宴のために「室」を作るのも、土地の側ではなく天皇の密命を受けた大伴の祖の行為であり、歌の中で主体が変容したり、重なったりすることは起こらない。

以上のように歌表現をとらえてくると、「うちて　し　やまむ」の「シ」は従来考えられてきたように強意の助詞ではなく、二人称の「シ」（おまえ）ととらえるのが適切であろう。通説では、「うちてしやまむ」を「うち」（撃ち）＋「て」（完了の助動詞）＋「し」（強意の助詞）と見て、「撃ってこそ（われわれは）終わろう」、意訳して「敵を撃たずにおくものか」（新全集）などと解している。対してロイ・アンドリュー・ミラーは、この「シ」は「歴史言語学から見て」「アルタイ語本来（またツングース語）の代名詞変化系列を受けつぐ」「貴重な」事例であると指摘する。ただ、「二人称代名詞の指示語への移行」は「日本語において速くはじま」ったともしている。[25]

歌いかける相手に直接向き合い呼びかける二人称としての「シ」は、確かに用例が少ない。とはいえ、その存在を認めることができるならば、清寧記の歌垣の歌を読み直すことができるかもしれない。「歌垣」においてヲケノミコトとシビノオミ（平群臣の祖）とは、オフヲという名の娘子（菟田首の女）を得ようと歌で争う。シビはヲケが婚しようとしていたオフヲの「手」を「取」っているという状況でシビとヲケとが歌をやりとりする。そのうち、シビが大君の御子（ヲケ）の柴垣はしっかり締め回しているが、切れ、焼けるだろう柴垣だ、と歌ったのに対してヲケノミコトが歌う。

「おふをよし　しびつくあまよ　しがあれば　うらごほしけむ　しびつく　しび」（記110）。「おふを」は「大魚」という娘子の名であり、大きな魚でもある。「しび」はシビノオミの名であり、魚の鮪でもある。「あま」は大魚を突く海人であり、娘子（オフヲ）を得ようとしているシビノオミのことでもある。「しびつくしび」はシビを名とする海人がシビ（大魚）を突くといって、臣下どうし、ないし、同類どうしの結婚をけなしていると思われる。シビが大魚である女の手を取っているという説話文の状況に見合う内容である。この歌の「しがあれば」の「シ」については、普通は新全集頭注のように「「其」は乙女の「大魚」」として、指示代名詞の「シ」で、「おふをよし　しびつくあまよ　しがあれば……」は、「大魚がよいと鮪突く海人よ、その娘子の大魚が離れたら……」と解している。しかし「シ」が「おまえ」といった二人称であるとすれば、「海人よ」と最初は男に呼びかけ、次には男の傍らに立つ女（大魚）に向かって自分の一対の相手であるツマに向き合うように「シが（おまえが）」と親しく呼びかけるのではないか。

　記110歌の直前には、ヲケが「しほせの　なをりをみれば　あそびくる　しびがはたでに　つまたてりみゆ」（記108）と歌うと、シビが「愈よ怒」って前述の柴垣の歌を歌うというやりとりがある。「しびがはたで（鮪の鰭のはし）」に立つ「つま」とは、シビが手を取っているオフヲをさす。ヲケは別の男（シビ）に手を握られている女へも、あたかも自分と一対の女であるかのように「ツマ」と、二人称で呼びかけるのである。二人の男が歌で一人の女を争うやりとりでありながら、この歌垣の場は男たちが獲得しようと争っている女をも含めて成り立っているとわかる。「シがあれば」の「シ」が二人称であれば、やりとりされてゆく歌じたいが、男二人、女一人の三角関係を歌っていることがより明確になる。

『万葉集』の山上憶良作かとされる「恋男子名古日歌三首」（5九〇四）の「シ」は、二人称でよいだろう。

世人之　貴慕　七種之　宝毛我波　何為　和我中能　産礼出有　白玉之　吾子古日者……伊射祢余登　手乎
多豆佐波里　父母毛　表者奈佐我利　三枝之　中尓乎祢牟登　愛久　志我可多良倍婆
（いざねよと　手をたづさはり　父母も　表《うへ》はなさがり　三枝《さきくさ》の　中にをねむと　愛《うつく》しくしが語らへば）

亡くなったばかりの子の生前の姿を思い起こすくだり。父と母とも離れず、三枝の枝のように父母の間に寝ようと、「愛しく」語らった生前の子の言葉が呼び起こされて、その今もおなじく愛しい亡き子に、身体のすぐ隣に並んで寝る距離から「シが（おまえが）」と語りかけている。

「うちて　し　やまむ」も、「シ（おまえ）」は必ず「やむ」にちがいないだろう（近い未来の予告）と考えられる。「やむ」は「トマル・トドマルが、ものが動きを停止することを意味するのに対し、そのことがら自体が停止と同時になくなる意をあらわす」（『時代別国語大辞典』）。室で隣り合い、室を作った者も、外から入って来た者も膝を突き合わせて座り、同じ場を共有する一員と成った場でこそ、すぐ隣の相手に向かって「シ」と呼びかけ、打ちかかり、撲滅しようとするのである。

歌には「刀」も「斬る」も「殺す」も登場しない。「如此歌而、抜刀一時打殺也」と説話文にはある。「刀」で「斬る」「殺す」行為を、歌が「石槌で打つ」（宴の場を共有する対称的な関係にある隣人を山の畑を打つようにして打つ）に変換し、その歌を歌うことによって天神御子・御軍ははじめて「刀」を抜くことができたのであろう。歌は武器を持たぬ、意味不明の音声を発するだけの相手を欺き、虐殺することを、対等・対称的な関係の中での隣人どうしの「あそび」としての戦いに語りかえる。そうすることではじめて戦闘は開始できたのである。

土雲たちのイナル声そのものは永遠に消滅したままであるが、殺した側は、歌うたびごとに土雲たちの声を模倣し、土雲たちも用いたであろう「くぶつつ」「いしつつ」という棍棒で打つ「野蛮」な振る舞いを行う「みつみつしくめ」と成るであろう。歌の叙事はより原始的な、生活圏を一部共有せざるをえない部族どうしの「裏切り」による「野蛮」な（「天皇」なるものにとっては）殺戮を語り、予告する。しかし、この歌の中の戦いは決して非対称的な武器を用いた圧倒的な殺戮たる「虐殺」ではなく、対称的な関係の中での命がけの接近と接触、すなわち「あそび」としての戦いである。虐殺は戦いの叙事にはなりえないのであった。

＊＊＊＊

これらの歌を歌うことは「天」や「天神御子」から見れば、自らが宇陀や忍坂の山を生活圏とする「野蛮」で「原始的」な振る舞いを模倣し、身につけ、奪う行為である。天神御子は歌声を発することで、「天神」ならざる「地」の側の、異類（に成るはず）であった。そうしなければ、大和入り直前の平野部に近い山での戦いは遂行できなかった、と『記』は語る。

では歌は、殺された者たちを鎮魂する働きをも持ったであろうか。『記』の歌は『紀』の歌と異なって殺される側の声が混入する多声の歌であることで、少なくとも、「野蛮」で「原始的」な振る舞いを模倣することじたいの残虐さ、野蛮さを露わにしていよう。喜びの声は嘲笑の声であり、悔しさの声がそのまま愚弄の声である歌声や、「いしつつ・くぶつつ」で「うつ」ことをする「わ」が「し」と雑居しうる歌声の重奏を、『記』は八世紀において先端の文化であった漢籍の文脈をもって覆い隠すことをしてはいない。『記』の説話文は、歌を聞き、歌を歌う場から歌なるものをとらえているのではないか。

ここで『記』の歌の中に、「天神御子」でも殺される「地」の側の者でもない声が混入していることを、聞き分けるべきであろう。「うだの　たかきに……」では、裏切り者の弟であるオトウカシの声。「おさかの　おほむろやに……」には、「みつみつし　くめのこら」と呼びかけられて宴の座から立ち上がり、忍坂の室屋の主の隣人として槌を打ち下し、主たる土雲たちを絶滅しようとする「くめのこ」らの声。彼らは八咫烏の鳴き声でも、鳴鏑の音声でもなく、敵味方が混声する歌声を担うことで「あそび」としての戦闘を生き延びた者である。殺戮者の側にありながら、「天神御子」より殺戮そのものに接近している当事者であり、殺戮された側の兄弟や隣人でもある彼らこそが、死者の声を呼び起こし続けるのである。

（1）古橋信孝『古代和歌の発生』東京大学出版会、一九八八。
（2）藤井貞和『古日本文学発生論』思潮社、一九七八、同『物語文学成立史』東京大学出版会、一九八七。
（3）藤井貞和『文法的詩学』笠間書院、二〇一二。
（4）「行為遂行的」（パフォーマティヴ）の語は、J・L・オースティン『言語と行為』（坂本百大訳、大修館書店、一九七八）により提唱され、ジャック・デリダ、ジュディス・バトラーによって深化された概念という。本章は物語研究会の二〇一四年夏の大会シンポジウム・テーマ「物語のパフォーマティヴ」での口頭発表をもとにしている。
（5）古橋信孝、注1に同じ。
（6）本書Ⅱ―3も参照されたい。
（7）呉哲男「古事記の神話と対称性原理」『文学』一三―一、二〇一二・一。
（8）楠木千尋「「天神御子」と〈久米歌〉」『国語と国文学』七〇―四、一九九三。
（9）クロード・レヴィ＝ストロース『悲しき熱帯』川田順造訳、中央公論社、一九七七。
（10）藤井貞和『物語理論講義』東京大学出版会、二〇〇四など。
（11）多田一臣「母の甜き乳をめぐって」『古代文学の世界像』岩波書店、二〇一三。多田によれば、血、乳が霊力を表すチと重なることは、早く松村武雄が指摘（『日本神話の研究』四、培風館、一九五八）、これを受けて三浦佑之（『万葉びとの「家族」誌』講談社、一九九六）も「血」と「乳」の同一性を強調する。なお、「チ」については本書Ⅰ―4も参照。

（12）楠木千尋、注8に同じ。
（13）工藤浩「久米歌と大嘗祭」『国語と国文学』八三―一一、二〇〇五。
（14）小島憲之「城大臣の文章――神武紀を中心として」『国語学』二六、一九五六。
（15）『日本書紀「歌」全注釈』笠間書院、二〇〇八。
（16）佐藤和喜『景と心』勉誠出版、二〇〇一。なお、エドゥアルド・ヴィヴェイロス・デ・カストロによれば、アマゾンの先住民であるアラウェテの「戦いの歌」では「戦士は、呼び名とその反唱が複雑に絡みあったある遊びをとおして、死亡した敵の視点から自分自身を語る。その歌の（二つの意味において）主体＝主題である犠牲者は、彼が殺したアラウェテのことを、そして彼を殺した者――「語り部」自身のことであり、ようするに、死亡した敵の言葉を歌う者――のことを、食人的な敵として語る（もっとも、アラウェテは言葉しか食さないのであるが）。アラウェテの殺戮者たちは、その敵をつうじて、自らを敵のようにみなしたり、敵のような状態にしたりする。つまり、「敵として」現れるのである。彼は犠牲者の眼差しをとおして自らを理解した瞬間から、あるいはむしろ、犠牲者の声によって自らの特異性を表明した瞬間から、自らを主体として把握する」（『食人の形而上学――ポスト構造主義的人類学への道』檜垣立哉・山﨑吾郎訳、洛北出版、二〇一五）。当歌の場合も、後述するように、「殺戮者たち」（天神御子たち）は「その敵」（エウカシ）をつうじて、「自らを敵のようにみなしたり、敵のような状態にしたり」し、「犠牲者」（エウカシ）の声によって「自らの特異性を表明した瞬間」から自らを「主体として」（歌い手として）把握する、と考えられようか。
（17）ネリー・ナウマン『久米歌と久米』言叢社、一九九七。
（18）飯島奨は「ええ……ああ……」について、中国少数民族の歌がけ歌や民謡に見られる、歌詞の意味をになう「実詞」に対して旋律や音数律と関わる「加補音」（「虚詞」）と比較して、単なる囃子詞ではないとする。『日本書紀』は「ああ」や「しや」を「実詞」と認めた場合のみ記すのに対して、『古事記』は「実詞と虚詞との区別をはっきりさせずに」記しており、「実詞でもあり虚詞でもあるという実／虚をはっきりわけられないものにこだわった」としており、示唆を受けた（「虚詞の多様性――記歌謡一〇「ええしやごしや」をめぐって」『古代文学』五三、二〇一四・三）。
（19）兵藤裕己「演劇物語論」『物語研究』一四、二〇一四・三、藤井貞和「虚実皮膜のパフォーマティブ」同前。
（20）猪股ときわ『歌の王と風流の宮』森話社、二〇〇〇。

(21)ネリー・ナウマン、注17に同じ。
(22)同前。
(23)同前。
(24)同前。
(25)ロイ・アンドリュー・ミラー「久米歌に関する若干の言語学的考察」『久米歌と久米』前掲注17に収める。

4　葦原の王　神武記のヤマトと地域神オホモノヌシ

1　地名を負う

『古事記』中巻、神武天皇条は冒頭から神武をカム・ヤマト・イハレビコと、「やまと」と「いはれ」という地名をもって呼び、以降の説話は名が示す事績を解き明かすかたちで展開してゆく。ことにヤマトの名は『記』の成立時点での国号であり、初代天皇の名としてふさわしいと考えられたであろう。本章では、イハレビコが美和の大物主神の娘との成婚によってカム・ヤマトと呼ばれるべき王と成る過程を読み解きたい。

いわゆる東征説話において、イハレビコは熊野上陸にあたって天から横刀を下され「天神御子」と成り、天の派遣した八咫烏に導かれるが、ヤマト盆地手前の山間部はそれだけでは制圧できず、宇陀や忍坂の地においては歌う行為や歌がその地と交渉し、交感し、制圧することと深く関わっていることを前章で論じた。その後、「天神御子」は兄の死を招いたトミビコをも倒し、「荒ぶる神等を言向け平げ和し、伏《したが》はぬ人等《ひとども》を退《しりぞ》け撥《はら》ひて、畝火の白檮原宮《かしはらのみや》に坐して、天の下を治めき」とヤマト盆地内に宮を構える。次に「大后」を求めてオホクメを伴い高《たか》佐士野《さじの》に登場するにあたっては「天皇」と呼ばれることになる。「天皇」はヤマトという土地に関しては、戦闘ではなく歌によって女を獲得することで、カムヤマトを冠するヤマトの地の王と成ることができたのではないか。

注目されるのは、ヤマトの語が土地の名として神武記に登場するのが、唯一、高佐士野で歌われる記15の中においてのみという点である。ヤマトの主神ではなく、ミワの主神と呼ばれるミワノオホモノヌシ神と婚姻関係を結ぶことが、なぜヤマトの領有と結びつくのか。ヤマト盆地内の記15を含む高佐志野での歌のやりとりは、初代天皇が「やまと」の王たるゆえんを、神話的位相において開示しているのではないだろうか。

2　地域神オホモノヌシ

於是、其伊須気余理比売命之家、在狭井河之上。天皇、幸行其伊須気余理比売之許、一宿御寝坐也。

高佐士野での歌のやりとりの後、天皇はイスケヨリヒメの家に行って婚するのであるが、その結婚は「一宿御寝」とあって、『記』上巻、天孫とサクヤビメとの婚姻の「一宿為婚」とは「相似形」をなす聖婚であったとされる。[1] どちらも天孫と地上の神の娘との婚である。しかしサクヤビメが「国神」オホヤマツミの娘であるのに対して、イスケヨリヒメは「国神」の娘とは語られていない。

……大久米命白、此間有媛女。是、謂神御子。其、所以謂神御子者、三島湟咋之女、名勢夜陀多良比売、其容姿麗美故、美和之大物主神、見感而……

オホクメがもうしあげるところによれば、大后にふさわしい女は「美和之大物主神」と「三島湟咋之女《みしまのみぞくひがむすめ》」の間に生まれたのである。

神武説話のここまでの展開には、自ずからイハレビコ一行に従い、「国神」と自称した神々がいた。サヲネツヒコ（倭国造等之祖）、ニヘモツノコ（阿陀之鵜飼之祖）、ヰヒカ（吉野首等之祖）、イハオシワクノコ（吉野国巣之祖）、いずれも原文が注記の形で記す子孫には「倭」や「阿陀」「吉野」といった地名が見えるものの、「国神」たちは地名とは無関係の名を名乗ったり、負わせられたりしている。対して、イスケヨリヒメの父は「ミワ」という地名を冠しているが、決して「国神」と名乗ったり名指しされたりしておらず、「国神」とは別種の存在であったと考えられる。

通説では、上巻の出雲神話、大国主の国作りにおいて、海を光らして依り来て、「吾をば、倭の青垣の東の山の上にいつき奉れ」と発言し、説話文が「此は御諸山の上に坐す神ぞ」と説く無名の神が、神武記のミワノオホモノヌシと同一神であったとする。しかし谷口雅博が論じるように、上巻では「御諸山の上に坐す神」とのみあって未だ名づけられていなかった神が、神武記に至って「大物主神」という「不分明な「物」の神として発動」した、と見るべきであろう。谷口によれば、「物」の「神」とは『記』において、スサノヲの「涕泣」と海原の不統治によって地上世界に出現した「万物之妖」を源・起源とする、「モノを発動させる神・モノの威力を体現化する神」である。(2)しかも、神武記のオホモノヌシの名は、神の名乗りによって知られたわけではない。「天皇」の従者として外からこの地にやってきたオホクメが、イスケヨリヒメの素性を語る中に登場するにすぎない。オホ・モノ・ヌシの名にはそうした外部からの、畏怖のまなざしが投影されていよう。

後の崇神記になると、疫病によって人民が尽きようとしたとき、「大物主大神」が天皇の神床の「御夢」に出現して「是は、我が御心ぞ」と言い、子孫オホタタネコによる祭祀を指定し、オホタタネコを「神主」として「御諸山にして、意富美和之大神の前を拝み祭」ることになる。上巻、神代記の「ミモロ」山の上にいる無名の神と、神武記の「ミワ」の「オホモノヌシ」とが同一神らしいことが、崇神記に至ってようやく判明するのである。[3] この神が子孫のオホタタネコによって祭祀される段の説話文では「意富美和之大神」「大神」と、「モノヌシ」の呼称が抜け落ちることにも注意される。[4] いずれの名称も神の名告りとしては描かれていないが、ミワノオホモノヌシからオホミワノオホカミへの呼称変化は、神が「荒ぶる神であることをやめて宮廷秩序のなかに組み込まれ」ることであり、[5]「換骨脱胎されて別のカミとなったことを意味」するだろう。[6]
『記』の説話の展開に沿って考えるなら、神武記のミワノオホモノヌシは未だ換骨奪胎されていない、モノの主としか呼べない存在である。同様、イスケヨリヒメも、オホクメがその誕生譚を語る時点ではミワの神の娘とだけあって、「やまと」とは切り結んでいないと考えられる。
「やまと」の語は上巻、出雲神話の中に「倭」「やまと」が三例見いだせる。「神語」の中の「やまとの ひともとすすき」は普通名詞（「山の処」の意）、あとの二例の「倭」は出雲国から見て「上」る方向にあたる「倭」（「自出雲将上坐倭国」）と、前掲した「倭之青垣東山上」である。これらのヤマトは『記』を記す天武朝頃の現在における「天下」の中心である「奈良盆地一帯」ととらえることができる。[7] 神武記の「国神」の子孫についての注記に「倭国造」とあった「倭」（前掲）の場合も、同様に考えられよう。一方、カムヤマトイハレビコにとっての「やまと」とは、「青垣」の語がふさわしい、山々に東西南北を囲まれた奈良盆地一帯を指し示す「倭」ではなく、あくまでもこのくだりで婚姻関係を結ぶ「ミワ」の神の威力のおよぶ範囲、三輪山周辺の小地域にすぎないのではないか。律令国家が区切った行政区画の「倭」でも、律令国家の国号でもない地域を名指す言葉ととらえるべきではないだろうか。
では地域とは何か。人類学者の菅原和孝は、「動物と環境」ないし「動物という環境」が狩猟民たちにとって「容易には縮減しがたい複雑性のなかで揺らぎ続けて」おり、それはつねに「汲めどもつきない「異様さ」の発生」をみちびき、「おれ（狩猟民であるわたし・猪股注）の思いをかき立て続け」、神話的な表象を紡ぎ出して「虚環境を豊饒にする養分を供給するし、逆に虚環境に魅惑されることが環境内の事象を新たに気づきなおす力を」与える、としていて示唆に富む[8]。ここで言う「地域」を、動物や植物といった生物、石などの無生物、山川野崎などの地勢や地形をも含む地域環境として考えたい。「地域」とは、人の身体が存立する具体的な、しかし常に「容易には縮減しがたい複雑性のなかで揺らぎ続けている」環境全体であろう。しかし、「地域」はあらかじめ外界に「ある」というわけでもなく、人の側が語りや歌、儀礼行為、狩猟や開墾などを通じて関わり合おうと「コミュニケーション期待を投げかける[9]」中にこそ紡ぎ出されてゆくであろう。「地」を「域」に区切ることである範囲をもった「地域」感覚がもたらされるが、その区切りじたいがあくまでも人の身体との相互関係の中で揺らぎ続けているのである。

ミワノオホモノヌシは、その霊威のありかたや及ぶ範囲が「複雑性のなかで揺らぎ続けている」存在であればこそ「モノヌシ」とだけ呼ばれる、「国神」ならぬ、いわば地域神であろう。地域の霊威そのものであればこそ、その娘との結婚が「天皇」に具体的な「地」の「域」をもたらすのではないか。

3　揺らぎ続ける地の域

オホクメが語るイスケヨリヒメ誕生譚は、オホモノヌシのそうしたとらえがたさをよく表していよう。

……大久米命白、此間有媛女。是、謂神御子。其、所以謂神御子者、三島湟咋之女、名勢夜陀多良比売、其容姿麗美故、美和之大物主神、見感而、其美人為大便之時、化丹塗矢、自其為大便之溝流下、突其美人之富登。爾、其美人、驚而、立走伊須須岐伎。乃、将来其矢、置於床辺、忽成麗壮夫。即娶其美人、生子名、謂富登多多良伊須須岐比売命。亦名、謂比売多多良伊須気余理比売。故、是以神御子。

オホクメによれば、ミワノオホモノヌシは丹塗矢と化して三島のミゾクヒの娘のもとへ流れ下り、ホトを突いた。美人の床辺では「忽成麗壮夫」という。自在で素早く身体の形を変化させる力は、正体のとらえがたさ、容易に鎮めえぬ対象を示す語り口であろう。[10] 奈良盆地内のミワから摂津の三島まで、川の流れに従って流れ下って行ったらしいことからは、一処に安住し鎮まることのない性質がうかがえる。地域というものじたい、「容易には縮減し難い複雑系」[11]に開かれてあるのだとすれば、これもまた、一地域を他と区分けしてはっきりと区切ってしまうことのない地域神オホモノヌシの特質といえる。地域は「倭国造」の「倭」のような後の行政区画とは異なるのである。ホトを突かれたヲトメが驚き「立走伊須須岐伎」というくだりも、この畏怖すべき神と、不意に、近しく身体と身体とで接触してしまったときの衝撃を動作によって示す。

山﨑かおりは、オホモノヌシは農耕に関わる水神ないし雷神であり、イスケヨリヒメは稲の豊穣儀礼を担う巫女としている。上巻末尾に「ミケ（御食）」を含むワカミケヌ・トヨミケヌの異名を持つ神武は「稲の豊穣儀礼を背景として生まれた」イスケヨリヒメを娶ることにより、「祭祀王たる天皇として即位することができた」という。[12] たしかに、「杭」「溝」の語や丹塗矢への変身、水路を移動手段とすることなど、他の古代文献に見える伝承を参照することで水神や雷神のおもかげがうかがえよう。とはいえ、神武記の中で、それらが農耕、それも水田稲作という限定された農耕に直接結びつけられているとはいえず、イスケヨリヒメと婚姻関係を結んだ神武天皇が祭祀王として描かれているとも読めない。宮廷の神祭祀の開始と関わるのは、先にオホモノヌシについて見たように、崇神天皇であろう。

松本直樹は神武記のオホモノヌシと天皇との関係は、後の崇神記が「自らの手でオホモノヌシノカミを祭り、モノを自らの価値基準の中に収めてしまった」のとは違って、「未知の地に存在したモノの力を手に入れること」で「その地に進出し、根付くための前提」を作ったのであり、「大和のモノの力を皇統に取り入れた。これは天皇の側からモノの世界に入り込むことであ」ったとする。[13] 崇神記でさえ、直接の祭祀を行うのはオホタタネコというミワの神の子孫であるので、天皇が「自らの手でオホモノヌシノカミを祭」ったとはいえないものの、神武記の婚姻が「天皇の側からモノの世界に入り込む」ことであったという指摘は示唆的である。

イハレビコは、オホモノヌシ神のように矢に変身してヲトメのホトを突く、などということはしないし、できない。それは「天皇」の威力とは異質な威力なのである。にもかかわらず、「天皇の側からモノの世界に入り込」もうとしたのだとすれば、それはどのようにして果たされたのか。

4　「七行く」ヲトメども

「天皇」は歌うことはできるが、オホモノヌシの子とわかっているイスケヨリヒメと直接歌を歌い合うことは決してしていないことに、ここであらためて注目したい。オホモノヌシの娘の負うであろうモノの力に最初から直接向き合い、身体を接触し合うことはできないのであろう。「天神」にとってそれほどの異質さが「やまと」にはあったのである。その異質さ、異様さと向き合い、駆け引きをし、入り込むことを可能にするのが、オホクメの存在であった。

於是、七媛女、遊行於高佐士野、伊須気余理比売、在其中。爾、大久米命、見其伊須気余理比売而、以歌白於天皇曰、

やまとの　たかさじのを　ななゆく　をとめども　たれをしまかむ　（記15）

爾、伊須気余理比売者、立其媛女等之前。乃天皇、見其媛女等而、御心知伊須気余理比売立於最前、以歌答曰、

かつがつも　いやさきだてる　えをしまかむ　（記16）

Ⅲ―3で見たように、「天皇」に即位する前の歌では、「天神」である「御子」とオホクメたち「御軍」とは分かちがたく結びつき、「御軍」らが歌っているのか、「天神御子」が歌っているのか明確にしない描き方を『記』はしていた。「天神御子」と「御軍」が歌う行為においては分かちがたく結びついているゆえに、「天神御子」は忍坂の土雲たちが「待」つ「大室」（土雲たちの宴の空間）にあたかも隣人のように入り込むことができるのだし、歌の中でも「みつみつしくめのこ」の首長であるかのように呼びかけ、「くめのこ」と一体化できた。しかし、「天皇」と成ってからは、オホクメと「天皇」の立場は明確に区別される。

オホクメはイスケヨリヒメの素性を知り、「美和之大物主大神」の名を知っていた。「天皇」は知らない婚姻伝承を知っていたのであるから、ミワの地の一歩外側の位置あたりに、オホクメは立つことができるのである。これは「くめのこ」の歌（記10〜14）において、「うだ」や「おさか」の地の隣人の位置にある「くめのこ」に等しい立場でもある。ゆえに、オホクメは高佐士野でも「遊行」する七ヲトメの中に在るイスケヨリヒメを「見」て、「天皇」に歌で白す（「以歌白天皇曰」）ことができる。記15の前半、

やまとの　たかさじのを　ななゆく　をとめども

は、すでに七人のヲトメの中のイスケヨリヒメを「見」たオホクメが、ヲトメたちの側に立ったかのように、彼女たちの行動を叙事する。歌の中で実現する野を群行する行為じたいが、行く者どもをヲトメ（変若・女）という、「メ（女）」の性的生命力や威力（魅力）に満ちあふれ、対となるヲトコとの偶然の出会いを予期する存在と化す[14]。説話文では野の名を「高佐士野」とするだけであり、野がヤマトの野であることは、歌によってこそ明らかになる。ミワノオホモノヌシの娘イスケヨリヒメはこの歌によって、「やまと」の「をとめ」と成るといってよいだろう。

後半、

たれをしまかむ（誰を抱こうか）

で、歌い手は、ヲトメどもと一対となる可能性を持つヲトコの立場から「たれ」と問い、「む」と意志する。それは「天皇」の意志でもあろう。

あるいは、前半・後半合わせて、イスケヨリヒメを「見」た歌い手が終始イスケヨリヒメの側に成り代わって歌っているとも考えられる。天皇はまだイスケヨリヒメを「見」ていない。この段階で七人の中の一人をこそ「見」ることができたオホクメは、「見」た対象、「やまと」の地の側に一歩近づいている。ゆえに媛女たちの行動を叙事できるのであろう。歌い手（ヲトメ＝オホクメ）は自らの行動を「やまとの　たかさじのを　ななゆく」と歌で叙事することでこそ、自ら「やまと」のヲトメと成るのである。

後半の「たれをしまかむ」は、ヲトメと成った歌い手が歌いかける相手であるヲトコが「誰をこそ抱こうか」と迷う句である。前半・後半ともにイスケヨリヒメ側の歌声であるとすれば、「（あなたは）誰をこそ抱こうか」

となり、甲乙つけがたい七ヲトメの中から対となるべき唯一の相手である私が見つけられますかと挑発し、答歌を促していると解せる。

答歌（記16）の前の説話文に至って、「天皇、見其媛女等而、御心知伊須気余理比売立於最前、以歌答曰」と、「天皇」ははじめてヲトメらを「見」、イスケヨリヒメが「最前」に立っているのを知る。

むろん天皇は「天皇」であるがゆえに「御心」に答えを知っていたので、

かつがつも　いやさきだてる　えをしまかむ　（記16）

と、「いやさきだてるえ」こそが最もすぐれた伴寝すべきヲトメ、ヤマトのイスケヨリヒメであるという正解を出したということだろう。しかし、その前に知っていたのはオホクメであり、「天皇」の答歌も直接イスケヨリヒメには向けられず、イスケヨリヒメ側に立つオホクメに向けられている。「天皇」にとって七媛女らと言葉を交わすどころか、歌いかけることも、七媛女の中のイスケヨリヒメだけを「見」ることも、困難なのである。「天皇」と「やまと」との間には容易には埋め難い距離があり、オホクメがヲトメらを「ななゆく　をとめども」と叙事する歌を介してのみ、「天皇」は七媛女を「見」ることができるのであった。

5　歌うオホクメ

天皇の答歌が歌われても、まだ天皇とヲトメとは歌を交わさない。

爾、大久米命、以天皇之命、詔其伊須気余理比売之時、見大久米命黥利目而、思奇歌曰、

あめ　つつ　ちどり　ましとと　など　さける　とめ　（記17）

爾、大久米命答歌曰、

をとめに　ただにあはむと　わがさける　とめ　（記18）

故、其嬢子白之、仕奉也。

天皇の答歌を受けたオホクメは「以天皇之命、詔」とあって、「以……命」（ミコトモチ）の役割を担う。オホクメはイスケヨリヒメに対しては天皇の側に立つ。天皇の言葉は未だ、直接ヲトメに向けられていない。ヲトメの「仕奉」の返答の前に、イスケヨリヒメとオホクメの歌問答（記17、18）が入ることになる。ヲトメは「詔」には返答せずに、まずは「天皇」の目ではなく、オホクメの「黥利目」を「見」て、「奇」と「思」い、オホクメに向かって「歌曰」するのである。依然として、ヲトメを「見」ることと、ヲトメが「見」ることとが呼応し合っているのは、イスケヨリヒメとオホクメである。「天皇」は「媛女等」を「見」たものの、ヲトメは「天皇」を「見」ていない。

　オホクメの役割は何か。イスケヨリヒメの歌にオホクメが答歌すると、なぜ即座に「仕奉」となってしまうのか。

　宇陀の兄ウカシと向き合った際に、ミチノオミと同列に語られるオホクメ（「大伴連等之祖道臣命・久米直等祖大久米命二人、召兄宇迦斯」）には、天孫降臨の際「御前」に「立」って仕えた（「立御前而仕奉」）久米直等の祖、天津久米命が想起されよう。上巻の久米直の祖も、大伴連の祖・天忍日命《あめのおしひのみこと》とセットになっていた。しかし、イハレビコの「天皇」即位以降の「大后」求婚説話にあっては、オホクメは単独で、ヤマトと先ず接触する役割を

担う。「御前」に「立」つという上巻の天津久米の行為を、同じく久米直の祖とされる者として踏襲しつつも、高佐士野においては大伴らには担えない役割を担っているだろう。

オホクメは「天皇」より前に相手の素性を知って語り、相手を「見」て、女が「やまと」の「をとめ」であることを歌で叙事し、女に「天皇」の「詔」を伝える。次には相手の女と直接向き合って歌で応答する。それはちょうど吉野山中の道行きを「引道」するヤアタガラスが、「先」ず「遣」わされて「天神御子、幸行。汝等、仕奉乎」と兄弟ウカシに「問」うという行為と対応していよう。「天神御子」は荒ぶる神がさらに多くいる熊野の「奥」の吉野山中へは、ヤアタガラスの「引導」なしでは入って行けなかった。今、ミワノオホモノヌシの「神御子」たるイスケヨリヒメも、父神にひとしいモノの力を持つとおぼしく、「天皇」が直に「見」たり、直接言葉を交わしたりすることができず、接触不能な、言葉の通じない相手としてあろう。オホクメが両者の間に立ち、翻訳して伝えなければ、このヲトメとは交渉することができないのである。ただし、ヤアタガラスとは異なって、オホクメは歌う。

土橋寛はイスケヨリヒメがオホクメと歌問答するのは「一族長の娘にすぎない比売の試問に大和の支配者たる天皇が答えるという非常識を緩和するため[15]」とする。だがイスケヨリヒメとの婚によってこそ「天皇」はカムヤマトを冠する「やまと」の王に成るのであり、「大和の支配者たる天皇」という言い方は成り立たない。阿部誠は『記』の天皇の婚姻伝承は「目当てとする女性を「喚上」する形態が主であり、「媒」がそのために全権を委ねられ、婚姻の成立に尽力するものであった」とし、神武記の場合はそうした「喚上型の発想の上に、邂逅型の演出を施し、「媒」の活躍する歌謡物語を場面構成」し、「婚姻における王権（喚上）と神話（邂逅）の連結を意図したもの」だとする[16]。天皇の「詔」をヤマトのヲトメに伝えるオホクメは、後の天皇の求婚譚における「媒」の役割を担うという指摘はそのとおりであろうが、神武記では、オホクメに「媒」の語は用いていない。初代

「天皇」の「大后」求婚譚は、以降の天皇が直接、求婚の相手と言葉を交わさないのはなぜなのか、その神話的意味をこそ担うと考えられる。

青木周平は、「天皇」との婚姻に関わって「仕奉」ないし「不仕奉」と自ら発言したのは天皇家内部の女性であり、召し上げられる氏族の女たちと異なって「より強い主体性が感じられる」と指摘する。そうした「主体性」は、イスケヨリヒメがオホクメの「黥利目」を「見」て、自分の側から歌いかけるところに表れていよう。とはいえ、先にイスケヨリヒメを「見」るのも、「黥利目」なる「目」を持つのもオホクメである。青木はそこにオホクメの「目の呪力」を読み、男女が目と目を合わせ、目の呪力に勝った側が相手を獲得するといった「目合」伝承」を、『記』が「神話的構成を指向」するに際して「利用」したのだとする。(17)

記15〜18の高佐士野での歌問答は、「見」ることや「目」が強調されて展開している。青木論はそこに神話的な要素を読み取ろうとする。青木論をふまえ、歌問答が『記』の中にある神話的な論理を、「利用」からさらに一歩踏み込んで考えたい。注目したいのは「奇」の語である。イスケヨリヒメはオホクメの「黥利目」を「見」て「奇」と思い、歌った。「奇」は歌うという行為を起こす重要な契機としてあると思われる。

『記』の中で登場人物が「奇」と思うという例に、上巻のトヨタマビメが婢から井のほとりの香木《かつら》の木の上に「麗壮夫」があると聞いて「奇」と「思」い、宮を「出見」、「見感」でて「目合」して、父に報告するという説話がある。「奇」という思いは「見」ることを促す。天岩屋こもりでアマテラスが鏡を示されて「奇」と「思」い、「稍自戸出而臨坐」というのも、「見」はないものの、「奇」と思うことは、そう思った対象を直接目で見る行動へと駆り立てることがうかがえる。トヨタマビメの出産でも、他国の人は産むときには「本国之形産生」するから「願勿見妾」というヒメの「言」を「奇」と「思」った山幸は、産小屋をのぞいてしまう。見るな、という禁止にもかかわらず「奇」という思いは見る行動を起こさずにはいないのである。他に、仁徳記において、大后はただ「三色之奇虫」を「看行」ったのだという説明は、大后が「異心」がないことを正当化する。「三色之奇虫」のことを聞いた天皇もまた「然吾思奇異、故欲見行」と、即座に「見」に行く。「奇」なる虫がいるという話を聞けば見たい、と思うのは当然のことであるとされており、「奇」なる虫がいるという話は、見たいという欲望を起こさせるのである。雄略記では、天皇に献上された白犬を求婚相手に妻問の物として賜うに際して「今日得道之奇物」と言う。「奇物」だと言うことで、求婚相手の見たい、という欲望を誘うのだろう。

こうしてみると「奇」は、「珍しい、または不可解と思う感情を意味」し、「高貴なものに対して抱く感情である例」も含み、「黥」に対してイスケヨリヒメは「見慣れないもの」とは思っていても、決して「悪い感情を抱いていないことが窺える」[18]。さらには、「奇」という思いは、見たこともない対象であるがゆえに、直接、間近に、目で見るという欲動と行動とを即座に引き起こさずにおかない。それを見る行動は岩屋の内から外へ、出産小屋（その中はヒメにとって「本国」の空間であろう）の外から中へ、海神宮の内から外へと、「奇」と思った側の領域を越えて入ったり出たりする行動を伴う点も見逃せない。「奇」なる物や事を「見」る衝動につかれた行為は、こちら側の領域を越えてしまう、領域感覚を揺るがす行為なのである。

類似の「怪」が「何由妊身乎」（崇神記）、「汝所謂之言、何言」（同）と理由や所以を追求する問いかけを起こしたり、御刀の歯がこぼれたのを「怪」と思ったスサノヲが大蛇の腹を割いて見たように、原因究明の行動を起こさせるのとは異なっている。また「奇異」と、「奇」とセットにもなる「異」が「異心」のようにマイナス方向で用いられるのとも違う。

オホクメの「黥利目」は、従来イレズミか否かが問題とされ、その目を「黥」としたのは「編者または語り手の解釈である。「さけるとめ」は、たんに大きく裂けた鋭い目というだけでいい[19]」ともされるが、歌を抱えたとき、「編者または語り手の解釈」じたいに神話的論理（神話的思考）が入り込んでいるのではないか。

他の「奇」の事例はまだ「見」ていない対象の話を聞いて「奇」と思い、「見」るへと展開している。岩屋の外で現場を見ているはずのアメノウズメ、樹上の人を直接見たトヨタマビメの婢、出産小屋の内側からのトヨタビメなど、隔てのある向こう側を見ている、ないし見てきた側からの「白」す「言」は「奇」という思いを起こさせる。対して、イスケヨリヒメは「黥利目」を「見」ることによって「奇」と思っている点は看過できまい。「黥利目」という特別な「目」は、言葉によってではなく、「目」という身体の一部分によってこそ相手側がこちらを「見」ることを仕掛ける、相手の目を惹き付けてしまう、マジカルな装置だったのではないか。言葉が容易には通じない者どうしの間、互いに異なる類の間にこそ、このマジカルな装置は威力を期待されたであろう。誰が誰を「見」ているのかが慎重に記され、天皇がイスケヨリヒメを、イスケヨリヒメが「天皇」を「見」ることの困難さを浮き彫りにする説話文であった。「見」ることの困難さやタブーが浮上する、領域の異なる者どうしの出会いの場面において、「黥利目」は、言葉も通じないような相手がつい「見」てしまうことを誘い、「奇」と思わせて一歩こちらへ踏み出すことを誘発ないし強制する。イスケヨリヒメはそれを「見」たとたん、領域感覚が揺るぎ、これまで見たこともないゆえに自らの領域を越えて、もっと「見」たい、知りたい、触れたい、所有したいという欲動にとりつかれる。その果てに口を開き、歌を歌わざるをえないのである。

6　目の鳥と目の人

「奇」という思いは、ゆくゆくはトヨタマビメの場合のように、相手の目とこちらの目を合わせる「目合」を導くかもしれない。が、「詔」に応じて即座には口を開かないイスケヨリヒメに対しては、「黥利目」という異形の目力こそが、歌を歌わせるのである。イスケヨリヒメは目を「見」て「奇」と思ったとたんにまず歌う。それは歌の言葉こそ、この未知なる相手に一歩近づき、接触することが可能な言語だからであろう。

あめ　つつ　ちどり　ましとと　など　さける　とめ　（記17）

「黥利目」を「見」たイスケヨリヒメは、それが未知な対象ゆえに深く魅惑され「あめ　つつ……」と歌い始める。これら「過眼線（目をふちどる羽毛の線）が鋭いという特徴がある[20]」鳥たちを列挙し、オホクメの「奇」なる目を、既知の見たことのある鳥の目と並べて了解しようとする。「奇」なる目と鳥の目とを同一化することで、オホクメ自身を鳥と同じくみなしてもいよう。そして後半、鳥たちと、鳥目をしたオホクメに「などさける　とめ（どうして裂いている　鋭い目）」（「さける」の「さく」は四段、自動詞[21]）と謎掛けをして、答歌を促すのである。

「奇」なる思いと連動して発せられている「など　さける　とめ」は、理由や原因を究明する問いではなかろう。「など」という謎掛け歌には、機知をもって答えることが期待されている。謎掛け歌を歌うのは機知の共有という期待の投げ掛けであろう。応じることができなければ、コミュニケーションの期待は宙に浮いて、両者の関係を即座に断つ、という危機をもはらんでいる。そもそも歌がやりとりされる場は異質な領域じたいが接し合う場であり、こちら側の領域を超えられるか、超えられずに互いの接触し難さが露呈するかは常にゆらぎの中にある。歌が歌い合われる「やまとの　たかさじの」は歌い手どうしの領域感覚がゆらぐことで交感し合う可能性が開く、歌垣的な時空であったと考えられる。

イスケヨリヒメにとって「天皇」の「詔」をもたらしたオホクメは、ヤアタガラスのような存在である。越境して自分たちの「やまとのたかさじの」にやってきて、他領域からの知らない言葉を翻訳して伝える、鳥のような存在。いや、歌うことで鳥という既知のカテゴリーに分類してみることによって、はじめて接触可能な、異類なのである。

をとめに　ただにあはむと　わがさけるとめ　（記18）

との答歌は、「入れ墨をしているの意でサケル（黥ける）といったのに対して」、オホクメは目を「見開いているの意でサケル（裂ける）といったもの。相手の言葉を引き取りながら、意味を転換させ反撃するところに機知が発揮される」（新編日本古典文学全集頭注）という。だが、鳥の目を介して、歌の中で鳥と同等にみなされた意を汲んだオホクメは、それら「さけるとめ」の鳥類の一員たる「われ」と成ってみせて、「をとめにただにあはむと」と答えたのではないだろうか。ヲトメは「さけるとめ（裂いている　鋭い目）」を「奇」と思い、異様に魅了されて「あめ……」と歌った。これに対して、そのあなたの魅了された「目」は、他のどの鳥たちの「目」でもなく、あなたと直接触れ合おうと意志する、オレの目だ、というのである。

前掲の菅原は、狩猟民族たちが「鳥に呼びかける歌」は「コミュニケーション期待」の呼びかけであり、「私の情報意図はあなたに理解されるかもしれない」という期待であり、そういう期待や交通しうるという「可能性の底には、つねにその相手になりうる潜在性が横たわっている」と指摘する。鳥の鳴き声を模倣しながら歌いかけるとき、両手はブッポウソウやヒヨドリのように羽ばたいているという。「あめ　つつ……」の歌も、おそらくは鳴き声に由来する鳥の名を連呼し、異質な相手、通常の言葉では通じ合えない相手へ、歌という特殊な言葉を通してコミュニケーションの期待を投げかけている、と読むことができる。イスケヨリヒメにとって、異質な相手はまずは彼女の地域環境の一環を成す鳥たちであり、鳥たちの目と類似した「黥利目」を目前に突きだして彼女の目を魅了し、捕獲するオホクメでもある。狩猟民たちが、ヒヨドリが「言うのを聞きとる」ように、イスケヨリヒメはオホクメの答歌を聞き取っただろう。オホクメが鳥と成って、まさしく肌と肌が触れ合う直の逢い(伴寝)への意志[22]を答歌するのを聞き取ったとき、イスケヨリヒメはもっと「見」たいと思った、成しがたい期待が成就される可能性を受け止めて、即座に自らの意志で「仕奉」と言うのである。

一方、オホクメの機知は、イスケヨリヒメの期待を「あめ　つつ」の歌から聞き取り、異界からやってきた鳥であり、他のどんな鳥にも及ばない鋭い目を持つ「われ」に成ってみせて歌ったところに働いている。

異界からやってきた鳥の「奇」なる「とめ」の目力は、イスケヨリヒメの「見」る行為を誘発し、さらに近く「目」と「目」を合わせる欲動を駆り立て、歌の口を開かせたのだから、ヲトメの側の目が「見」る力より格段に勝っている。ゆえに、「ただにあはむ」という意志は成就するはずである。「詔」だけではコトムケできない相手から歌によって「仕奉」という語を獲得することこそ、他のどんな存在にもない「黥利目」を持つ、オホクメの能力であった。

7　葦原の王

こうしてようやく、「天皇」自ら「狭井河」のほとりのイスケヨリヒメの「家」に行幸し「一宿御寝」する。イハレビコが「やまと」のヲトメと結ばれてカムヤマトイハレビコと成る婚の成就である。ところが、「天皇」は婚の後になって、「御歌」する。

於是、其伊須気余理比売命之家、在狭井河之上。天皇、幸行其伊須気余理比売之許、一宿御寝坐也。後、其

伊須気余理比売、参入宮内之時、天皇御歌曰
あしはらの　しけしきをやに　すがたたみ　いやさやしきて　わがふたりねし　（記19）
然而、阿礼坐之御子名……

「わがふたりねし」の「シ」はこの伴寝が神話的出来事であることを示すと考えられる。[23] ヤマトのヲトメの「狭井河」のほとりの「家」での結婚は、神話の叙事においては「あしはら」の「しけしきをや」での伴寝にほかならないのである。歌は「国神」とは呼ばれなかったミワノオホモノヌシの領有する世界を、『記』神話の中で地上世界を呼ぶ「葦原中国」の中に位置づけようとしているのであろうか。しかし、歌の中に「国」の語はなく、伴寝の地はあくまでもただの「あしはら」である。

「葦原」は神話的世界としては「荒ぶる」「さやぐ」世界であり、中心に対して周辺部であり、死者の国と隣接するゆえに「醜」「穢」であるとされる。[24] とはいえ、「葦原」は単なる中心に対する周辺でもない。『記』では「国」がただよっている原初にアシカビヒコヂが成って身を隠し、高天原から見て地上世界を「葦原中国」と称し、根国の神がオホアナムヂを「葦原」ノシコヲと呼ぶ。『常陸国風土記』では新たに開墾される「田」に対して、それ以前の角のある蛇どもが住む「谷戸」が「葦原」と称される。「葦原」は古代の諸書の言説の中で天孫降臨以前、秩序の始まり以前の、もう一つの始まりの世界であり、古橋信孝の指摘する「アラ」の世界であった。[25]

「しけしきをや」の「しけし」は『新撰字鏡』に「蕪　武夫反平　穢也、荒也、蒲也、志介志又宇波良又佐須」とある。まさに「アラ」の威力に満ちあふれた、秩序開始以前の原初の結婚小屋が「しけしきをや」である。アラの世界たる「あしはら」は、依然としてモノの霊威に満ちた域であり続けていよう。

「やまとの　たかさじの」を行く「をとめ」という、「天皇」が直接交渉不能だった相手と、「あしはら」世界

でこそ「ね」る。神武記の歌の「やまと」は、「あしはら」という原初のアラの地でもあったのである。歌による求婚の舞台となった「やまとの　たかさじの」のヤマトの語には、山と山に囲まれた未開墾の谷が「谷戸」であるように、ある場所を地の形をもって指し示す、普通名詞「山処」の語感が響いているのではないだろうか。「山処」は地域神オホモノヌシのヲトメらが群れ行く小高い野（「たかさじの」）を含む地域である。そしてオホモノヌシの領域たるミワ山は奥深い山々が続く山地の端山であり、里山である。[26] 平野のすぐ隣に、小高い野があり、その先に奥山が続く地、背後ないし前面に山をいただく山の処たるヤマトは、水田稲作を主たる生業とする以前の、ないしは、それとは異質な相貌を有し続ける地域であろう。[27]「あしはら」としての「やまと」こそ、モノのヌシのアラの霊威に満ちた域であった。

　歌の後半「すがたたみ　いやさやしきて」は、呪力がある菅によって神と伴寝をする床を聖化し、[28] 畳は「聖婚用の祭具」[29] とされる。だが、伴寝のための「すがたたみ」を敷くのは誰か。

「ふたりね」るための「すがたたみ」を敷く主体は歌い手である「われ」であり、この「御歌」の歌い手は天皇であろう。しかし、類似事例において、上巻、海神宮におけるトヨタビメとソラツヒタカの婚においては、ソラツヒタカを宮の内に「率入」した海神が「美知皮之畳敷八重、亦、絁畳八重敷其上、坐其上而、具百取机代物、為御饗、即令婚其女豊玉毘売」とあって、畳を敷くのは、宮の内に男神を迎え入れた宮の主・海神である。中巻、景行記でオトタチバナヒメがヤマトタケルに代わって海中に入る際には、「将入海、以菅畳八重・皮畳八重・絁畳八重、敷于波上而、下坐其上」とあり、「菅畳」を敷くと暴浪が自ら「伏《な》」いだ。畳を敷くのはヤマトタケルの側である。婚のための「具」たる畳は海の世界と地の世界とをつなぐ場を開く働きがあるとされていたことがうかがえるが、その装置は、他の世界から入ってくる者を迎える側か、他の世界へと入って行こうとする側がその意志を示すために用意するのである。

とすれば、「あしはら」の「や」に畳を敷いたのは、狭井河のほとり、「あしはら」に「天皇」を迎え入れるイスケヨリヒメ、ひいてはオホモノヌシのはずではないだろうか。すでにイスケヨリヒメは「仕奉」と言っているのだから、トヨタマビメの場合のように、オホモノヌシ＝イスケヨリヒメは自らの「家」に「天皇」を迎え入れるはずである。この歌の「いやさやしきて」までは、天皇を「や」に迎え入れるイスケヨリヒメ（ないし父神）の歌であってもおかしくない。歌う「天皇」は、まるでオホモノヌシ＝イスケヨリヒメであるかのように「あしはらの　しけしき　をやに」と歌い始めるのである。

すでにイスケヨリヒメとの「一宿御寝」を果たしている「天皇」は、「あしはら」の主の立場から歌い出すともとれる。それは、「天皇」がイスケヨリヒメにとってのオホモノヌシ神の位置に立つことでもあろう。いずれにせよ、どちらかが迎え入れたり、差し出したりしたというふうには叙事していないという意味では、「天皇」とイスケヨリヒメとは、対称的な関係だということでもある。だからこそ「わが　ふたり　ねし」なのであり、イスケヨリヒメと「天皇」とを対称的な関係に歌いなすことで、ヒメは「大后」として「天皇」の「宮」に入ることができるのである。

とともに、イスケヨリヒメの「家」での婚姻を、あたかも「あしはら」の主神の立場から、「わがふたりねし」と叙事するとき、歌い手の「天皇」がモノの側に入り込んでしまっていることを、再度確認しておきたい。「天皇」にはオホモノヌシのように変身したり領域を横断したりする力はなく、オホクメを媒介しなければイスケヨリヒメと接触することもできない。しかし、イスケヨリヒメの「仕奉」という言葉を得た後には、自ら歌うことで「あしはら＝やまと」の主と成るのである。カムヤマトの名を負うとは、「天皇」が「天神」である「御子」でありながら地上の「あしはら＝やまと」の主として、この地に子孫を残すことが可能な地域王と成るということであった。

(1)西郷信綱『古事記注釈』五、ちくま学芸文庫、二〇〇五。
(2)谷口雅博「『古事記』神話の中の災害――災いをもたらすモノ」『悠久』一二九、二〇一三・一。
(3)谷口雅博、注2に同じ。
(4)壬生幸子「大物主についての一考察」『古事記年報』一九、一九七七。
(5)西郷信綱、注1に同じ。
(6)松本直樹「モノを祭る王の〈神話〉作り」『論集上代文学』三八、二〇一四。
(7)金井清一「古事記のヤマト(上)」『論集上代文学』三〇、二〇〇八。
(8)菅原和孝『狩り狩られる経験の現象学――ブッシュマンの感応と変身』京都大学学術出版会、二〇一五。
(9)菅原和孝、注8に同じ。
(10)本書Ⅱ―2を参照されたい。
(11)菅原和孝、注8に同じ。
(12)山﨑かおり『『古事記』大后伝承の研究』新典社、二〇〇三。
(13)松本直樹、注6に同じ。
(14)猪股ときわ「遊行と歌垣」『歌の王と風流の宮』森話社、二〇〇〇。
(15)土橋寛『古代歌謡全注釈　古事記編』角川書店、一九七二。
(16)阿部誠「神武記・高佐士野成婚歌謡の構成論理――婚姻における王権と神話の連結」『国学院雑誌』一〇七―一〇、二〇〇六・一〇。
(17)青木周平「神武記・高佐士野伝承の神話的性格」『古事記の文学研究』おうふう、二〇一五。
(18)山﨑かおり、注12に同じ。
(19)西郷信綱、注1に同じ。
(20)西宮一民校注、新潮日本古典集成『古事記』新潮社、一九七九。
(21)阿部誠、注16に同じ。
(22)青木周平、注17に同じ。

（23）藤井貞和『物語理論講義』東京大学出版会、二〇〇四など。
（24）西郷信綱『古事記の世界』岩波新書、一九六七。
（25）古橋信孝『古代和歌の発生』東京大学出版会、一九八八。
（26）有岡俊幸『里山』一、法政大学出版局、二〇〇四。
（27）ミワ山を里山として生活圏域とする人たちは、園耕民に相当するかもしれない。古代人たちをその生業で分けるとすると、狩猟採集民（狩猟、採集、漁撈などありとあらゆる生業に依存し、「網羅的に組み合わせて」暮らす、いわゆる縄文人）と、農耕民（水田稲作や畑作を「選択」して「主な生業」とする、いわゆる弥生時代の水田稲作民）と、さらに両者のどちらでもない、園耕民が考えられるという。園耕民とは、農耕を行っているが彼ら自身は主な生業とは位置づけていないで、狩猟・採集と同様に農耕も生きるための一つの手段に留めている状態にある人々で、縄文後期以降の畑で稲作をしていた可能性が指摘される縄文人などもこれに当たるという（藤尾慎一郎『〈新〉弥生時代』吉川弘文館、二〇一一）。
（28）守屋俊彦『日本古代の伝承文学』和泉書院、一九九三。
（29）阪下圭八「イナビツマ――播磨国風土記の聖婚説話」『文学』一九七一・一一。

あとがき――異類を見る／異類が見る

「異類」という語は一般に「人ならざる存在」と考えられているだろう。神話や説話研究において、話の類型の一つである「異類婚姻譚」とは、人と人ならざる蛇・猿・狐・亀・犬・鬼などとの結婚をめぐる譚のことである。しかし実際に『古事記』上巻を開き、たとえばホヲリノミコトとトヨタマビメの結婚は「異類婚姻譚」かというと、そもそも「人」とは何かということが自明ではない。

トヨタマビメは浜で出産するにあたって、夫君に向かって「他国人《あたしくにのひと》」は「本国之形《もとつくにのかたち》」で出産するものであるから、わたしは「本身《もとのみ》」で出産する、どうかわたしを見るなと言う。出産小屋の中を覗いたホヲリが「見」たのは、出産している最中のトヨタマビメが巨大なワニと「化」して「匍匐委蛇《はらばひもごよ》」っているさまであった。天孫であるホヲリにとって、海神の娘トヨタマビメが自らとは異なるたぐいの生きものであることが顕在化するとき、ホヲリは「驚畏」し「遁退」する。異類の姿を「見」続けることはできない。異類との出会いはこちら側の存在領域を揺るがすゆえに、ホヲリのように一刻も早くその場から逃走しなければならない。しかし、巨大なワニの側も「人ならざる存在」というわけではない。海から浜までホヲリを追ってきたトヨタマビメにとって、自身は「他国」の者であっても「人」なのである。「本身」は巨大なワニであり、その身体ならではの「匍匐委蛇」といった振る舞いを行う「人」。ワニでもある「人」にとっては、夫君のホヲリは同じ「人」であっても異なるたぐいの存在であろう。

異類かそうでないかが語られ、歌われる場とは、「同じ」とは何が同じなのか、「異なる」とは何が異なるのか、「人」とは何なのかが自明ではなくなる境域でもある。浜、戸の閾の上、樹上、樹木の根元、「チ」の霊威に満ちた道……自明でなくなったところから、あらためて、こちら側とあちら側との境い目が見いだされる。しかし、境い目は異なるたぐいどうしを断絶する壁ではない。「海坂《うなさか》」を「塞」いで海へと「返入」ったトヨタマビメから夫君のもとへ、それでも歌は届く。夫君から歌が返される。

人であるワニや、蟹でもある人、人である草が出現するのは神話的思考が働くときである。『万葉集』巻十六の「鹿の歌」では獲物を「待」つ狩人としての「われ」と獲物とが出会いを果したとたん、「われ」は異類としての「われ」でもある存在へと成ってゆく。牡鹿の解体過程の叙事とは、異類が「見」た解体作業を異類の側から語ることであった。異類を見るとき、異類に見られてもいる主体「われ」が生成する。

日本文学協会発行の雑誌『日本文学』の二〇〇九年六月号の特集で「人類と異類」というテーマを提示されたことが「異類」の語に改めて出会うきっかけである。通常「異類と人」と言うところを「異類」と一対の語のように「人類」とあって、違和感を覚えたのだった。とはいえ「人間の同類の総称」といった意味での「人類」は近代日本以前の仏教説話などでも用いられている。「異類」のほうは、漢籍では古くから皇帝の徳の及ばない「夷狄」をさす語として用いられていたようだが、仏教語としての「異類」に注目できる。「異類」は「人ならざるたぐい」であっても、その「人」とは、地獄・餓鬼・畜生・阿修羅・人間・天上の六道を輪廻する生ある存在の、ある一時的な姿にすぎない。生命が生まれ変わり、輪廻するという世界観や、目前の牛は前世では母であった牛であるかもしれないと思う感性は、仏教渡来以前には列島上にはなかっただろう。それが仏教説話などによって受け入れられてゆくのは、人である鳥、鳥である人、鹿である人、人である鹿といった、異類どうしが往還可能であるとする神話的思考＝野生の思考が、輪廻転生する思想と切り結び、飲み込んでいったからではないだろうか。
もっとも、二〇〇九年から二〇一六年まで一貫して、方法的・意識的に「異類」にこだわってきたわけではない。ただ、二〇〇五年六月から断続的に継続している北條勝貴氏を世話人とする研究会「(仮)環境/文化研究会」(環境と文化の間にある「/」には自然環境と文化との相互構築的な関係が示されている)の影響があって、『古事記』や歌を考える際に、狩猟、結婚、戦争、「食べる/食べられる」ことや、「ともに食べる」ことが行われる宴にできるだけこだわり、そこで何が起こっているのかをじっくりと分析したいと思っている。列島の神話や歌を読むときに、レヴィ=ストロースが「わたし」が神話を考えるのではなくて、神話が思考するのだと言ったように思考できたらと願う。

わたしは、ひとびとが神話の中でどのように考えているかを示そうとするものではない。示したいのは、神話が、ひとびとの中で、ひとびとの知らないところで、どのようにみずからを考えているかである。
(クロード・レヴィ=ストロース『神話論理Ⅱ　生のものと火を通したもの』早水洋太郎訳、みすず書房、二〇〇六)

本書Ⅱ―3「歌うのは誰か」という問いに対しては「神話が歌う」ないし「神話は歌う」と答えることができるだろうか。『記』において歌っているのは「歌い手」であり、歌うさなかの「われ」は「歌人称」としか言いようがないと考えた。しかし、そもそもそれを「人称」と言ってよいのだろうか。未だによくわからない。歌が神話的思考を発動させ、歌の叙事が起源譚を喚起し、歌う言葉は周囲の環境全体に働きかける力を持つ声であるのなら、「ひとびとの中で、ひとびとの知らないところで」、神話が歌っているのではないだろうか。「天皇」は歌うとき、「天皇」ではなく「おほきみ」と成る。『記』の歌の「おほきみ」は野生のしっぽを残したまま、古代国家成立後の『記』の現在に、鹿や鳥や蟹でもある「われ」に成ることが可能だとする神話的思考を喚起する。

昨年一年、勤め先からサバティカルをいただき、本書の準備をしている最中に奥野克巳編著『人と動物、駆け引きの民族誌』(はる書房、二〇一一)、末木文美士『草木成仏の思想』(サンガ、二〇一五)、菅原和孝『狩り狩られる経験の現象学――ブッシュマンの感応と変身』(京都大学学術出版会、二〇一五)、エドゥアルド・コーン『森は考える――人間的なるものを超えた人類学』(奥野克巳・近藤宏監訳、近藤祉秋・二文字屋脩訳、亜紀書房、二〇一六)、エドゥアルド・ヴィヴェイロス・デ・カストロ『食人の形而上学――ポスト構造主義的人類学への道』(檜垣立哉・山崎吾郎訳、洛北出版、二〇一五)などを読んだ。狩猟や戦争、婚姻、人と人や、異類と同類との関係について再考するにあたって、「人類学」が「人類」ということじたいを再考し始めていることを今さらながら知ることになった。草原や雪原の狩人やアマゾン奥地の人々が、居留地に囲われている現在のさなかにあっても抱いている野生の思考。『記』の歌は、歌の言葉であるゆえにそれらと類似した思考を、織り込んでいるのではないかという思いが強くなる。

＊＊＊＊

昔、林勉先生に提出した修士論文は、「記紀歌謡及び万葉歌の「構造」」といった題名だったと記憶する。本書でも扱った『万葉集』巻十六の「鹿の歌」の論が収まっていたように思うが、卒業論文だったかもしれない。学部の四年のときに確か一年を区切って、藤井貞和先生主催の「カヨーゼミ」(「歌謡」と「火曜」を掛ける)に参加した。通例のゼミでは『古事記』歌謡などを輪読し、夏合宿では院生や学生によるゴゼ歌、説経節、謡曲、わらべ歌などの、テープによる音声の再生や実演を含めた報告がなされた。私は卒論執筆中ということで報告はせず、聴聞し、見るばかり。修士の学生のときには、助手をされていた馬場光子先生主催の「歌謡研究会」に参加して、宮中の「神楽歌」に触れることになる。ちょうど古橋信孝氏や藤井貞和先生の古代研究や歌研究が次々に新しく提示されてゆく時期と重なる。歌う歌の研究は私にとって大きな魅力であったものの、研究の大きな変動の波を身近にして、波しぶきをあびるばかり。ここ五〜六年、また原点に立ち戻ってきた気がしている。

＊　＊　＊　＊　＊

古代文学会、（仮）環境／文化研究会、物語研究会、山田研究会、首都大学東京の木曜ゼミでは、本書所収のいくつかの論文のもとになる報告をさせていただいた。研究の場でのご意見の数々に深く感謝したい。

友人の写真家・榎本一穂《いっすい》氏に葛城山の猪と雄略の話を聞いていただいたのは、もう数年前になる。榎本氏は今年、この本のために葛城山まで「登山」に出かけ、数多くの写真を持ち帰ってくださった。ロープウェイで登ることができるとはいえ、葛城山は現在も迷い道を抱いた奥深い地であるという。観光地・奈良の写真とはまったく違った、荒々しくも多様な自然の息づく写真の数々。感銘を受けました。そのうちから二枚を本書の装幀に使わせていただくことになりました。ありがとうございました。

そして森話社の大石良則氏には、今回も大変御世話になった。いつも丁寧に見ていただいてありがとうございます。

二〇一六年八月

猪股ときわ

初出一覧（以下の論文をもとにし、本書に収めるにあたって加筆や修正を行った）

Ⅰ　異類と王と――牡鹿・雀・猪・蟹

1　異類に成る――「乞食者詠」の鹿の歌から（「同」『日本文学』五八―六、二〇〇九・六、特集「人類と異類――古代文学から」）

2　鳥の王・人の王――歌の仁徳天皇（「鳥の王・人の王――『古事記』の仁徳天皇と歌」首都大学東京都市教養学部人文・社会系『人文学報』四四七、二〇一一・三）

3　猪と遊ぶオホキミ――歌の雄略天皇（「「歌ふ」行為と言葉の変成――『古事記』雄略天皇条より」『古代文学』五三、二〇一四・三、特集「変成する言葉――古代文学の書物・身体・知」）

4　応神天皇はツヌガの蟹――異類婚の叙事（「同」首都大学東京人文科学研究科『人文学報』五一二―一一、二〇一六・三）

Ⅱ　歌舞の起源――鬘・手草・御酒・蜻蛉

1　アメノウズメの「所作の所作」――『古事記』における芸能の発生（「アメノウズメの「所作の所作」――『古事記』における神話的な知」『古代文学』五一、二〇一二・三、特集「型のダイナミズムⅡ」）

2　酒の起源・舞の起源――「酒楽之歌」を読む（「酒の起源・舞の起源――『古事記』の「酒楽之歌」を読む」首都大学東京都市教養学部人文・社会系『人文学報』四六二、二〇一二・三）

3　「歌ふ」のは誰か――『古事記』と『日本書紀』の歌人称（「「歌ふ」のは誰か――『古事記』と『日本書紀』と」首都大学東京人文科学研究科『人文学報』五〇七、二〇一五・三）

Ⅲ　地の域と叙事の力――人草・椿・石槌・葦原

1　草木と人と――『古事記』の神話的思考（「同」『日本神話をひらく――「古事記」編纂一三〇〇年に寄せて』第九回フェリ

ス女学院大学日本文学国際会議、二〇一三・三）
2　椿はオホキミ・オホキミは椿——歌う女神としてのイハノヒメ（「椿はオホキミ・オホキミは椿——『古事記』の大后・石之日売命の歌」『国語と国文学』五〇—六三、二〇一三・五、特集「古代歌謡研究の現在」）
3　重なり合う歌声——神武記歌謡の行為遂行性（「古事記歌謡の叙事と行為遂行性」『物語研究』一五、二〇一五・三、特集「物語のパフォーマティヴⅡ」）
4　葦原の王——神武記のヤマトと地域神オホモノヌシ（「同」『古代文学』五五、二〇一六・三、特集「古代文学における地域性——音と文字から考える」）

＊引用テキスト（引用した主なテキスト類は、原則として以下の活字本に従い、表記方法など、私に改めたところがある）
『古事記』　神野志隆光・山口佳紀校注／訳『古事記』新編日本古典文学全集、小学館。

『日本書紀』　小島憲之・直木孝次郎・西宮一民・蔵中進・毛利正守校注／訳『日本書紀』一〜三、新編日本古典文学全集、小学館。

『風土記』　植垣節也校注／訳『風土記』新編日本古典文学全集、小学館。

『万葉集』　鶴久・森山隆編『万葉集』（おうふう）など、西本願寺本を底本とする現行諸活字本に従い、文字遣いなど、私に改めたところがある。漢字旧字体は新字体に改め、歌を書き下す際には原則として漢字を表音文字として使用している場合はひらがなに、表意文字として使用している場合は漢字のままとした。

【れ】

【わ】

【を】

【う】

【え】

【お】

神名・人名索引

［著者］
猪股ときわ（いのまた ときわ）
1960年生まれ。鎌倉市在住。専門は日本古代の歌・神話の研究。
東京学芸大学大学院修士課程修了、東洋大学大学院博士後期課程満期退学。
現在、首都大学東京人文科学研究科教授。
著書に『歌の王と風流の宮——万葉の表現空間』（森話社、2000）、『古代宮廷の知と遊戯——神話・物語・万葉歌』（同、2010）。

異類に成る——歌・舞・遊びの古事記

発行日……………………………2016年10月25日・初版第1刷発行

著者………………………………猪股ときわ
発行者……………………………大石良則
発行所……………………………株式会社森話社
〒101-0064 東京都千代田区猿楽町1-2-3
Tel 03-3292-2636
Fax 03-3292-2638
振替 00130-2-149068
印刷………………………………株式会社シナノ
製本………………………………榎本製本株式会社

ISBN 978-4-86405-101-9 C1095

歌の王と風流の宮——万葉の表現空間

猪股ときわ著　古代の政治的・宗教的言説や、舞や音楽などをもふくむ多様な同時代の表現のなかで、『万葉集』はどのように読むことが可能か。古代の歌の生成を、さまざまな表現の重層的広がりのなかでとらえかえす。
四六判 320 頁／本体 3600 円（価格税別）

古代宮廷の知と遊戯——神話・物語・万葉歌

猪股ときわ著　古代の宮廷において、歌や音楽はどのようにつくられ、そこで発揮された〈ワザ〉や〈知〉とはどのようなものだったのか。古代の楽書や歌集、説話や神話、物語を読みときながら、さまざまな知や遊戯がはたらき、技能が実践される現場へと降り立つ。A5 判 392 頁／本体 7500 円

古代文学における思想的課題

呉哲男著　主に『古事記』『日本書紀』の中で語られる古代の国家や天皇制の成立について、従来の歴史学や文学研究プロパーでは論じることのできなかった課題に対し、現代思想の知見との対話による「抽象力」で迫り、広く東アジア世界の中に古代日本の位相を見定める。A5 判 424 頁／本体 7500 円

生成する古代文学

津田博幸著　古代文学を生成の相においてとらえる観点から、『日本紀講』注釈、神秘思想による歴史叙述、宗教実践などの〈現場〉において、固有に生成される文学と言語表現へと迫る。A5 判 312 頁／本体 6400 円

躍動する日本神話——神々の世界を拓く

斎藤英喜・武田比呂男・猪股ときわ編　「日本神話」の豊かな想像力の世界を『古事記』を中心に解読し、のちの時代のさまざまな読み替えや変容をたどる。神々と仏の混淆した中世の神話世界から、現代のファンタジー文学、ゲームや CG にいたるまで、新たな姿をみせる「日本神話」との出会い。
四六判 280 頁／本体 2400 円

祭儀と言説——生成の〈現場〉へ

古代文学会編　古代・中世の祭儀や儀礼の時空——。さまざまな言説と表象がせめぎ合い、生成する〈現場〉を、そこに生きる者＝実践者の視点から記述し、神仏や宮廷をめぐる言説をとらえかえした論集。
四六判 304 頁／本体 3500 円

シャーマニズムの文化学——日本文化の隠れた水脈［改訂版］

岡部隆志・斎藤英喜・津田博幸・武田比呂男編　聖徳太子、伊勢神道、陰陽道をはじめ、物語や芸能、「いざなぎ流」等の祭儀、宮沢賢治や笙野頼子ら近現代の作家など、シャーマニズムという視点から発見する〈日本文化の隠れた水脈〉。四六判 256 頁／本体 2300 円

越境する古事記伝

山下久夫・斎藤英喜編　さまざまな評価／批判にさらされてきた『古事記伝』を中世以来の『日本書紀』注釈学や知の系譜に位置づけ、さらに 18 世紀の流動する知的状況のなかで新たな可能性へと〈越境〉させる。
A5 判 352 頁／本体 7200 円

秋成の「古代」

山下久夫著　上田秋成の思い描いた理想の「古代」像とはどのようなものだったのか。秋成は「古代」をどう語り、記述したのか。国学という観点から迫る秋成の全体像。A5 判 400 頁／本体 7500 円

うたの神話学——万葉・おもろ・琉歌

福寛美著　「うた」と「神話」は、論理から遠く離れた、人間の無意識の感情のなかから生まれてくるのではないだろうか。日琉の「うた」が織り成す豊潤なイメージ世界を神話学の手法で読み解き、「うた」の生まれる根源をさぐる。四六判 264 頁／本体 2800 円